AF151746

Beatrix Rudolph

Es waren drei Sommer

Eine Jugendliebe in der DDR

novum ◢ pro

www.novumverlag.com

Bibliografische Information
der Deutschen Nationalbibliothek:

Die Deutsche Nationalbibliothek
verzeichnet diese Publikation in
der Deutschen Nationalbibliografie.
Detaillierte bibliografische Daten
sind im Internet über
http://www.d-nb.de abrufbar.

Gedruckt in der Europäischen Union
auf umweltfreundlichem, chlor- und
säurefrei gebleichtem Papier.

© 2023 novum Verlag

ISBN 978-3-99131-649-7
Lektorat: Mag. Angelika Mählich
Umschlagfotos: Siraphol,
Taweesak Sriwannawit,
Maxim Kostenko | Dreamstime.com
Umschlaggestaltung, Layout & Satz:
novum Verlag

www.novumverlag.com

Climate neutral
Print product
ClimatePartner.com/16547-2201-1002

Inhaltsverzeichnis

Prolog

Wer kennt sie nicht – die Jugendliebe, die erste große Liebe.

Dieses Buch erzählt die Geschichte von Betti und Anton. Hat es auch nur 3 Sommer gedauert, im ersten Sommer lernten sie sich kennen, die beiden anderen waren sie richtig zusammen, so hat diese Zeit Spuren hinterlassen, als ob sie ein ganzes Leben zusammen waren. Keine andere Zeit ist Betti so in Erinnerung und so lebendig geblieben wie diese. Auch wenn Zeit vergänglich ist und die heutige schneller an einem vorüberzieht, als es noch zu Kindertagen war, so ist diese Zeit, welche 3 Sommer dauerte, doch stehen geblieben. Denn diese Zeit ist nicht vergänglich, und die Erinnerung daran ist, als ob es gestern gewesen wäre. Anton war die große Liebe, und die vergisst man bekanntlich nicht, obwohl Betti lange Zeit dachte, sie wäre die Einzige, der es so gehen würde, dass nur sie noch an ihre erste Liebe oft zurückdenken würde. Doch dem ist bei Weitem nicht so. Vielen geht es ähnlich wie Betti, natürlich spricht keiner darüber, denn jeder denkt wahrscheinlich so im Stillen, dass es nur ihm oder ihr so geht. Vielleicht ist es auch einem ein wenig komisch, oder es kommt einem nicht normal vor, mit der Vergangenheit doch so in der Gegenwart zu sein. Und wem soll man auch immerzu von seiner ersten Liebe vorschwärmen? Was soll der Zuhörer denn denken? Dass man irgendwie gestört ist? Betti war ja selbst mal der Meinung, dass es irgendwann vorbei sein muss. Sie war sogar der festen Überzeugung, es war ein Kapitel in ihrem Leben wie viele andere auch, und irgendwann verblasst die Erinnerung daran, oder sie findet es gar nicht mehr der Rede wert, darüber nachzudenken. Schließlich kann man sich doch nicht ein Leben lang an diesen Erinnerungen festhalten. Doch Betti kann. Und so schwelgt sie mal wieder in Erinnerungen. Und zu einem bestimmten Lied einer bekannten Sängerin muss man gar nichts mehr sagen. Wenn sie dieses Lied hört, dann sieht sie sich und ihre Jugendliebe. Diese Sängerin bringt es auf den Punkt. Ebenso ist es bei vielen Liedern von ihrem Lieblingssänger, dann denkt Betti: *Diesen Titel hat er wohl für mich geschrieben.* Trifft ja mal wieder komplett auf sie zu. Worum es in diesen Songs geht? Na, um die Liebe, und wie man eine große Liebe sprengt, aber man nicht weiß, wie dies zu tun ist. Oder, dass man sich so lange nicht gesehen hat und doch wissen will, wie es dem anderen geht. Genauso ergeht es Betti in ihren Momenten, wenn sie mal wieder in der Vergangenheit – in ihrer Jugendzeit – kramt. Sie ist jetzt im besten Lebensalter, wenn sie sich das schönredet. Denn die Jugendzeit ist nun doch schon eine Weile her, würde Betti sich quälen wollen, dann würde sie sagen, es ist über dreißig Jahre her, aber dies hat so etwas Negatives, da sagt sie sich lieber, es sind zweimal 15, zweimal 16 oder eben auch schon zweimal 17 Jahre her. Hört sich gleich viel besser an. Und die Erinnerungen sind eh so frisch, als ob es gestern gewesen wäre. Dabei hat sie damals, als sie noch ein Teenager war, von ihrer Mutter und Oma, die immer noch von ihrer ersten Liebe schwärmten, gedacht, nun muss ja auch mal gut sein. Ihre Mutter hatte damals einen Matrosen als Freund, der auch dazu noch total super aussah – weiß Betti von ihrer Mutter. Sie hat zwar nie ein Foto des Freundes gesehen, aber dem Erzählen ihrer Mutter nach war dieser ja ein einziger Leckerbissen. Ab und zu sieht ihre Mutter ihre Jugendliebe von damals noch in der Zeitung, aber vom Leckerbissen ist nicht viel übriggeblieben. Manchmal fuhr Betti auch mit ihrer Mutter durch die Stadt, wo die einstige Liebe wohnte, um ihn vielleicht wie ganz zufällig zu sehen. Nie hat es funktioniert. Aber so ewig, wie das bei denen her war, kann man doch nicht mehr so in die Schwärmerei verfallen. Als Betti das erste Mal von der Schwärmerei ihrer Mutter hörte, war dessen Jugendliebe so an die 30 Jahre her und bei ihrer Oma weitere 20 Jahre dazu. In den ganzen Jahren muss man doch damit mal abgeschlossen haben. Aber Betti wurde eines Besseren belehrt. Jetzt ist sie ebenfalls klüger, denn bei ihr ist die große Liebe, wie bereits erwähnt, auch eine

Ewigkeit her. Es ist nicht bei dieser ersten Lieben geblieben, doch sie ist und bleibt für ewig – das weiß Betti nun inzwischen – etwas ganz Besonderes. Anton war die erste wahre Liebe, auch wenn es am Anfang nicht danach aussah. Es gibt Tage, da muss Betti mindestens einmal am Tag an ihn denken, an die schöne und auch weniger schöne Zeit. Doch sie hat festgestellt, wenn sie so zurückdenkt, dann überwiegen die schönen Momente. So ist dies wohl bei Erinnerungen. Und die nicht schönen Momente sind in der Erinnerung auch gar nicht mehr so schlecht, wie sie damals schienen. Im Nachhinein muss Betti sogar manchmal schmunzeln, wenn sie sich an die Streitereien erinnert. Damals waren dies für sie große Probleme, heute würde sie damit ganz anders umgehen. Ja, die Erfahrungen von heute und das Alter von damals, das wär schon was. Und irgendwie hat sie das Gefühl, da ist immer noch ein unsichtbares Band, welches die beiden zusammenhält. Wenn Betti erfährt, dass er mal wieder in der Stadt ist, ist die Aufregung groß. Doch meistens sieht sie ihn nicht, immer nur die anderen. Denn gerade, wenn sie denkt, vielleicht sehe ich ihn, dann passiert natürlich nichts. Denkt sie jedoch nicht an ihn, dann kann es sein, dass er plötzlich vor ihr steht, sie nicht mal mehr die Chance hat, sich zu verstecken und er sagt: „Hallo Schätzchen, wie geht's?" Warum sie sich wiederum dann gern verkriechen würde, weiß sie nicht, wünscht sie sich doch des Öfteren, dass sie ihn sieht. Gut nur, dass er ihre Aufregung nicht sehen kann. Vielleicht ahnt er es ja. Doch so cool, wie er tut, ist er in Wirklichkeit ebenso wenig wie Betti. Sie tut jedoch ganz gelassen und sagt dann nur. „Na, bist du auch mal wieder da?" Etwas Schlaueres fällt ihr dann in solchen Momenten nicht ein. Sie denkt dann nur darüber nach, ob sie denn heute einigermaßen gut aussieht, liegen die Haare und hat sie Klamotten an, die ihrer Figur schmeicheln? Er soll ja schließlich nicht denken, nur gut, dass wir nicht mehr zusammen sind, sondern vielleicht: *Mensch, die sieht ja noch ganz passabel aus. Ein bisschen zugenommen vielleicht, aber das steht ihr.* Bettis Trost ist dann in diesen Momenten, dass er ja auch nicht mehr wie 20 aussieht und auch ein wenig zugenommen hat. Doch kurioserweise interessiert sie das Aussehen gar nicht so. Die Stimme ist immer noch die gleiche, von welcher sie seit jeher angetan war. Leicht rauchig und cool. Nachdem der erste „Schock" dann jedenfalls überwunden ist, wird ein wenig geplaudert, und mit der Zeit legt sich die Anspannung. Nur, wer schon etliche Jahre mit seiner großen Liebe auseinander ist, kann dies wohl verstehen. Und wenn sich beide wieder verabschieden, sich alles Gute wünschen, und Betti zu Anton sagt, er könne sich mal sehen lassen, wenn er wieder in der Stadt ist, denn er weiß ja schließlich, wo sie wohnt, dann ist von Anspannung nichts mehr übriggeblieben, doch Betti ist danach immer ganz verwirrt. Und will sie wirklich, dass er ohne Weiteres bei ihr vor der Tür steht, wenn er mal wieder in der Stadt ist? Was wäre, wenn er an der Tür klingeln würde, Betti ist nicht darauf vorbereitet, reißt die Tür auf und Anton steht vor ihr? Und sie hat sich die Haare nicht zurechtgemacht und die Jogginghose an. Nicht auszudenken. Dann ist es doch schon besser, er kommt nicht unverhofft vorbei. Würde er sich jedoch vorher anmelden, könnte Betti das Beste aus sich rausholen, wäre aber wiederum zu aufgeregt, und würde Wochen vorher schon nicht mehr schlafen können. Nach solchen nicht vorhersehbaren Aufeinandertreffen dauert es dann immer ein paar Tage, bis Betti sich wieder eingekriegt hat, darüber nachdenkt, hat sie in Bezug auf Anton die richtige Entscheidung getroffen, und letztlich kommt sie zu dem Entschluss, alles ist gut so, wie es ist. Jedoch ist ihr nach den vielen Jahren klar geworden, dass es wirklich nur die eine große Liebe gibt. Man kann sich neu verlieben, das war ja bei Betti – ohne Frage – auch der Fall. Und sie war in einen jungen Mann so verliebt, dass sie wirklich dachte, er wäre ihre große Liebe, oder zumindest die zweite große Liebe. Als die Beziehung jedoch zu Ende und sie über den Verlust hinweg war, hat sie keine Gedanken mehr an ihn verschwendet. So nach und nach sind wieder die Erinnerungen an ihre Jugendliebe zurückgekehrt. Alles andere ist in den Hintergrund gerückt und war nicht mehr wichtig, so tief der Schmerz auch mal war. Betti ist überzeugt davon, dass man nur von einer großen Liebe sprechen kann. Und wenn es bei der zweiten oder dritten Liebe erst so weit ist, dann kann die erste Liebe nicht die große Liebe gewesen sein.

Manchmal denkt Betti auch, was wäre, wenn …

Sie noch immer mit Anton zusammen wäre. Sie hätte, so wie jetzt auch, bestimmt zwei Kinder und wäre verheiratet. So hatte sie es sich damals in ihrer jugendlichen Naivität vorgestellt. Zu DDR-Zeiten war es ganz normal, dass man sehr früh heiratete und Kinder bekam. Anders als heute, hatte man mit 18, 19 Jahren schon die Lehre beendet und dann gearbeitet, sofern man nicht studierte. Zum damaligen Zeitpunkt hätte Betti sich auch nicht vorstellen können, jemals einen anderen Mann zu haben. Die Generation vor ihr hatte ebenfalls jung geheiratet, und die meisten blieben für ewig zusammen. So schnell trennte man sich nicht. Sicherlich gab es auch Scheidungen, aber Betti hatte nicht das Gefühl, dass sich viele scheiden ließen. Und sie war sich in ihrer Beziehung zu 100% sicher. Natürlich traf all dies nicht zu, und so kam es anders. Das Schicksal hatte andere Pläne mit ihr vor. Ist schon komisch zu wissen, dass das Leben auch hätte ganz anders ablaufen können. Jeder hat doch sein Schicksal irgendwie und in gewisser Weise selbst in der Hand. Manche Dinge kann man steuern, während andere wieder ihren ganz eigenen Verlauf nehmen. Wäre ihr Leben anders verlaufen, hätte sie heute nicht die Kinder, die sie hat, es wären andere usw. Und eigentlich ist es nicht schlimm, denn wenn dies so eingetreten wäre, dann wären heute die Erinnerungen bestimmt nicht mehr so präsent. Denn die „Sehnsucht" nach damals wäre ja nicht da. Betti hätte ihn ja jeden Tag um sich gehabt. Sie hat mal bei anderen Leuten nachgefragt, die noch mit ihrer ersten Liebe zusammen sind, wie das denn so ist. Na ja, Alltag eben, und die Schwärmerei ist auch weg. Von den Leuten sagt keiner, wie toll die Zeit damals war. Es hat eben alles seine Vor- und Nachteile. Eine Freundin von Betti hatte sich auch von ihrer großen Liebe getrennt, dann irgendwann einen anderen Mann geheiratet und wurde schwanger. Das ist auf den ersten Blick alles wunderbar, doch nun kommt es: Das Kind war nicht von ihrem Mann, sondern von ihrer großen Liebe. Sie hatte sich zwischenzeitlich wieder mit ihm getroffen. Sicherlich war es ein großer Schock für die Leute um sie herum, wie konnte sie, die noch nicht lange verheiratet war, ein Kind von ihrem Ex bekommen. Doch Betti fand dies gar nicht schlimm. Im Gegenteil, ihre Freundin bekam ein Kind von der großen Liebe. Darüber hat Betti auch oft nachgedacht, wie es gewesen wäre, wenn sie von Anton ein Kind gehabt hätte. Vielleicht wäre eine große Ähnlichkeit mit dem Vater vorhanden gewesen, Betti hätte öfter mal sagen können: „Ganz der Vater." Sie wären noch zusammen und wenn nicht, wäre der Kontakt zwischen Betti und Anton intensiver. Aber vielleicht wären dann die Erinnerungen an die Zeit des Zusammenseins ganz anders. Denn so ein Kind hätte das Leben vermutlich anders verlaufen lassen. Ganz abwegig war der Gedanke an ein Kind nicht, doch dazu später mehr. Um einen kleinen Einblick zu bekommen, wer ist Betti überhaupt, beginnen wir mit der Kindheit.

Bettis Kindheit

Betti wuchs in einem kleinen Ort mit ca. 12.000 Einwohnern in der ehemaligen DDR auf. Hier hatte sie alles, was sie brauchte, was sie nicht kannte, konnte sie nicht vermissen. Ihre Eltern hatten ein Haus, in welchem sich zwei Wohnungen in der oberen und eine Gaststätte in der unteren Etage befanden. In der zweiten Wohnung lebte Bettis Oma zusammen mit ihrem Lebensgefährten und ihrem Sohn, das heißt, Bettis Onkel. Dieser war nur vier Jahre älter als Betti. Aber das fand Betti unheimlich toll, der Altersunterschied gefiel ihr. Sie kann sich noch gut daran erinnern, dass sie des Öfteren zu ihrem Onkel Dirk, der ja nebenan wohnte, rübergegangen ist. Sie klopfte immer an die Kinderzimmertür und steckte dann den Kopf durch. Zu diesem Zeitpunkt war sie ca. 12 Jahre alt, Dirk also schon 16 und hatte immer Kumpels da. Da das Zimmer sehr klein war, war die Hütte immer voll. Die großen Jungs hörten laut Musik und tranken auch schon Bier. Manchmal durfte Betti für die Jungs das Bier von unten holen. Sie bekam einen großen Krug mit, den ließ sie vom Wirt füllen und ging stolz wieder in das Kinderzimmer, wo die Jungs sich das Bier schmecken ließen. Bettis Oma arbeitete ebenfalls in der Gaststätte, doch sie hatte kein Problem damit, dass ihr Sohn mit 16 Jahren sich Bier holte. In dem Punkt war sie recht entspannt. Und von der lauten Musik hat sich auch nichts mitbekommen, da sie ja immer bis in den späten Abend arbeiten musste. Und die Gaststätte war immer gut besucht. Das hing auch damit zusammen, dass dort nach der Spätschicht die Arbeiter, welche in einem großen ansässigen Werk arbeiteten, sich auf ein Feierabendbier dort einfanden. Die Fahrradständer vor der Gaststätte waren immer belegt, und es gab genug davon. Betti mochte aber dieses Feeling, wenn sie aus der Gaststätte das laute Murmeln der Gäste in ihrem Zimmer mitbekam. Ihr Zimmer und das ihres Bruders – sie teilten sich die ersten 12 Jahre ein Zimmer – lag genau über dem Gastraum. Oftmals gab es unter den Gästen auch Streit, dann eilten Betti und ihr Bruder immer zum Fenster, öffneten es dann und lehnten sich so weit heraus, dass sie sehen konnten, was da unten los war. Des Öftern bekamen sie die Schlägereien mit, welche manchmal nicht ohne waren. Worum es bei diesen Streitigkeiten ging, wussten sie nicht, war ihnen auch egal. Hauptsache, es war etwas los. Manchmal stand auch ein Stuhl der Gaststätte auf dem Flur zum Trocknen. Dann konnte ein Gast nicht mehr an sich halten und hat ihn nass gemacht. Des Öfteren saß aber auch ein betrunkener und mit Blut verschmierter Gast auf den Treppenstufen. Das fand Betti immer unheimlich, und so huschte sie dann ganz schnell an den Betrunkenen vorbei. Und wenn sie in der Stadt betrunkene Männer sah, die auch noch auf dem gleichen Bürgersteig unterwegs waren wie sie, dann bekam sie leichte Panik, wechselte sofort die Straßenseite und rannte und fuhr so schnell sie konnte weg. Diese Betrunkenen waren ihr immer suspekt. Bettis Bruder war ein Jahr älter als sie, und dies war nicht sehr schön. Sie stritten sich sehr oft, das kann schon am Altersunterschied gelegen haben, der ja nun wirklich nicht sehr groß war, aber wenn ihr Bruder eine Zeit lang nicht zu Hause war, war ihr dies genauso wenig recht. Ihr Bruder Remo musste aufgrund seines Asthmas des Öfteren zur Kur, und diese dauerte immer 6 Wochen. Dreimal war Remo zur Inlandkur, und danach durfte er sogar ins Ausland nach Zypern. Dort war das Klima mediterran, ein gutes Klima für Asthmakranke. Als klar wurde, dass Remo eine sechswöchige Kur bekommen sollte, war die Aufregung für die gesamte Familie groß. Betti hat ihren Bruder aber nicht beneidet, da sie es ohne ihre Familie so lang, besonders ohne ihre Mutter, nicht ausgehalten hätte. Remo war ebenfalls nicht sonderlich erbaut darüber, hat er doch schon dreimal erfahren müssen, wie lang sechs Wochen sind. Sicher war dies jetzt etwas anderes, konnte er doch ins Ausland fliegen und eine ganz andere Welt kennenlernen. Aber in seinem Alter, er war wohl gerade 12 Jahre alt, ist man auf das Die-Welt-Kennenlernen noch nicht so aus. Also wechselten sich Freude und Trauer bei Remo ab. Am Tag der Abreise haben Betti und ihre Eltern Remo nach Berlin gebracht, von dort ging dann der Flieger. Das war für Betti schon Abenteuer pur, denn wann kam man schon mal in Hauptstadt Berlin und dann auch noch zum Flughafen. Als Betti mit ihrer Familie wieder zu Hause waren, da fehlte Remo doch schon. Die Tage ohne ihren Bruder waren sehr einsam, zumal sich beide zu diesem Zeitpunkt noch ein Zimmer teilten. Jetzt war keiner da, der mit Betti stritt. Es war sehr ruhig. Betti hat ihn in diesen Zeiten seiner Kuren ganz schön vermisst. Und nachts war es am schlimmsten, denn sie hatte jetzt das Zimmer für sich allein und natürlich kroch die Angst im Dunkeln in ihr hoch. Es war eine ganz schöne Umstellung, so allein im Zimmer zu schlafen, und sie hat sich in den sechs Wochen auch nicht daran gewöhnt. Das Gute an der Abwesenheit ihres Bruders war, dass Betti ihm Briefe schreiben konnte, denn sie schrieb gern und viel und hatte natürlich auch sehr hübsches Briefpapier. Die Briefbögen waren in einer festen Mappe geheftet, und die Briefumschläge lagen in einem extra in der Mappe dafür vorgesehenem Fach. Die Briefumschläge glichen dem Muster des Briefpapieres. Meistens bekam Betti Briefpapier zu Ostern oder zum Nikolaus geschenkt. Sie hat sich darüber immer sehr gefreut. Jedenfalls konnte Betti ihm nun Briefe schreiben, und dies tat sie regelmäßig. Meistens jeden Tag, außer, wenn sie mal wirklich viel zu tun hatte oder viel für die Schule lernen musste, dann kam sie nicht mehr dazu. Remo schrieb natürlich nicht so gern, es kamen von ihm vielleicht zwei Ansichtskarten, auf welchen dann stand, wie das Wetter und das Essen sind. Viel erfahren haben Betti und ihre Familie nicht und so zählte sie die Tage, bis er wieder da war, damit er ihr natürlich genauestens darüber berichten konnte, wie es im Ausland war, und wie es dort aussieht. Sie freute sich auf den Tag, als sie ihn vom Bahnhof in Berlin abholen konnten. Das blieb an diesem Tag jedoch nicht die einzige Freude für Betti, sondern es gab noch eine Überraschung. Betti und ihr Bruder bekamen den Zauberwürfel, der damals ganz aktuell war, und auch heute wieder Kinder begeistert. Diesen gab es im Laden auf dem Bahnhof.

Dass ihre Eltern diesen kaufen konnten, war wohl richtig Glück, denn eigentlich bekam man diese Würfel nur unter der Hand. Jedenfalls waren beide total glücklich und haben den Würfel gedreht und gedreht. Ohne Anleitung hat Betti bis zu vier Seiten wieder in die richtige Farbe gebracht. Irgendwann hatte sie mal diese Anleitung, und so konnte sie alle sechs Seiten fertigstellen. Doch es dauerte zu Hause nicht lange und sie stritten sich wieder oder gingen sich aus dem Weg. Mit wem Betti sich deutlich besser verstand, war ihr Onkel. Und da dieser ja nur vier Jahre älter war als sie, gingen sie auch in die gleiche Schule. Dort gab sie immer an, dass sie ihren Onkel holen würde, sobald ihr einer etwas Schlechtes wollte. Sie brauchte auch nur den Namen zu nennen, schon hatte sie ihre Ruhe. Betti ging in die Polytechnische Oberschule (heute Realschule), welche nicht weit von ihrem Zuhause entfernt war. Insgesamt gab es drei dieser Schulen mit einem Unterschied. In Bettis Schule begann man ab der 3. Klasse mit dem Russischunterricht, und somit waren sie die sogenannte R-Schule. Da diese Schule die Einzige dieser Art im gesamten Umkreis war, kamen viele mit dem Schulbus aus den umliegenden Städten und Dörfern. Und so hatte auch Betti ab der 3. Klasse einige neue Mitschüler und -schülerinnen. Betti war zu diesem Zeitpunkt noch sehr schüchtern und bewunderte die Neuen, dass diese einfach so ihre bisherige Schule verlassen und zu ihr auf die Schule kamen. Das hätte sie nicht gekonnt. Sie stand in der 2. Klasse ziemlich zum Ende des Schuljahres auch vor der Frage, will sie den Russischunterricht ab der 3. Klasse machen oder nicht. Sofern sie sich dagegen entschieden hätte, wäre sie auf eine andere Schule gekommen. Da es für sie nicht feststand, ihre bisherigen Mitschüler zu verlassen, brauchte keine Entscheidung getroffen werden. Lieber wollte sie den Russischunterricht machen. Und tatsächlich hat ihr dies in den ersten beiden Jahren Spaß bereitet. Ab der 5. Klasse ließ das Interesse an der russischen Sprache nach, aber nicht an den Brieffreundschaften, die daraus entstanden sind. Obwohl die Schule von Bettis Zuhause nicht weit weg war, ging sie trotzdem immer sehr zeitig dorthin. Wenn sie mal cool sein wollte, ging sie mit ihrem Onkel und dessen Freunde zusammen. Sie war dann immer unheimlich stolz darauf, mit den großen Jungs zu gehen, aber im Grunde genommen war das für Betti Stress pur. Ihr Onkel ging natürlich immer ziemlich spät, und so musste Betti dann die letzten Meter zur Eingangstür sich sehr beeilen, dass sie dort noch reinkam. Wenn die Türen erst mal geschlossen waren, musste man sehen, wie man reinkam. Meistens hatte man Glück, da der Hausmeister immer irgendwo in Sichtweite war. Doch diesem musste man auch erklären, warum man denn so spät dran war. Darauf hatte Betti keine Lust, und außerdem fand sie es immer blöd, wenn man als Letzter in der Klasse ankam. Manchmal hat Betti auch geheult, wenn sie gesehen hat, dass die Türen schon geschlossen waren. Ja, Betti war in der Unterstufe sehr schüchtern und ängstlich. Und trotzdem gefiel es ihr in der Klasse recht gut. Sie hatte dort auch eine Freundin, welche sie schon vom Kindergarten her kannte. Doch ab der dritten Klasse ging die Freundin in eine neue Schule. Nicht, dass sie ab der dritten Klasse nicht am Russischunterricht teilnehmen wollte, sondern ihre Eltern hatte ganz in der Nähe der neuen Schule ein Haus gebaut. Und so lag es nahe, dass sie die Schule wechselte. Die beiden spielten nach dem Schulwechsel zwar noch eine Weile zusammen, doch wie das so ist, hatte ihre Freundin in der neuen Klasse natürlich noch eine weitere Freundin. Und so flaute die Freundschaft bald ab. Es dauerte jedoch nicht lange, da hatte Betti schon eine beste Freundin gefunden. Sie hieß Christine. Zum damaligen Zeitpunkt war es noch so, dass man eine beste Freundin oder einen besten Freund in der Klasse hatte. In der heutigen Zeit ist es doch etwas anders. Dies sieht Betti bei ihren beiden Jungs. Deren Freunde waren bzw. sind nicht unbedingt aus der gleichen Klasse, und bei vielen anderen Kindern ist es ebenfalls so. Aber damals ging man ja noch 10 Jahre zusammen zur Schule. In diesem Jahrhundert ist dies eher eine Seltenheit. Das ist ein Kommen und Gehen, sodass später keiner mehr weiß, wer ging denn nun mit wem zur Schule. Wenn diese Generation nach vielen Jahren mal ein Klassentreffen veranstalten möchte, wird dies bestimmt nicht einfach sein. Betti hat inzwischen vier Klassentreffen gehabt. Eines nach 10 und das andere nach 20, das dritte nach 26 Jahren und das letzte nach 30 Jahren. Alle waren sehr schön, und das letzte Klassentreffen fing in der Schule an. Sie nahmen noch mal eine „Unterrichtsstunde" und bekamen sogar ihre Prüfungsarbeiten. Diese wären in dem Jahr vernichtet worden, da sie „nur" 30 Jahre aufbewahrt werden müssen. Nach der „Unterrichtsstunde" sahen sie sich ihr Schulgebäude noch mal an und tauschten Erinnerungen aus. Es ist schon erstaunlich, wer welche Erinnerungen noch hat. Nicht alle erinnern sich ja schließlich an das Gleiche. Nach dem Rundgang durch das Schulgebäude ging es dann weiter in eine Gaststätte. Hier aßen sie Abendbrot und tranken und plauderten. Ein wirklich gelungener Abend. Da viele nach der Wende von zu Hause weggezogen sind, war es sehr interessant, zu erfahren, was aus ihnen geworden ist. Auch wenn nicht alle kommen konnten, so waren einige dabei, die Betti lange nicht gesehen hat.

Zu denen, die in der Heimat geblieben sind, hat Betti noch mehr oder weniger Kontakt. Christine ist ihrem Stil treu geblieben. Sie leitet eine große Modekette, hat keine Kinder, aber einen Hund und etliche Tattoos. Und wenn Christine mal wieder in der Heimat zurück ist, und Betti ihr begegnet, dann quatschen beide erst mal eine Runde. Nun aber zurück zum Thema. Mit Christine traf sich Betti bald jeden Tag. Sie wohnten dicht beieinander und konnten stundenlang zusammen spielen. Betti brauchte zu Hause nicht viel tun, und so zog es sie am Nachmittag immer zu ihrer besten Freundin. Die Hausaufgaben hatte Betti bereits im Hort erledigt, hier war sie immer bis 16.00 Uhr, dann eilte sie nach Hause, brachte die Schulmappe in ihr Zimmer und fuhr mit dem Fahrrad zu Christine. Diese besuchte nicht den Hort, da sie Oma und Opa hatte, welche schon im Rentenalter waren und dicht bei der Schule wohnten. Dort aß sie Mittag und machte ihre Hausaufgaben und ging dann nach Hause. Auch auf dem Weg zur Schule ging Christine immer noch bei ihren Großeltern vorbei und kam mit einem Sirupbrötchen auf dem Schulhof an. Betti konnte man mit diesem Zeug jagen und sie isst auch heute noch keinen Sirup. Betti war gern bei ihrer

Freundin zu Hause, auch wenn Christine einige Aufgaben zu erledigen hatte. Manchmal musste sie abwaschen, noch etwas einkaufen oder Unkraut jäten. Betti half ihr dann dabei, es machte ihr nichts aus, und ruckzuck waren sie fertig. Hätte Betti die gleichen Aufgaben zu Hause gehabt, dann fände sie das gar nicht lustig und hätte sicher rumgemault. Doch so zu zweit ging es zügig voran, sodass sie noch Zeit zum Spielen hatten. Sie besaßen beide die gleiche Puppe und sogar das gleiche Fahrrad. (Na gut, so viel Auswahl an Fahrrädern gab es in der DDR nun mal nicht.) Im Sommer waren beide viel mit dem Fahrrad unterwegs, gingen baden oder fotografierten auch sehr viel. Da war der Sommer noch Sommer. Sie spielten bei Christine im Garten oder gingen zu ihren Großeltern. Hier spielten sie ebenfalls sehr gerne. Die Großeltern hatte noch alte Ställe und Pferde. So fuhren sie oft auf der Kutsche des Opas mit. Manchmal, wenn er gerade vom Hof fuhr, liefen sie noch hinterher und schwangen sich auf die Kutsche. Das war immer ein Spaß. Manchmal fuhren sie zu ihrer anderen Oma aufs Dorf. Dort gab es einen schönen See, und Christine und Betti paddelten dann mit dem Ruderboot quer über den See und gingen vom Boot aus baden. Das war jedes Mal ein riesiger Spaß. Und die Sommerferien dauerten immerhin acht Wochen. Das war so viel Zeit, dass Betti sich wirklich nach den Ferien auf die Schule freute. Ihr gefiel es dann, wieder die Bücher neu einzuschlagen und die neue Federtasche einzuräumen. Alles roch so neu. Im Winter hatten sie wieder zwei Wochen Ferien, dann zogen sie mit ihren Schlitten los zum Rodeln. In ihrer Stadt gab es einen Rodelberg, wo sich wirklich fast alle Kinder trafen, und man musste verdammt aufpassen, dass man sich beim Rodeln nicht in die Quere kam. Der Berg war auch ziemlich hoch – aus damaliger Sicht. Wenn Betti sich diesen „Berg" heutzutage mal ansieht, muss sie leise lachen. Es ist ja fast nichts. Nicht mal als Hügel würde Betti dies heute bezeichnen. Als Betti mit 11 Jahren endlich ihre ersten eigenen Ski bekam, war die Freude groß. Diese waren zwar gebraucht, doch das störte sie nicht weiter. Und von da an ging es oft in den Wald zum Skilanglauf. Der Wald sah im Winter so wunderschön märchenhaft aus. Hier konnten die beiden Freundinnen Stunden verbringen, bis sie irgendwann durchgefroren waren und dann den Heimweg antraten. Übrigens hatte Bettis Bruder selbstgebaute Ski. Ihr Vater hatte diese gebaut und sogar die Spitze ein wenig gebogen. Doch so wirklich funktionierten diese Dinger nicht, ihr Bruder blieb oft damit im Schnee stecken. Dazu sahen die Ski auch etwas seltsam aus. Doch es war eben nicht einfach, an Ski heranzukommen. Betti und Christine hatten neben ihren Skiern auch noch Gleitschuhe. Doch ob es in der heutigen Zeit noch Gleitschuhe gibt, weiß Betti gar nicht. Diese Dinger waren richtig gut. Sie hatten eine Sohle aus Metall, diese wurde natürlich mit Kerzen eingewachst. Mit den Schuhen stellte man sich auf die Sohle, und die Schuhe wurden mit Lederriemen befestigt. Solange die Lederschnüre in Ordnung waren, ging alles gut. Doch waren sie erstmal porös, dann dauerte es nicht mehr lange und die Schnüre rissen. Damit war dann der Spaß vorbei. Doch die Winter waren immer toll. Schnee gab es in Hülle und Fülle. Oft bauten sich die Freundinnen richtig große Iglus und machten es sich darin gemütlich und erst, wenn die Füße kalt und die Handschuhe total nass waren, gingen sie rein, wärmten sich auf und spielten mit ihren Puppen. Oft waren sie auch bei dem Nachbarssohn Steffen, welcher ebenfalls in ihre Klasse ging. An dessen Haus grenzte ein großer Garten, der von mehreren Leuten bewirtschaftet wurde. In diesen Garten gingen die Freundinnen ebenfalls sehr gerne, sie naschten dann, was der Garten hergab oder kletterten einfach nur auf die Bäume. Da der Vater von Steffen Pastor war, hatte die Familie vieles aus dem „goldenen Westen". Wenn Betti und Christine mal bei ihm im Haus waren, kamen sie aus dem Staunen nicht mehr heraus. Was es da alles zu entdecken gab. Die Katzen bekamen Whiskas zu fressen, und zu den Kindergeburtstagen gab es immer die Marsriegel. Dort hat Betti auch das Spiel Monopoly kennengelernt. Selbst die Möbel sahen anders aus, als Betti es kannte. Der Vater hatte ein Arbeitszimmer mit einer zweiflügligen Tür, die Decken unwahrscheinlich hoch, und im Arbeitszimmer gab es rundherum Regale, welche über und über mit Büchern befüllt waren. Das beeindruckte Betti ungemein. Auch heute noch mag sie dieses Flair. Ja, das war schon eine andere Welt. Die Familie hatte auch einen Trabant über Genex bezogen. Betti hatte zwar als Kind davon des Öfteren gehört, doch was es so richtig bedeutete, wusste sie nicht. Sie wusste nur, dass es irgendetwas mit dem Westen zu tun hatte. Genex war eine DDR-Firma, bei der man schneller an sein geliebtes Auto herankam. Man musste nur Westmark und Westverwandte haben. Dann brauchte man nicht wie üblich über 10 Jahre warten, sondern war nach etwa 6 Wochen stolzer Besitzer eines Autos. Eine andere Klassenkameradin der beiden hatte ebenfalls viel aus dem Westen. Und diese Familie war eine der wenigen, welche zu DDR-Zeiten selbstständig sein durften. Sie besaßen ein Schreibwarengeschäft, welches sehr geordnet war. Es war das einzige Schreibwarengeschäft weit und breit. Daher war es in diesem Laden immer voll. Trotzdem ging Betti dort gern hinein und nahm auch die längeren Wartezeiten in Kauf. Dies war so ziemlich der einzige Laden, vom Intershop mal abgesehen, in welchen Betti sehr gerne ging. Es war zwar kein Selbstbedienungsladen, doch das war Betti egal. Beim Betreten des Ladens kam man direkt auf die Ladentheke zu, sie nahm die gesamte Breite des Verkaufsraumes ein, dort hinter standen meistens zwei oder drei Verkäuferinnen und gaben die gewünschten Artikel heraus. Die meisten Leute hatten einen Einkaufszettel dabei, welchen sie der jeweiligen Verkäuferin hinüberreichten und diese dann die Dinge raussuchte. Das Schöne war auch, dass es hier wirklich alles gab, was man so zum Schreiben, Zeichnen etc. brauchte. Betti war von diesem Laden fasziniert, da es hier immer eine Superordnung gab. Vielleicht lag es daran, dass die Einrichtung so „westlich" wirkte. So sahen die Schaufenster schon anders aus als in der restlichen Stadt. Die Rahmen waren aus Metall und sahen sehr ordentlich und robust aus, wobei die Schaufensterrahmen der übrigen Geschäfte aus Holz bestanden und diese einen Anstrich seit längerer Zeit verdient hätten. Betti durfte sogar mal in das Lager von dem Geschäft, da wie gesagt, ihre Klassenkameradin die Tochter der Ladeninhaber war. Hier hatte auch alles seine Ordnung, und so viel Ware auf einmal hatte Betti noch nicht gesehen. Was es dort für schöne Kugelschreiber und Füller gab. Einfach unglaublich. Christine und Betti waren bei der Klassenkameradin auch ein paarmal zu Hause. Die gesamte Einrichtung der Wohnung war so anders, als man es kannte. Das Kinderzimmer der Klassenkameradin war super eingerichtet, der Kleiderschrank voller Westklamotten, und das Zimmer war perfekt aufgeräumt. Die beiden Freundinnen kamen aus dem Staunen gar nicht mehr heraus. Wenn Betti dann von dort nach Hause kam, packte sie die Lust, ihr Zimmer ebenfalls aufzuräumen. Doch so sehr sie auch auf- und sogar umräumte, mit diesem Kinderzimmer konnte man nicht mithalten. Betti konnte sich jedoch westmäßig ebenfalls nicht beklagen. Ihre Familie bekam hin und wieder Pakete aus dem „goldenen Westen", wie die Erwachsenen zu sagen pflegten. Ihre Uroma hatte in Hannover eine Schwester wohnen, und so kam es, dass sie Westkontakt hatten. Dies ging jedoch nur, da Bettis Eltern nicht in der SED (Sozialistische Einheitspartei Deutschland) waren. Und so schickte der Kontakt etwa viermal im Jahr die Pakete an die armen Ostler. Meist waren es lange schmale Pakete, welche dann mit dem Fahrrad von der Post abgeholt und erst einmal zu Bettis Uroma transportiert wurden. Die langen schmalen Pakete stammten aus dem Blumengeschäft, welches die Westverwandtschaft besaß. In diesen Paketen wurden ihre Blumen geliefert. Jedenfalls konnte es gar nicht schnell genug gehen, das Paket zu öffnen, um zu sehen, was alles drin war. Schon allein das Öffnen des Paketes war eine reine Freude. Wie es duftete. Da die Familie, welche die Pakete schickte, eine Tochter und einen Sohn hatte, die ein wenig älter waren als Betti, passten ihr die meisten Sachen, nur die Hosen waren immer viel zu eng. Das war jedoch kein Problem, konnte man ja bei den Hosen noch den Keil hinten rauslassen. Heute würde natürlich so keiner mehr gehen, aber damals hat Betti dies in keinster Weise gestört. Sie war so stolz auf ihre Cord- oder Jeanshosen. Bettis Bruder bekam von den Sachen so gut wie nichts ab, da er größer als der andere Junge war. Er bekam dann eben die Füller oder die Tintenkiller. Meistens waren noch Kaffee, Schminkproben und Seife im Paket. Die Seife wurde jedoch nicht einfach so benutzt, dann wäre diese ja viel zu schnell weg gewesen, nein, diese legte man in den Wäscheschrank, damit die Wäsche immer gut roch. Was Betti jedoch nie verstand, warum jedes Mal ein Zettel mit im Paket lag, auf welchem sämtliche Sachen vermerkt waren. Einer las den Zettel vor, der andere suchte im Paket danach und bestätigte dann den Inhalt. Es war immer alles da. Bettis Mutter erklärte ihr eines Tages, dass die Pakete vorher durch die Stasi aufgemacht und durchsucht wurden. Sofern etwas im Paket war, bei dem die Stasi meinte, dies war zu kapitalistisch oder aus welchen Gründen auch immer, wurden die Dinge herausgenommen, und man hatte auch keine Chance, diese Sachen zurückzubekommen. Aber warum taten sie dies? Betti konnte sich keinen Reim darauf machen. Dafür war sie noch zu jung, sie hat von den ganzen schlimmen Dingen der Stasi keine Ahnung gehabt. Denn im Staatsbürgerkundeunterricht hieß es ja immer, wie gut der Sozialismus und wie schlecht der Kapitalismus ist. Dies wurde den Kindern so eingetrichtert, dass natürlich jeder daran glaubte. Der Lehrer war so ein überzeugter Sozialist und Kommunist, dass man sogar schon eine Eins bekam, wenn man nur sagte: „Der Sozialismus ist gut, der Kapitalismus schlecht." Betti kann sich noch an ein Bild im Lehrbuch erinnern, wo ein Motorradfahrer gestürzt war und nun auf dem Straßenpflaster lag. Unter diesem Bild stand ein Text, der Betti total schockierte, und sie froh war, dass sie nicht im Westen leben musste. Sinngemäß hieß es: „Hat der Motorradfahrer keine Krankenversicherung, wird ihm nicht geholfen." Aber mit solchen Unwahrheiten wurden die Kinder zu guten Sozialisten erzogen. Die meisten jedenfalls. Nach der Wende hatte es der Lehrer sehr schwer. Er konnte sich damit nicht abfinden, dass es „seine" DDR nicht mehr gab und wurde depressiv.

Irgendwann bekam Bettis Familie keine Pakete mehr, da die Schwester von Bettis Uroma gestorben war. Diese Nachricht erhielten sie per Telefon. Wenn man aus dem Westen einen Anruf erhielt, dann fragte die Dame vom Amt, ob man das R-Gespräch annehmen möchte. Wenn man bejahte, bekam man den Anruf, wenn nicht, dann war das Gespräch damit beendet. R-Gespräche waren Telefonate, bei denen man bereit war, die Kosten zu übernehmen. Betti war zu diesem Zeitpunkt so 12 Jahre alt und schon ein wenig traurig. Weniger, dass die Schwester gestorben war, denn diese kannte sie ja gar nicht, sondern mehr, dass es keine Pakete mehr gab. Die schöne Zeit war vorbei. Ab jetzt hieß es, die Ostklamotten kaufen. Nicht, dass diese unbedingt hässlich waren, doch man musste schon wissen, wann es wieder Ware gab, um auch noch etwas Gescheites zu bekommen. Da war es wieder gut, dass Bettis Oma in einem Laden arbeitete, welcher alles für den Herrn anbot. Das ist die Oma, welche erst als Kellnerin gearbeitet hat. Doch irgendwann legte ihr der Arzt nahe, sich eine andere Tätigkeit zu suchen, da ihre Lunge durch den Zigarettenrauch nicht mehr die beste war. Bettis Oma selbst hat nie geraucht, doch da die Kneipe ja immer gut besucht war, war der Gastraum eben auch immer „blau". Also arbeitete Bettis Oma jetzt in einem Herrengeschäft, was umso besser war. Und dieser Laden lag direkt gegenüber von Bettis Zuhause. Wenn Betti hier auch nicht viel „abstauben" konnte, da es ja ausschließlich Sachen für den Herrn gab, so bekam sie aber mal einen Herrenanorak, der einfach nur toll war. Diesen hütete Betti wie einen Schatz und trug ihn natürlich in der kalten Jahreszeit tagein, tagaus. Natürlich trugen diesen Anorak auch einige Männer, welche sie kannte, zum Beispiel ein Kumpel ihres Vaters. Doch der Anorak war so toll, dass es Betti gar nicht störte. Was die Männer bei ihrem Anblick dachten, war ihr egal.

Bettis Uroma durfte zu DDR-Zeiten mal nach Hannover reisen, um ihre damals noch lebende Schwester zu besuchen. Die Stasileute haben wohl gedacht, die Dame ist schon etwas älter, die bleibt nicht im Westen bzw. wenn sie dortbleibt, dann braucht die DDR nicht mehr die Rente zahlen. Aber Bettis Uroma kam zurück und erzählte nach ihrer Reise von ihren Erlebnissen. Es hat sie doch ein wenig überfordert. So staunte sie, dass die Butter unterschiedlich kostete. So etwas kannte sie aus der DDR nicht. Hier gab es Einheitspreise. Des Weiteren berichtete sie auch davon, dass es im Westen Arbeitslose gab und keine Krippenplätze. Betti kann sich noch gut daran erinnern und hatte gedacht, wie furchtbar muss es dort sein. Ihr taten all die Leute leid, die dort wohnten.

Nun zurück zu Christine und Betti. Beide fotografierten – wie bereits erwähnt – sehr gern, und deswegen beschlossen sie, in die Arbeitsgemeinschaft (AG) Fotografie einzutreten. Die Arbeitsgemeinschaft bestand aus ein paar Mädchen und zwei Jungs. Alle verstanden sich toll und die Arbeitsgemeinschaft machte großen Spaß. Die Fotos, welche sie gegenseitig von sich gemacht haben, konnten sie ohne Probleme im eigenen Labor entwickeln. Es war immer so spannend in der Dunkelkammer. Natürlich war ständig der AG-Leiter anwesend. Dies war nicht immer von Vorteil, da sich Betti und die anderen aus der AG irgendwann für Westmusik interessierten. Da Steffen – der Pastorensohn – auch die „Bravo" oder andere Zeitschriften aus dem Westen besaß, haben die Mitglieder der AG Bilder von Westgruppen, wie z. B. Modern Talking oder Wham, abfotografiert und im Labor entwickelt. Sie durften aber nicht vom AG-Leiter ertappt werden. Das wäre eine Katastrophe gewesen. Sie hätten dann sicherlich Stellung beziehen müssen und wären vermutlich aus der AG ausgeschlossen worden. Also wurde er durch ein Mitglied abgelenkt, und der Rest der Gruppe hat sich um die Entwicklung der Bilder gekümmert. Es hat immer geklappt. Und so hatte Betti stolz ihre Bilder in ihrem Zimmer an der Wand hängen, allerdings immer in Schwarz-Weiß. Aber anders kannten sie es nicht. Wenn Betti daran denkt, wundert sie sich schon ein bisschen. Damals hat man sich Farbfotos gewünscht, so wie es schon Nina Hagen besungen hat, und heute kosten Schwarz-Weiß-Fotos mehr und sehen manchmal noch besser aus. Manchmal bekam Betti große und kleinere Poster aus irgendeiner Westzeitung geschenkt, wie z. B. von Herbert Grönemeyer oder auch Bob Marley und Neil Young. Diese waren natürlich in Farbe. Umso mehr die Wand zugepflastert mit Postern und Bildern war, desto besser fand Betti ihr Zimmer. Im Alter von 10 Jahren bekam Christine noch einen Bruder. Als Betti ihn das erste Mal sah, war sie hin und weg. Wie er so dalag in dem viel zu großen Kinderbettchen, in seinem süßen Strampler eingepackt, einfach toll. Sie konnte gar nicht genug von ihm bekommen. Christine und Betti schoben nun des Öfteren den Kinderwagen und holten ihn später oft aus der KITA ab. Für Betti war dies immer ein Vergnügen, sie wollte später ohnehin Krippenerzieherin werden. So konnte sie schon mal üben. Für Christine war dies mehr Anstrengung, da sie ihn nach der Schule ständig um sich hatte. Aber welcher Bruder ist schon ein Vergnügen, egal ob der nun 10 Jahre jünger oder ein Jahr älter ist. So schön die Zeit mit Christine und später dann mit dessen Bruder war, irgendwann merkten beide, dass sie sich in verschiedene Richtungen entwickelten.

Eine neue Freundin kommt

Eines Sommers fuhr Christine ins Ferienlager. Betti wäre vielleicht mit ihr mitgefahren, doch die Ferienlager wurden nach der Arbeitsstätte der Eltern ausgesucht. Und da Bettis und Christines Eltern in unterschiedlichen Betrieben arbeiteten, war ein gemeinsames Ferienlager nicht möglich und so blieb Betti daheim. Christine lernte natürlich andere Teenies, was sie ja inzwischen waren, kennen, welche sich schon mehr für eine Musikrichtung und für einen Kleidungsstil interessierten. Sie hörten u. a. Depeche Mode, stylten sich die Haare hoch, verbrauchten eine Menge Haarspray und trugen schwarze Kleidung. Als Christine von ihrer Reise zurückkam, schwärmte sie Betti vor, welch coole Leute sie kennengelernt hat und wie diese aussehen. Betti merkte schon, dass sich ihre Freundin ein wenig verändert hatte, doch dachte sie auch nicht daran, dass sich an ihrer Freundschaft irgendetwas ändern könnte. Da diese neuen Bekanntschaften aus den nahe gelegenen Dörfern kamen, wollte Christine den Kontakt nicht abreißen lassen und fuhr nun hin und wieder mit dem Bus oder dem Zug dorthin. Christine nahm Betti wohl zwei oder höchstens dreimal mit zu ihren neuen Freunden. Betti hoffte immer noch, dass auch sie Gefallen an der Musik und dem Outfit dieser Teenies finden würde, doch sie merkte ziemlich schnell, dass dies nicht ihr Ding ist. Christine war zu diesem Zeitpunkt mittlerweile 14 Jahre alt, Betti ein halbes Jahr jünger, doch es machte schon was aus. Das Interesse an Jungs oder dieser besagten Musik hatte Betti nicht. So wusste sie zu diesem Zeitpunkt noch nicht, in welche Richtung sie mal gehen würde. Betti blieb erst einmal, wie sie war. Eine ganze Weile später entdeckte sie dann die Liebe zur Reggae-Musik, zu Trampern (das waren die Wildlederschuhe, die man nicht ohne Weiteres kaufen konnte. Es gab zwar einen Abklatsch davon, aber das war ja nicht das Gleiche) und zu langen Haaren bei den Jungs. So kam es, dass Christine und Betti jetzt getrennte Wege gingen, sie sahen sich fortan nur noch in der Schule und in der AG Fotografie. Dadurch, dass dieser Prozess jedoch langsam vonstatten ging und beide wussten, dass eine so tiefe Freundschaft nicht mehr möglich sein würde, war keiner der anderen in irgendeiner Art böse. Sie sahen sich ja weiterhin in der Schule, verbrachten auch die Pausen zusammen und verstanden sich trotzdem sehr gut. Es war für beide so in Ordnung. In der Zeit der Neuorientierung merkte Betti, dass sie sich zu einer Person immer mehr hingezogen fühlte, und auch die Interessen schienen zu passen. Und so kam es dann, dass Betti bald eine neue beste Freundin in ihrer Klasse hatte. Sie hieß Annett, war sehr ruhig und fiel nicht weiter auf. Sie war Klassenbeste und hat Betti in den oberen Klassenstufen des Öfteren zu einer guten Zensur verholfen, wenn diese mal wieder nicht durchsah. Annett war ebenfalls seit der 1. Klasse dabei. Dadurch, dass sie jedoch so ruhig war, wurde sie von Betti eben sehr spät bemerkt. Sie weiß noch, als die Klassenlehrerin in der Unterstufe Annett in der Stunde aufgerufen hat. Betti hat erst mal geguckt und dann gedacht: *Ah, die ist auch in meiner Klasse.* Betti war zwar in der Unterstufe ebenfalls sehr, sehr ruhig, doch Annett war noch schüchterner. Dass sie mal beste Freundinnen werden sollten, konnte Betti zu diesem Zeitpunkt noch nicht ahnen, auch wenn es zwischenzeitlich etwas brenzlich wurde. Die erste Liebe sollte sie beide auf eine harte Probe stellen. Am Anfang ihrer Freundschaft sahen sie sich nur jeden Tag in der Schule, verbrachten die Pausen gemeinsam und redeten viel. So merkten sie bald, dass sie gut zueinander passten. Und wie schon bei Christine, fuhr Betti bald jeden Tag zu Annett. Ihr Zuhause lag für eine Kleinstadt etwas entfernter, hätten beide in der Großstadt gewohnt, wäre man geneigt zu sagen, sie wohnten um die Ecke. Aufgrund der nun großen Entfernung (Kleinstadt) fuhr Betti immer mit dem Fahrrad zu Annett. Doch die Familie bei Annett war komplett anders, als es bei Christine der Fall war, und doch fühlte sich Betti hier ebenfalls sehr wohl. Die Eltern hatten auch ein eigenes Haus, hier wohn-

ten außer Annett noch drei Geschwister, die Eltern, die Großeltern und ein Hund. Diesen Hund hatte Annett vor einigen Jahren von Bettis Eltern abgekauft, da ihre Hündin geworfen hatte.
20 DDR-Mark haben sie hierfür bezahlt. Der große Bruder hatte schon eine Freundin, welche wiederum ein Kind hatte, jedoch
war Annetts Bruder nicht der Vater. Doch dies interessierte nicht
wirklich jemanden. Die Freundin und das Baby wohnten quasi
hier auch schon. Da es im Haus jedoch nicht mehr genug Platz
gab, zogen sie in das kleine Gartenhäuschen, welches mit auf dem
Grundstück stand. Es hatte zwar keine Toilette und auch keine
Küche, sondern es bestand nur aus einem Zimmer und einem
kleinen Flur. Wie heißt es doch so schön: Platz ist in der kleins-
ten Hütte. Es war immer etwas los, und es herrschte das Chaos.
Betti kann sich nicht erinnern, dass auch nur ein Zimmer irgendwann mal aufgeräumt war. Aber bei so vielen Leuten im Haus,
ist dies eben sehr schwierig. Es hat jedoch auch keinen gestört,
dass überall das Chaos herrschte, sonst hätte sicherlich mal jemand aufgeräumt. Die Mutter von Annett ist bei diesem Durcheinander immer sehr entspannt gewesen. Da sie sehr beleibt war,
konnte sie sich auch nicht richtig gut bewegen, um mal Ordnung
in das Haus zu bringen. Die meiste Zeit saß Annett ihre Mutter
in der Küche und las Zeitung oder machte Kreuzworträtsel. Trotz
der Unordnung fand Betti es hier klasse, auch nicht zuletzt, da
Annett keine Aufgaben im Haushalt oder im Garten übernehmen musste, so, wie es bei Christine der Fall war. Die Mädchen
hatten immer Freizeit. Dass mal keiner zu Hause war, gab es
nicht. Wenn Betti zu ihrer Freundin fuhr, klingelte sie, die Tür
stand eh meistens auf, und ging hinein. Sie gehörte dazu. Einige Jahre später leerte sich dann das Haus, was Betti sehr, sehr
leidtat. Im Laufe der Zeit sind die Großeltern und die Eltern gestorben, und irgendwann sind dann die Kinder auch ausgezogen.
Annett ihre Mutter starb als Erste nach kurzer, schwerer Krank-
heit. Dies war für Betti genauso ein Schock wie für die Familie
selbst. Es gab auch keine guten Aussichten, da Annetts Mutter
aufgrund ihrer besagten Fülle nicht operiert werden konnte. Es
war also abzusehen, dass sie irgendwann sterben würde. Betti

durfte sie im Krankenhaus auch nicht besuchen, die Mutter wollte nicht, dass Betti sie so elendig sieht. So hat sie, so gut sie es konnte, versucht, Annett zu helfen bzw. beizustehen. Aber wenn man die Mutter verliert, ist dies ein sehr großer und schmerzlicher Verlust. Annett war zu diesem Zeitpunkt gerade mal 20 Jahre alt. Als sie starb, rief Annett bei Betti an und übermittelte ihr die traurige Nachricht. Betti wusste gar nicht, was sie ihrer Freundin sagen sollte, sie hatte selbst damit zu kämpfen. Doch Betti und Annett verstanden sich auch ohne Worte. Die Mutter von Annett war supercool, der Vater hat immer vor sich hin gebrubbelt und einen auf ernst gemacht, hat es aber nicht so gemeint. Und mit den Geschwistern – zwei waren älter und einer jünger als Annett – hat sich Betti sehr gut verstanden. Annett und Betti hatten eine so wunderbare Freundschaft, sie haben sich alles erzählt und konnten sich immer aufeinander verlassen. Sie hörten dieselbe Musik, wie Herbert Grönemeyer, Udo Lindenberg, Peter Maffay, Heinz-Rudolf Kunze, um nur einige zu nennen (Ostrock war nicht so ihre Welle) und zogen sich gerne gleich an. Lediglich mit Annetts Pünktlichkeit hat es nie geklappt. Zur Schule kam sie ständig zu spät, aber das war nicht weiter schlimm, sie war eh Klassenbeste. Manchmal hat Betti vor ihrem Haus auf Annett gewartet, damit sie ein Stück zusammen zur Schule gehen konnten. Dies war jedoch wenig sinnvoll, denn so kam auch Betti zu spät zum Unterricht. Und später, wenn beide zur Disco wollten, musste Betti immer eine Stunde früher als Uhrzeit angeben, damit sie sicher sein konnte, dass Annett auch pünktlich kam. Manchmal, wenn Betti ihre beste Freundin zur Disco abgeholt hat, dann fing diese erst an, sich zurechtzumachen, Haare waschen und föhnen. Bei der Mähne hat es ewig gedauert, bis die trocken war. Bei der Klamottenauswahl ging es ein bisschen zügiger voran, denn es wurde vorher schon abgesprochen, was man anziehen wollte. Hat die Absprache mal nicht so geklappt, und Annett hatte eine Hose und Betti einen Rock an, dann wurde umdisponiert, sie mussten dann noch mal zu Betti nach Hause, damit diese sich auch eine Hose anziehen konnte. In der Zeit, als Betti dann schon ihren Freund hatte, welchen eigentlich Annett haben wollte – hierzu später mehr – hatte Betti natürlich nicht mehr viel Zeit zu lernen. So kam es, dass die Biologienote am Anfang des Schuljahres sehr schlecht war. Also hat Annett für Betti einen Vortrag ausgearbeitet, und diese hat den Vortrag dann im Unterricht vorgelesen. Worüber sie allerdings gesprochen hat, war ihr nicht im Geringsten bewusst. Da die Lehrerin natürlich sehr überrascht war über die plötzliche Intelligenz von Betti, fragte sie nach, ob ihr jemand geholfen hat. Und so haben beide für diesen Vortrag eine eins erhalten. Betti hatte des Öfteren die Möglichkeit gehabt, bei Klassenarbeiten von Annett abzuschreiben, denn sie saßen ja nebeneinander, und Annett schob ihr Blatt immer so hin, dass Betti alles lesen konnte. Doch wenn sie sah, wie viel und wie schnell Annett schrieb, resignierte Betti und schrieb gar nichts mehr. Was hätte sie auch schreiben sollen? Da sie nichts von alledem verstand, hätte sie Wort für Wort abschreiben müssen, was selbstverständlich aufgefallen wäre, und dann wäre bei beiden eine Fünf fällig gewesen. Bei den täglichen Übungen im Mathematikunterricht mussten die Schüler gegenseitig die Ergebnisse kontrollieren. Annett nahm dann Bettis Füller und korrigierte, so gut es ging, die Fehler, sodass Betti bei den täglichen Übungen nicht so schlecht abschnitt. Hier war natürlich äußerste Vorsicht geboten, da der Mathelehrer seine gut sehenden Augen überall hatte. Aber es klappte immer. Es gab so einige Sachen, wo sie beide ihre Freundschaft unter Beweis stellen konnten. So war es zum Beispiel in der Schule, in welche die beiden gingen, üblich, dass die Klassen im 9. Schuljahr in die damalige Sowjetunion flogen. Aus dem einfachen Grund, da die Schule eine sogenannte Russischschule war. Hier lernten die Kinder, wie bereits erwähnt, ab der 3. Klasse Russisch, in den anderen Schulen begann man damit erst ab der 5. Klasse. In den höheren Klassen – so ab Klasse 7 – war es dann üblich, dass man sich mit russischen Schülern schrieb. Der Kontakt erfolgte über die Schule. Betti hatte drei Brieffreundschaften: zwei Mädchen und einen Jungen. Normalerweise hatte man ein oder zwei Freundschaften, da aber ihr Bruder seine Freundschaft Betti „unterschob", weil er einfach zu faul für eine Brieffreundschaft war, kümmerte sie sich also auch noch darum. Betti störte dies aber nicht, sie schrieb ohnehin gern Briefe, auch wenn sie lieber auf Deutsch geschrieben hätte. Sie liebte es auch, dann auf ihrem Briefpapier zu schreiben, davon hatte Betti verschiedene zur Auswahl. Die Brieffreundinnen und der Brieffreund schickten sich gegenseitig Fotos zu, damit man wusste, wie der oder die andere aussah. Bettis Brieffreundinnen sahen eben sehr russisch aus. Lange dicke Haare und sehr hübsch. Der Junge war ebenfalls sehr russisch. Er schickte ein Foto, auf welchem er eine Uniform trug. Das sah natürlich sehr chic aus. Betti war beeindruckt. Es wurden auch die roten Halstücher getauscht, welche man zur damaligen Zeit als Thälmann-Pionier trug. Die russischen Schüler hatten ebenfalls rote Halstücher. Betti hat immer in Russisch geschrieben und die Brieffreundinnen ebenfalls. Eigentlich war es angedacht, dass diese in Deutsch schreiben, aber sie waren wohl zu bequem. Es gab lediglich einen Brief, den Betti mal in Deutsch bekam, und der war gar nicht schlecht geschrieben. Wenn man mit den russischen Briefen beim Übersetzen nicht weiterkam, dann half die Russischlehrerin. *Irgendwann*, dachte Betti, *werde ich bestimmt mal in die Sowjetunion fliegen und die Freundinnen besuchen.* Den Kontakt zu allen drei hat sie lange gehalten, doch irgendwann ging die Brieffreundschaft dann verloren. Das lag bestimmt daran, dass Betti zum späteren Zeitpunkt nur noch den Kopf für Disco und ihren Freund frei hatte. Aber es war eine sehr schöne Zeit. Betti hatte auch ein T-Shirt, auf welchem in Russisch stand: Ich liebe dich. Leider kann Betti heute kein Russisch mehr, ganz wenige Worte nur noch, so wie eben auch diese drei Worte; diese haben sich natürlich eingeprägt. Die Schrift kann sie aber beim besten Willen nicht mehr lesen.

Nun zurück zur Reise in die Sowjetunion. Es war so, dass nicht nur die Klasse von Annett und Betti nach Russland fliegen würde, sondern die Parallelklasse sollte ebenfalls zum gleichen Termin fliegen. Da die beiden Klassen zusammen in etwa 40 Personen ausmachten, die Lehrer noch nicht mitgerechnet, fehlten dementsprechend Flugplätze. So fing die Diskussion an. Wer sollte mitfliegen und wer zu Hause bleiben. Soweit Betti sich erinnern kann, war dies wohl das erste Mal, dass Plätze fehlten, weil sonst die Klassen getrennt, also nacheinander, flogen. Da dies jedoch für die Lehrerin der Parallelklasse nicht in Frage kam, sollten eben die beiden Klassen zusammen fliegen. Annett und Betti beschlossen, so geht dies nicht und haben ihre Klasse davon überzeugt, dass entweder alle fliegen oder keiner. Die Lehrer waren schon dabei, auszusortieren, z. B. sollte einer zu Hause bleiben, dem auf Reisen immer schlecht wurde, dann wurden noch einige aussortiert, die nicht so ganz der Norm entsprachen, sprich, das Betragen nicht hatten, wie es erwartet wurde, und die Schlechteste in der Klasse. Da Annett und Betti immer für Gerechtigkeit waren, machten sie daraus auch kein Geheimnis und haben für mächtig Aufsehen gesorgt. Zum Anfang waren auch noch alle aus der Klasse auf ihrer Seite, doch dann hat sich der Rest der Klasse irgendwann ein wenig von der ganzen Sache distanziert. Sie hatten wohl Angst, selbst nicht mitfliegen zu können. Annett und Betti gingen jedoch von ihrer These nicht ab, und so haben sie beschlossen, dass sie nicht mitfliegen, sofern auch nur einer von dieser Reise ausgeschlossen wird. Beide fanden, dass Russland so spannend nun auch wieder nicht sein kann, und außerdem würden sie noch eine Menge Geld sparen. Der Flug kostete damals so um die 400 Mark der DDR. Betti kann auch nicht sagen, dass sie gern geflogen wäre. Dies tut sie heute noch nicht gern bzw. sie fliegt auch nicht. Jedenfalls stand dies fest, sie teilten ihre Entscheidung mit. Da hatten sie ja was angerichtet. Wie konnten sie so aufmüpfig sein? Der ganze Wirbel ließ auch wieder nach, und die Plätze wurden nun belegt, bis auf wenige Wochen vor dem Abflug noch ein Junge aus der Parallelklasse wieder aussortiert wurde, da bekannt wurde, dass er sich in der Öffentlichkeit vor Leuten entblößt hat. Also war wieder ein Platz frei. Da man so jedoch auch nicht in die Sowjetunion fliegen wollte, wurde nun eine Lehrerkonferenz einberufen, um zu klären, wer von den beiden Freundinnen denn nun mitfahren sollte; die Klassenbeste oder Betti? Doch keine der beiden wollte. Wussten die Lehrer aber nicht, sonst hätten sie sich wohl die Zeit und Mühe gespart. Die Lehrerkonferenz hatte zu Ende getagt, und der Klassenlehrer verkündete das „Urteil". Betti sollte mitfliegen. Das war ja wohl ein Witz. Annett, die Klassenbeste, sollte zu Hause bleiben. Nicht mit Betti. So hat sie nach der Verkündung sich zu Wort gemeldet und dem Lehrer mitgeteilt: „Wenn Annett nicht fliegt, fliege ich auch nicht." Sie dachte, damit sei der Fall erledigt. Aber der Lehrer machte eine Szene, wie es Betti von ihm noch nicht kannte. Sie hatte sich immer mit ihm super verstanden, das konnte sie von den anderen Lehrern nicht behaupten. Jedenfalls fragte er sie: „Wärst du auch nicht mitgekommen, wenn Monika hätte zu Hause bleiben müssen?" Monika war ebenfalls in ihrer Klasse. Die Antwort war: „Ja." Da hat es ihm die Sprache verschlagen und die Sache war vom Tisch. Obwohl, nicht ganz. Jetzt war ja immer noch der Platz frei. Aber Annett hat es ebenfalls abgelehnt, nach Russland zu fliegen, und so blieb der Platz am Ende doch frei. Konsequenzen hatte dies zum Glück für beide Mädchen nicht. Während die anderen nun in Russland waren, musste der Rest, welcher zu Hause geblieben war – freiwillig oder unfreiwillig – in dieser Zeit in die 10. Klasse. Für Annett und Betti war es eine schöne Zeit, Annett bekam auch in dieser Klasse alles mit und hatte voll den Durchblick und Betti schaltete ab, da sie eh keine Zensuren hier bekommen konnte. Statt zuzuhören, verschönerte sie ihre Schulbücher, malte oder schrieb in die Bücher, wann wieder Disco angesagt war. Doch ganz so entspannt sollte es für die Mädchen dann doch nicht sein. Sie mussten sogar Arbeiten mitschreiben. Für Annett war dies kein Problem, doch Betti hatte gar keine Peilung. Gut nur, dass die Zensuren keine Rolle spielten. An einem Tag fuhr die 10. Klasse sogar zu einer Gerichtsverhandlung, und Annett und Betti waren dabei. Darauf freuten sich natürlich alle, denn wann hatte man schon die Gelegenheit, sich so etwas anzusehen. Bis zu diesem Zeitpunkt wusste Betti nicht mal, dass man bei einer Gerichtsverhandlung als Außenstehender dabei sein durfte. Das war auch die einzige Gerichtsverhandlung, welche Betti jemals erlebt hat. Es war überaus spannend. Hierbei ging es um Körperverletzung. Der Angeklagte war noch nicht volljährig, er war erst 17 Jahre alt. Betti weiß noch, als sie den Angeklagten sah, dachte sie: *Der sieht gar nicht mal so schlecht aus. Den können sie doch nicht so hart bestrafen.* Ja, Richterin hätte sie wohl nicht werden können, wenn sie immer nach dem Aussehen geurteilt hätte. Doch der Angeklagte hatte Glück. Er bekam Bewährung und Betti fiel ein Stein vom Herzen. Leider gingen die Tage, welche sie in der 10. Klasse ganz entspannt verbrachten, viel zu schnell vorbei und die „Russen" waren wieder da. Natürlich hatten diese viel zu erzählen und zeigten später dann auch ihre Fotos, welche sie von Kiew gemacht hatten. Annett und Betti hörten sich die Geschichten an, fanden diese auch überaus spannend und fragten sehr viel nach, aber enttäuscht, dass sie nun doch nicht mitgeflogen sind, waren sie nicht. Sie haben ja nicht gesehen, was sie verpasst haben. Bettis Klassenlehrer hat auch sehr versucht, sich bei ihr einzuschmeicheln, doch sie ließ ihn noch ein wenig zappeln, bevor sie sich wieder mit ihm gut verstand. Ein Andenken aus Russland hat Betti übrigens heute noch, es ist ein Kugelschreiber, welcher zum Zeigestock ausgezogen werden kann. Das Ding schreibt zwar nicht mehr, ist ansonsten aber noch in Gebrauch. Wenn Betti heutzutage einen Auszubildenden an ihrer Seite hat, macht sich der Zeigestock am Computer immer noch ganz gut. Diesen Zeigestockkugelschreiber hatte ihr Bruder Remo von seiner Russlandreise ein Jahr zuvor mitgebracht.

Eine weitere Geschichte, wo Annett und Betti ihre Freundschaft unter Beweis stellen konnten, war, als es einige Jahre später hinter dem neuen Jugendclub brannte. Eine alte Fabrikhalle stand in Flammen. Es kam öfter vor, dass Annett und Betti zusammen in einen Club gegangen sind, jedoch getrennt nach Hause, weil eine von beiden oder eben beide einen jungen Mann abgeschleppt haben, der sie jeweils nach Hause brachte. Am nächsten Tag erfolgte dann die Auswertung, wer von wem nach Hause gebracht wurde, und wie lange man noch vor der Tür stand, und natürlich, ob die jungen Männer küssen konnten. Da beide noch zu Hause wohnten, konnten sie die Eroberungen ja nicht mit in ihr Zimmer nehmen. Betti musste ohnehin durch das Schlafzimmer ihrer Eltern in ihr Zimmer, was sich auch nicht immer als so einfach herausstellte. So war es nun, dass die besagte Halle eines Nachts brannte. Die Kripo stellte Untersuchungen an und vernahm erst einmal alle, die am Abend zuvor im neuen Club waren. Betti wurde ebenfalls zu Hause aufgesucht. An diesem Abend ist sie nicht allein nach Hause gegangen, sie hatte ein Alibi. Es sollte jedoch keiner wissen, dass er sie nach Hause gebracht hat, da er eine Freundin hatte. Aber was sollte Betti tun? Sagen, dass sie allein gegangen ist? Nein, lügen konnte sie nicht – und schon gar nicht vor der Kripo. So gab sie an, mit wem sie nach Hause ging, und dieser junge Mann wurde ebenfalls von der Kripo aufgesucht, der dann Bettis Aussage bestätigte. Für ihn bedeutete dies dann zu Hause Ärger, doch der ging auch vorbei. Betti war also aus dieser Nummer raus. Annett hatte zwar auch ein Alibi, sie war ebenfalls in Begleitung eines Jungen, doch sie gingen den „falschen" Weg nach Hause. Irgendjemand hatte gesehen, wie beide in die Richtung der Fabrikhalle unterwegs waren. Manchmal ist man eben einen Umweg gegangen, damit man mit der entsprechenden Eroberung länger zusammen sein konnte. Doch nun stand Annett sowie ihre Begleitung unter Verdacht. Hinzu kam noch, dass ihr Begleiter auch kein Kind von Traurigkeit war und schon einiges auf dem Kerbholz hatte. Das machte die Sache nicht gerade einfacher. Die Vorurteile waren da. Einmal war Betti bei Annett zu Hause, als die Kripo kam und sie verhörte. Zwei Männer waren in ihrem Zimmer und stellten Fragen. Betti durfte sogar dabeibleiben. Aber wirklich freundlich waren diese Kerle nicht. In Annetts Haut hätte sie nicht stecken wollen. Sie stellten immer wieder die gleichen Fragen und kamen sogar in die Schule, holten sie aus dem Unterricht und befragten sie wieder. Es hat sich lange hingezogen, bis der wahre Täter ermittelt werden konnte. Es war keiner, der an diesem Abend im Club war. Doch die Zeit war für Annett nervenaufreibend. Wie sollte sie beweisen, dass sie nicht der Brandstifter war. Was wäre, wenn sich die Kripo so darauf versteifen würde, dass die beiden die Brandstifter sein sollen? Dann würde Annett verurteilt werden, müsste den Schaden wohl noch bezahlten und ihr Leben wäre verpfuscht. Betti stand ihrer Freundin in dieser Zeit, so gut sie konnte, bei. Sie hatte auch nicht im Geringsten daran gezweifelt, dass Annett etwas mit der Sache zu tun hatte. Was waren sie froh, als sich alles aufklärte.

Als die Schulzeit für Annett, sie ging noch zur Oberschule (11. und 12. Klasse), und die Lehrzeit für Betti zu Ende war, fing das Arbeitsleben an. Betti hatte Facharbeiter für Schreibtechnik – so hieß das früher – sprich Sekretärin gelernt und war nun berufstätig. Annett arbeitete als Volontärin ein Jahr bei der Zeitung und wollte dann studieren. Nun sah man sich nicht mehr jeden Tag, aber die Freundschaft sollte doch noch einige Jahre dauern. Inzwischen war auch die Wende gekommen, die DDR gab es nicht mehr und Annett hatte sich entschieden, mit ihrem damaligen Freund in den „Westen" zu gehen, um dort zu studieren. Die Wahl fiel auf Stuttgart, da der Freund dort schon einen Cousin hatte, der ihnen bei ihrem Start helfen konnte. So war dies also nun. Annett im „Westen" und Betti blieb in ihrem heißgeliebten Heimatort zurück, wo sie auch heute noch wohnt. Und wenn sie hier keiner rausträgt, dann bleibt sie auch hier. Beide telefonierten regelmäßig, mitunter gingen schon mal über zwei Stunden drauf. Das Ohr war dann heiß und tat heftigst weh. Betti lag immer beim Telefonieren auf der Couch und machte es sich bequem, denn sie wusste, dass die Gespräche nicht enden würden. Da die Mädchen meistens in den späten Abendstunden telefonierten, waren die Rechnungen nicht ganz so hoch. Zu dieser Zeit konnte man abends günstiger telefonieren. Hätten beide am Tag telefoniert, wären die Rechnungen wohl in die Höhe geschossen. Betti besuchte Annett in ihrer ersten Wohnung ein einziges Mal. Es war eben sehr weit, und außerdem kam Annett in regelmäßigen Abständen in ihren kleinen Heimatort zu Besuch. Dann ging es natürlich mit Betti auf die Piste. Bettis Mutter war darüber nicht sehr erbaut, da sie genau wusste, wenn beide loszogen, endete dies nie gut. Sie tranken dann zu viel und kamen im Morgengrauen erst nach Hause. Aber die Mädels hatten ihren Spaß. Manchmal malten sie sich auch die Zukunft zusammen aus. Denn sie hatten nicht vor, sich jemals zu trennen. So haben sie darüber nachgedacht, ein Anwaltsbüro nach dem Studium von Annett zu eröffnen. Annett als Rechtsanwältin selbstverständlich und Betti als Sekretärin. Denn Annett wollte nach dem Studium zurück in ihre Heimat kehren. Sie glaubten ganz fest daran. Aber wenn man erst mal woanders Fuß gefasst hat, dann kommt eh keiner mehr zurück. Es war ein Traum und wäre auch zu schön gewesen. Denn wie heißt es doch so schön: „Erstens kommt es anders und zweitens als man denkt." Die Beziehung zwischen Annett und ihrem Freund ging irgendwann in die Brüche. In der Zeit waren die Telefonrechnungen der beiden Freundinnen um einiges höher, aber das nahmen sie gern in Kauf. Betti konnte ihrer Freundin nur noch telefonisch beiseite stehen, sie hatte so viel durchzumachen, aber einfach so mal zu Annett zu fahren ging eben nicht. Man fuhr mit dem Auto, wenn man gut war, acht Stunden. Doch irgendwann hat Annett die Trennung verarbeitet und alles lief wieder in geordnete Bahnen ab, und eines Tages verriet Annett ihrer Freundin, dass sie einen neuen Freund hat. Tom hieß er. Sie hat viel von ihm erzählt und war sichtlich glücklich. Dass dieser Tom diese Beziehung zwischen den beiden Freundinnen beenden würde, daran hat Betti im Traum nicht gedacht. Annett war auch nicht der Typ, der sich irgendetwas sagen ließ. Tom machte einen sympathischen Eindruck, auch wenn er ein „Wessi" war. Davon konnte sich Betti überzeugen, als sie Annett eines Tages besuchte und für eine Woche blieb. Betti kam mit dem Zug, denn eine Autofahrt von über acht Stunden so ganz allein wollte sie dann nicht in Kauf nehmen. Und mit dem Zug war es viel entspannter. Die beiden Verliebten holten sie vom Bahnhof ab, und Betti konnte zum ersten Mal Tom genau in Augenschein nehmen. Er war groß, hatte eine männliche Figur und sah gut aus. Er war nicht hübsch im klassischen Sinne, aber ein Mann muss ja auch nicht hübsch sein. Wie hat Bettis Oma immer gesagt: „Einen schönen Mann hat man nie für sich allein." Nur den

Dialekt, welchen Tom sprach, hat Betti nicht verstanden. Wenn er sich Mühe gab, ging es, aber ansonsten verstand sie nur Bahnhof. Das war wohl der Stuttgarter Dialekt. Und ihre Freundin hatte diesen ebenfalls schon angenommen, Gott sei Dank aber nicht so ausgeprägt. O. k., der erste Check war beendet und Betti fand, sie passten gut zueinander. Annett war unheimlich stolz auf ihren Tom. Sie himmelte ihn geradezu an. Nach der „Abnahme" ging es erst mal zum Essen. Es war schon süß, als Betti sah, wie verliebt beide waren. Sie hatte zu diesem Zeitpunkt keinen Partner und bedauerte sich selbst ein wenig. Es ist schon toll, frisch verliebt zu sein, die Schmetterlinge im Bauch zu haben und zu denken, so geht es bis ans Lebensende weiter. Dass die Schmetterlinge aber irgendwann verschwinden, wird verdrängt bzw. kann man sich zum Zeitpunkt der absoluten Verliebtheit gar nicht vorstellen. Betti war vielleicht sogar ein wenig neidisch, obwohl sie nach der letzten Enttäuschung gar keinen Freund mehr haben wollte. Im Großen und Ganzen war die Woche super, auch wenn Betti manchmal das Gefühl hatte, das fünfte Rad am Wagen zu sein, so verliebt waren beide. Nachmittags unternahmen alle drei etwas zusammen, da Annett noch einen Nebenjob hatte und sie vormittags in einem Sonnenstudio arbeitete. Entweder ging Betti dort mit hin, oder sie unternahm allein etwas, bis Annett mit ihrer Arbeit fertig war. Eines Vormittags steuerte Betti ein großes Kaufhaus an. Sie stöberte dort eine Weile, kaufte ein paar Dinge und begab sich irgendwann zum Ausgang. Als sie auf der Straße stand, wurde ihr bewusst, dass sie hier nicht reingegangen ist. *Egal*, dachte sie, *so schlimm kann es ja nicht sein, dann geh ich einfach rum und komme vorne wieder an.* So einfach war dies aber nicht, Bettis Orientierungssinn ist nicht sonderlich gut ausgeprägt. Sie befand sich mit einem Mal in einem Viertel, welches sie vorher noch nicht gesehen hatte. Ihr wurde ein wenig mulmig zumute, als sie merkte, dass es sich hier um ein Türkenviertel handelte. Nicht, dass sie etwas gegen Türken hat, doch so viele auf einmal flößten ihr etwas Angst ein, zumal sie auch angeguckt wurde, als ob sie vom anderen Stern kommt. Es hat eine ganze Weile gedauert, bis sie endlich eine

U-Bahn-Station entdeckte und Richtung „Heimat" fahren konnte. Sie war so stolz auf sich, dass sie die richtige Strecke genommen hatte, doch Großstadt war definitiv nichts für Betti. Mal für einen Tag und ein paar Tage hier verbringen war in Ordnung, doch nicht zum Wohnen. Tom hatte eine eigene Firma, soweit Betti dies richtig verstand, war er Immobilienmakler. An einem Tag fuhren sie dort sogar gemeinsam hin, da er noch einige Dinge zu erledigen hatte. Betti war schon beeindruckt. Wie sie später erfuhr, musste er mit der Firma irgendwann Insolvenz anmelden, und es war nicht die erste Firma. Es war mehr Schein als Sein, doch zu diesem Zeitpunkt ahnte sie es nicht einmal. Nachdem er nun alles ganz wichtig erledigt hatte, gingen sie Billard spielen. Ins Kino gingen sie dann an einem anderen Tag, so ein Riesenkino hatte Betti in ihrem Leben noch nicht gesehen. Sie durfte sich einen Film aussuchen, und da sie gerade auf Männer nicht so gut zu sprechen war, entschied sie sich für den Film „Der fast perfekte Mord" mit Michael Douglas. Am letzten Abend vor Bettis Heimkehr machten die Freundinnen einen Mädelsabend. Betti war unheimlich froh darüber, dass sie endlich mal allein waren. Sie hatte nichts gegen Tom, doch ihn ständig um sich zu haben, war ihr mit der Zeit etwas auf die Nerven gegangen. Dies hatte sie natürlich ihrer Freundin nicht gesagt, sie wollte sie nicht verletzen. Man weiß ja, wie empfindlich man reagiert, wenn man frisch verliebt ist. So hatten die Mädchen ein Raclette aufgebaut und brutzelten sich den ganzen Abend über etwas zurecht. Sie plauderten über Gott und die Welt. Dieser Abend war für Betti eigentlich der schönste, beide allein. Doch irgendwann geht auch mal der schönste Abend zu Ende, und Betti musste am nächsten Morgen wieder zurück. Sie wurde von Tom und Annett zum Bahnhof gefahren, sie warteten zusammen noch auf den Zug, und kurz darauf war der Abschied auch schon gekommen. Betti versprach Annett, sich zu melden, sobald sie zu Hause ankommt. So war es dann auch, und sie werteten erst einmal alles aus. So ging das mit den Telefonaten wie gewohnt weiter, bis Betti so nach und nach merkte, dass Annett sie nur noch anrief, wenn Tom nicht zu Hause war. Zuerst machte sich Betti darüber keinen Kopf. Rief Betti bei Annett an, wurde ihr ebenfalls schnell klar, ob Tom da war oder nicht. Annett, die immer gemacht hat, wonach ihr gerade der Sinn stand, hatte sich plötzlich verändert, das merkte man an ihrem Verhalten. Die Telefonate waren, wenn Tom zu Hause war, sehr kurz. Betti bemerkte immer mehr, dass sie sich vom Freund Vorschriften machen ließ. Später, als die Freundschaft drohte, in die Brüche zu gehen, bekam Betti heraus, dass Tom Annett irgendwann ein Handy geschenkt hat. Zum damaligen Zeitpunkt war dies noch nicht so gewöhnlich wie jetzt. Man könnte denken, toller Mann, kauft seiner Freundin ein Handy, doch der wahre Grund war, dass er sie kontrollieren wollte, wo sie sich gerade befand. Auch sollte Annett keinen Führerschein machen, denn er hatte ja einen, und könnte Annett überall hinfahren, und so hätte er sie wieder unter Kontrolle. Und wenn Annett mal allein in ihre alte Heimat gefahren ist, dann hat er sie ständig angerufen.

Als sich Annett zusammen mit ihrem Freund mal wieder zu Besuch in ihrem Heimatort aufhielt, ging so gut wie gar nichts mehr. Ach, was heißt „so gut", es ging nichts mehr. Betti war am Nachmittag bei ihrer Freundin eingetroffen, beide freuten sich über ihr Wiedersehen, nur Tom war etwas reservierter. Annett und Betti machten Pläne für den Abend, denn es war ja Tradition, dass beide die Disco unsicher machten. Betti fragte noch Tom, ob er ebenfalls mitkommen wolle, natürlich in der Hoffnung, dass er absagt, denn Betti wollte lieber mit Annett allein in die Disco, denn dann war Annett sie selbst, wenn er nicht dabei war. Tom wollte es sich noch überlegen, ob er mitkam und machte gute Miene zum bösen Spiel, zumindest hat er es versucht, doch Betti merkte an seinem Gesichtsausdruck, dass es ihm total gegen den Strich ging. *Egal*, dachte sie, *Annett lässt sich dies mit Sicherheit nicht verbieten.* Haben die Mädchen doch immer ihre Discotouren gemacht. Weit gefehlt. Der Discogang fiel aus. Am frühen Abend rief Annett bei Betti an und hat sich eine Ausrede einfallen lassen, die so dämlich war, aber Betti tat, als ob sie dies glauben würde. Sie müsste noch etwas mit ihrem Vater besprechen. Als ob dies nicht vorher ging und später. Natürlich war Betti die Lust auf Disco ebenfalls vergangen, allein machte es keinen Spaß, auch wenn sie mit Sicherheit dort Bekannte treffen würde. Sie wollte eben mit Annett dort hin. Betti war stinksauer auf Tom und auch auf Annett, da sie sich von ihrem Freund so einschüchtern ließ. Ab diesem Zeitpunkt mochte Betti diesen Tom gar nicht mehr. Der Kontakt zu Annett bestand noch weiterhin, und als beide mal wieder in der Stadt waren, lud Betti die beiden zu sich nach Hause ein. Es passte ihr zwar nicht, dass Tom dabei war, doch ohne ihn wäre Annett nicht gekommen, ist sich Betti ziemlich sicher gewesen. So kamen beide am Abend bei ihr vorbei, sie tranken und plauderten, Tom war schon sehr arrogant, hatte auch nicht viel für die „Ossis" übrig. Betti versuchte, so gut es ging, darüber hinwegzuhören. Doch aus irgendeinem Grund haben sich Tom und Annett plötzlich gestritten. Dieser Streit führte dazu, dass Tom aufstand und das Haus verließ. Vorher hat er ihr natürlich Vorwürfe gemacht, dass er nicht ihr Depp sei und andere Gemeinheiten eben. Annett konnte zwar sehr provozierend sein, aber gleich so auszuticken, das zeugte von einem schlechten Charakter. Annett hat sich die Augen ausgeheult, auch das war sonst gar nicht ihr Ding. Betti war von diesem Vorfall sehr überrascht. In diesem Moment hätte sie ihrer Freundin gerne gesagt, dass Tom nicht zu ihr passte und sie nicht gut behandelt. Doch sie wusste, wie sehr sie ihn liebte, da kommen solche Worte nicht an. So versuchte Betti ihre Freundin zu trösten, was ihr dann nach einer Weile auch gelang. Es dauerte eine ganze Zeit, bis Tom wieder da war. Betti ließ ihn jedoch nicht mehr in ihre Wohnung und so gingen Annett und Tom nach Hause. Und für Betti stand fest: Der erste Eindruck ist nicht immer der richtige. Das Aus der so wunderbaren Freundschaft, die für immer halten sollte, kam, als Annett Geburtstag hatte und Betti ihrer besten Freundin telefonisch gratulieren wollte. Doch der Telefonanschluss war nicht mehr vergeben. *Was war das denn?*, dachte sich Betti und wählte die Nummer noch einmal. Die gleiche Ansage kam: „Dieser Anschluss ist nicht vergeben." Betti war wie vor den Kopf gestoßen. Sie wusste zwar, dass Annett zu ihrem Freund ziehen bzw.

sich beide eine neue Wohnung suchen würden. Doch Betti ging davon aus, dass Annett ihr es sagen würde, wenn der Umzug erledigt ist, und sie eventuell eine neue Telefonnummer hat. Doch so, das konnte Annett ihr nicht angetan haben. Sie zog um, und Betti hatte kleinen blassen Schimmer davon. Kurze Zeit später hat sie dann erfahren, dass Annett tatsächlich mit ihrem Freund zusammengezogen ist, und dass sie kurz nach ihrem Geburtstag sogar in der alten Heimat waren. Dass Annett in ihrer Heimat war, hat Betti selber herausgefunden, da sie so eine Ahnung hatte. Also setzte sich Betti in ihr Auto und fuhr bei Annett zu Hause vorbei. Und tatsächlich, dort stand das Auto von Tom. Betti war darüber so schockiert, dass Annett wirklich da war und sich noch nicht gemeldet hatte, sodass sie nicht anhielt und nach Hause fuhr. Sie hatte die Hoffnung jedoch noch nicht aufgegeben, glaubte wirklich noch, dass ihre beste Freundin sich bei ihr meldete. Doch nichts geschah. Kein Besuch, kein Anruf – seitdem hat Betti nicht mehr mit ihr sprechen können. Sie hat des Öfteren den älteren Bruder getroffen, der jetzt in dem Haus wohnt, welches damals nie verschlossen war, da immer jemand zu Hause war, und wo auch Annett wohnte, wenn sie hierher zu Besuch kam. Jedes Mal hat Betti dem Bruder gesagt, er solle ihr ausrichten, dass sie sich melden möchte, aber nichts geschah. Und immer, wenn sie den Bruder traf, fragte sie auch nach, ob Annett noch ihren Freund hat, in der Hoffnung, er würde nein sagen. Dem war aber nicht so. Selbst Bettis Mutter hat Annett mal getroffen und ihr gesagt, dass es schade sei, dass die Freundschaft nicht mehr bestehe, denn sie haben sich ja nicht verstritten. Sie hat ihr nahe gelegt, sich doch bei Betti zu melden. Annett meinte, dass sie dies machen würde. Und einmal hat auch Betti Annett in der alten Heimat gesehen. Es war wohl zu Pfingsten, und in der Stadt war irgendein Fest. Annett ist sogar an ihr vorbeigegangen, sie hat sich auch noch mal umgedreht, der eine Bruder muss ihr gesagt haben, wer dort hinten steht. Das war es aber auch. Sie ist einfach weitergegangen. Zum zweiten Klassentreffen kam Annett ebenfalls nicht. Sie wollte wohl eine Konfrontation vermeiden oder sie hatte einfach keine Lust mehr auf die alten Bekannten, vielleicht wollte aber auch ihr toller Freund nicht, dass sie fährt. Es sind viele Jahre ins Land gegangen, bis Betti wieder Kontakt zu Annett hergestellt hat. Und dies ist der digitalen Welt wie WhatsApp zu verdanken und natürlich dem 30-jährigen Klassentreffen. So schreiben sie sich zwischenzeitlich zwar ganz selten, aber ein gewisser Kontakt ist da. Noch haben sie sich nicht wiedergesehen, aber das wird bestimmt auch noch kommen. Bevor sie den Handykontakt mit Annett aufnahm, hat sie sich zwischendurch natürlich immer über Annett erkundigt, wenn sie einen Bruder von ihr getroffen hat. So war sie hin und wieder auf dem Laufenden. Die Mädchenfreundschaft dauerte 15 Jahre. Und diese Zeit möchte Betti nicht missen. Es war die schönste Freundschaft, die man sich vorstellen kann.

Das Jugendleben fängt an
(3 1/2 Jahre vor dem Mauerfall)

Mit 14 Jahren, Betti besuchte die 8. Klasse, wurden sie und ihre Klassenkameraden in den Kreis der Erwachsenen aufgenommen, die sogenannte Jugendweihe fand statt. FDJler waren sie bereits schon, nachdem sie von der 1. Klasse bis zur 4. Klasse Jungpioniere, ab der 5. Klasse bis zur 7. Klasse Thälmannpioniere waren. Betti hat immer gedacht, dass die FDJ (Freie Deutsche Jugend) von der DDR erfunden wurde. Doch diese wurde bereits im März 1946 gegründet und schon damals von Erich Honecker geleitet. Nach der Gründung der DDR gab es die Freie Deutsche Jugend in der BRD weiterhin, bis diese 1951 wegen Verfassungsfeindlichkeit verboten wurde. Die Jugendweihen jedoch haben sich bis heute in den neuen Bundesländern, wenn man denn noch von neu reden kann, gehalten. Es gibt Vereine, die sich wirklich sehr gut um die Organisation kümmern, und es wird auch von der heutigen Jugend noch super angenommen, natürlich nur in den neuen Bundesländern. Es werden viele Kurse im Vorfeld angeboten, welche die Jugendlichen besuchen können, z. B. bei der Fahrschule sich vorab zu informieren, oder auch Fahrten in andere Städte werden organisiert. Einige Aktionen sind kostenlos, für andere muss ein kleiner Obolus aufgebracht werden. Die Veranstaltung am Tag der Jugendweihe läuft ähnlich wie zu Bettis Zeiten ab. Nur etwas lockerer, und dass zum damaligen Zeitpunkt der Sozialismus im Vordergrund stand und dieser auch zelebriert wurde. Sie hatten im Vorfeld ebenfalls irgendwelche sozialistischen Veranstaltungen, doch eine Fahrt fand Betti total beeindruckend. Sie fuhren mit dem Bus nach Ravensbrück in das damalige Frauenkonzentrationslager, welches von 1939 bis 1945 existierte. Betti hat sich damals das Buch „Die Klempnerkolonne von Ravensbrück" gekauft und es immer wieder und wieder gelesen. Diese Geschichte der Frauen hat sie jedes Mal aufs Neue beeindruckt, und bei jedem Lesen hat sie Gänsehaut bekommen, was diese Frauen alles durchmachen mussten. Die Erlebnisse im ehemaligen Konzentrationslager Ravensbrück hat Betti heute noch gut in ihren Erinnerungen. Sie war sogar noch einmal vor einigen Jahren dort. Als sie dort ankam und die Fotos und Namen von Ermordeten sah, war ihr sehr mulmig zumute. Sie musste tief durchatmen, um nicht aus den Latschen zu kippen. Es war und ist nicht verständlich, wie Menschen anderen Menschen so etwas antun können. Im Großen und Ganzen hat sich dort nicht viel verändert, nur, dass die Baracken, wo die Gefangenen untergebracht wurden, nicht mehr standen. Als Betti das erste Mal dort war, konnte sie sich eine solche Baracke noch ansehen, und die Schlafstätten gab es damals ebenfalls noch.

Nun zurück zu der Jugendweihe. Im Kreis der Erwachsenen aufgenommen zu werden, war für Betti und ihre Klassenkameraden trotz aller sozialistischen Veranstaltungen sehr spannend. Über die Politik in der DDR machten sie sich weniger Gedanken, sondern für sie war wichtig, dass ein neuer Lebensabschnitt begann, auch wenn man mit 14 Jahren nicht wirklich selbst etwas verändern oder entscheiden konnte. Im Wonnemonat Mai war der Termin. Lange vorher schon wurde überlegt, was man anziehen und wie man sich die Haare machen sollte. Betti hatte kurze Haare und bis zum Ereignis würden diese mit Sicherheit eh nicht mehr viel wachsen. Bei ihr dauerte dies immer ewig. Trotzdem entschied sie sich, die Haare erst mal wachsen zu lassen, mal sehen, was man dann daraus machen könnte. Eine Dauerwelle wollte sie auf keinen Fall. Wenn das schiefgehen würde, dann könnte sie die Jugendweihe vergessen. Darüber hinaus waren ihre Haare so kurz, dass mit Dauerwelle nur Kringellöckchen entstehen würden. Wie eine Oma wollte sie nun nicht aussehen. Das hatte schon ein Mädchen ein Jahr vor ihr geschafft, welche in der Klasse ihres Bruders war. Da hat Betti sie gesehen und sich gedacht: *So siehst du zu deiner Jugendweihe mit Sicherheit nicht aus.* Das Mädchen hatte diese Omafrisur und dann auch noch eine Stola um die Schultern gelegt. Betti fragte sich, ob sie denn keinen Blick in den Spiegel geworfen hatte. Jedenfalls grübelte sie lange, was sie wohl anziehen könnte. Die Möglichkeiten, sich super Klamotten für dieses Ereignis auszusuchen, waren ziemlich begrenzt. Denn die Pakete aus dem Westen gab es nicht mehr. In Bettis Heimatstadt gab es einen Laden für Damenmode, wo es für die Jugend nichts zu holen gab, und die sogenannte Jugendmode, wo hin und wieder coole Klamotten hingen. Es musste jedoch aufgepasst werden, wann die Jugendmode neue Klamotten bekam und vor allem stylishe, damit man sich zu diesem bevorstehenden Fest vernünftig einkleiden konnte. Die Gefahr war jedoch auch, dass die Auswahl an Klamotten nicht so groß war, und es möglich gewesen wäre, dass auf der Bühne zur Jugendweihe noch jemand im selben Outfit steckte. Das wäre sehr peinlich gewesen, kam aber bei ihrer Jugendweihe dann nicht vor. Da Betti kein Rockträger war – bis auf die kurzen Discoröcke später – war klar, dass sie eine Hose tragen würde. Es war schon schlimm genug, dass sie damals zu ihrer Einschulung einen Rock anziehen musste. Doch die besten Sachen wurden ohnehin „unter dem Ladentisch" verkauft. Eine Möglichkeit bot sich noch, und da war Betti sich ganz sicher, dass das Outfit, welches sie sich dort aussuchen würde, garantiert keine andere trug. Bettis Eltern hatten eine Bekannte in einer nahe gelegenen Stadt, die ebenfalls ein Modegeschäft führte und dazu noch Klamotten anbieten konnte, die auch nicht jeder bekam. Sie hatte damals Kontakte in den Westen und war mit dem Geschäft selbstständig. Eine von wenigen in der DDR. So fuhr Betti also mit ihren Eltern wenige Wochen vor der Jugendweihe in dieses Modegeschäft. Was es hier alles zu kaufen gab. Betti wähnte sich im Schlaraffenland. Sie schlenderte so von Kleiderständer zu Kleiderständer und Regal zu Regal und war sich schnell sicher, was sie anziehen wollte. Der Preis war zwar hoch, aber sie wurde immerhin im Kreise der Erwachsenen aufgenommen. Passiert ja nur einmal im Leben. Betti entschied sich für eine rote Hose (das hatte jetzt aber weniger mit dem Sozialismus zu tun), eine weiß-rote Bluse und eine weiße Jacke, welche ebenfalls mit ein wenig rot abgesetzt war. Die Jacke war zwar mehr etwas für den Herbst gewesen, da sie jedoch so toll aussah, und Betti genau wusste, die hat auf Garantie keiner, wollte sie diese haben. Dazu noch dieser unglaubliche Reißverschluss. Ein dicker Reißverschluss aus Plaste mit dem YKK-Zeichen drauf. Das Zeichen stand für Westsachen. Was dieses Zeichen zu bedeuten hat, weiß Betti heute noch nicht. Die Jacke war also auch gebongt, und außerdem konnte man zu diesem Zeitpunkt noch nicht wissen, wie das Wetter sein wird, auch wenn es Mai war. Insgeheim hoffte sie, dass es doch ein wenig kühler sein würde. Denn bei sehr warmen Temperaturen wäre die Jacke hinfällig gewesen, das hätte dann etwas albern ausgesehen. Als Betti alles zusammen anprobierte, fand sie sich super. *So ein Outfit hat keiner*, dachte sich Betti, denn die anderen in ihrer Klasse hatten solche Connections nicht, außer Pamela, die ja nun alles aus dem Westen bekam. Doch der Style war ohnehin noch ein ganz anderer. Zu diesem Ereignis durfte sogar die Westverwandtschaft von Pamela anreisen. An einen Westbesucher kann Betti sich noch gut erinnern, weil der so ungefähr aussah wie Thomas Anders von Modern Talking. Betti weiß noch, wie sie der Verwandtschaft hinterher gestarrt hatte. Ja, selbst die Menschen sahen im Westen besser aus. Nun brauchte Betti nur noch, was gut gesagt ist, nur noch Schuhe. Und welche Schuhe passten am besten zu ihrem schicken Outfit? Natürlich weiße. Diese zu bekommen, war die reinste Qual. So wie Betti später den Trampern (das waren die Wildlederschuhe knöchelhoch) hinterhergerannt ist, so war sie jetzt auf der Jagd nach weißen Schuhen. Gut nur, dass der Schuhladen gleich um die Ecke war, so ging sie, sobald neue Ware eintraf, dorthin. Man kann sich das aber nicht so vorstellen, dass sie dort reinmarschiert ist, und sich Schuhe ausgesucht hat, nein, die Leute standen bis draußen und man musste schön warten, bis man an der Reihe war, in der Hoffnung, dass noch Schuhe da sind. Nach langem Warten war Betti nun drin im Laden und hat sogar weiße Schuhe gefunden, die sie dann ganz allein gekauft hat, was sich im Nachhinein als nicht so gut herausstellte, da die Schuhe doch eine Nummer zu groß waren.

Ihre Mutter hat geschimpft und ist dann zusammen mit ihr zum Schuhladen zurück. Zum Glück gab es die Schuhe noch eine Nummer kleiner, und so war das Outfit dann endlich komplett. Die Schuhe sahen aus wie Pumps, nur ohne Absatz, denn mit so etwas konnte Betti nicht laufen. Sie war ja immerhin erst 14 Jahre alt. Zum Schuhladen fällt Betti noch eine kleine Geschichte ein. Als sie mal wieder im Schuhladen war, fielen ihr Schuhe auf, die gar keine Schnürsenkel hatten, sondern Klettverschluss. Na, war das komisch. Was war das denn? Und heute ist es so, dass die Kinder keine Schuhe mehr mit Schnürsenkeln haben, sondern mit Klettverschluss. Welches Kind kann heutzutage noch eine Schleife binden? Nun aber wieder zurück zur Jugendweihe. Auf die Jugendweihe mussten sich alle vorbereiten. So gab es einige Proben und natürlich die Generalprobe im Saal, wo die ganze Veranstaltung dann auch tatsächlich stattfinden sollte. Der Saal war recht groß, und vorne war die Bühne aufgebaut, welche doch ganz schön hoch war, fand Betti. Bei der Generalprobe war Betti doch schon ein wenig aufgeregt, wusste sie doch, dass beim nächsten Mal die Premiere stattfand. Jeder hatte seinen Stellplatz und wusste auch, wann er auf die Bühne zu gehen hatte. *Bloß nicht stolpern oder hinfallen*, dachte sich Betti. Gott sei Dank hat alles geklappt bei der Generalprobe und auch bei der Veranstaltung selbst. Gut, dass sie sich für flache Schuhe entschieden hatte. Auf der Bühne wurden sie beglückwünscht, die Jungpioniere überreichten eine Nelke (das war zu DDR-Zeiten die bekannteste Blume), machten ihren Pioniergruß, und die Lehrer übergaben jedem Teilnehmer der Jugendweihe ein Buch namens „Vom Sinn unseres Lebens" sowie die Jugendweiheurkunde. In der Urkunde ist das Gelöbnis aufgeschrieben und lautet wie folgt:

„Liebe junge Freunde!
Seid ihr bereit, als junge Bürger unserer Deutschen Demokratischen Republik mit uns gemeinsam, getreu der Verfassung für die große und edle Sache des Sozialismus zu arbeiten und zu kämpfen und das revolutionäre Erbe des Volkes in Ehren zu halten, so antwortet: Ja, das geloben wir!

*Seid ihr bereit, als treue Söhne und Töchter unseres Arbeiter- und Bau-
ern-Staates nach hoher Bildung und Kultur zu streben, Meister eures
Fachs zu werden, unentwegt zu lernen und all euer Wissen und Können für die Verwirklichung unserer großen humanistischen Ideale ein-
zusetzen, so antwortet: Ja, das geloben wir! Seid ihr bereit, als würdige
Mitglieder der sozialistischen Gemeinschaft stets in kameradschaftlicher
Zusammenarbeit, gegenseitiger Achtung und Hilfe zu handeln und eu-
ren Weg zum persönlichen Glück immer mit dem Kampf für das Glück
des Volkes zu vereinen, so antwortet: Ja, das geloben wir! Seid ihr bereit,
als wahre Patrioten die feste Freundschaft mit der Sowjetunion weiter zu
vertiefen, den Bruderbund mit den sozialistischen Ländern zu stärken,
im Geiste des proletarischen Internationalismus zu kämpfen, den Frieden zu schützen und den Sozialismus gegen jeden imperialistischen An-
griff zu verteidigen, so antwortet: Ja, das geloben wir!"*

Das muss man sich mal ganz langsam auf der Zunge zergehen
lassen. Nur gut, dass es so einen Schwachsinn heute nicht mehr
gibt. Schon damals nahm Betti das Gelöbnis nicht ernst. Sie hat
sich den Quatsch nicht mal richtig durchgelesen. Vor der Bühne
saßen dann die Eltern sowie die Geschwister aller Jugendweihe-
teilnehmer und waren sichtlich stolz auf ihre Kinder. So manchen
Müttern liefen die Tränen und einige versuchten, diese zu verbergen. Nach dem großen Auftritt durften Betti und ihre Klassenkameraden wieder Platz nehmen, es gab danach noch ein kleines Programm, und dann nach ewiger Zeit, zumindest empfand
dies Betti so, war die Pflichtveranstaltung überstanden. Bei der
Rede über den Sozialismus und der neuen Verantwortung für die
im Kreis der Erwachsenen aufgenommen Jugendlichen schaltete
Betti ein wenig ab. Draußen wurden noch Fotos von der gesamten Klasse und der Parallelklasse gemacht, und dann fuhren Betti, ihr Bruder und ihre Eltern mit ihrem Wartburg nach Hause
und empfingen in der Gaststätte, welche unter ihrer Wohnung
lag, so nach und nach die Gäste. In der Wohnung hätten auch
nicht alle Platz gefunden. Zu Bettis Zeit war es auch noch so,
dass die Gaststätten zu den Jugendweihen wirklich ausgebucht
waren. Heute ist es eher so, dass die Feier aus Kostengründen zu

Hause oder im Garten stattfindet. Bevor jedoch mit einem Glas Sekt angestoßen wurde, hielt Bettis Vater noch eine kurze Rede. Betti bekam ebenfalls ein Glas in die Hand gedrückt, doch sie nippte nicht einmal daran. Ihr war das Zeug noch suspekt. Betti war auch ohne Alkohol jetzt erwachsen. Für viele war dies der Tag, an dem das erste Mal Alkohol getrunken wurde. Das war schon fast wie ein Ritual, doch nicht für Betti, sie wollte so etwas nicht trinken. Ihr wäre es auch egal gewesen, wenn irgendjemand sie damit aufgezogen hätte. Das interessierte Betti herzlich wenig. So wie sie auch nicht mit dem Rauchen angefangen hat. Viele aus ihrer Klasse haben nach der Jugendweihe damit angefangen. Sollten sie doch. Und als Betti das erste Mal Alkohol probiert hat, war sie schon 16. Da hat allerdings ein Glas Wein gereicht und sie war beschwipst. Ihrer Freundin ging es genauso. Auf der Jugendweihefeier wurde aber nicht nur das erste Mal Alkohol getrunken, es gab vor allem Geschenke für die Teilnehmer. Betti hat ganz viel Geld und Geschenke, wie u. a. Handtücher, Geschirr und auch Kristall in Form von Vasen und Gläsern bekommen. Sie hat sich über alle Geschenke sehr gefreut, zumal einige davon wirklich eine Rarität waren. Von dem Geld kaufte sie sich eine Nähmaschine und einen Kassettenrecorder in mono. Den Rest hat sie auf ihr Sparbuch gebracht. Die Nähmaschine existiert heute noch. Als dann am 1. Juli 1990 die Mark der DDR in die DM umgetauscht wurde, hatte sie Glück. Man konnte 2000 Mark der DDR 1:1 tauschen, den Rest 1:2. Und da sie so viel ja nun auch wieder nicht hatte, hat sie nichts von ihrem Geld eingebüßt. Und Bettis Vater war ganz schlau. Er hat 2000 Mark der DDR auf ein Konto eines mehr oder wenigen Bekannten eingezahlt, von dem er wusste, dass dieser nichts auf dem Konto hat. Das wurde dann umgetauscht, und er hat das Geld zurückbekommen. Es hätte auch anders enden können. Da dies aber so gut geklappt hatte, gab Bettis Vater dem „Kontoausborger" etwas Geld ab, und dieser kaufte sich voller Stolz ein Monstrum von Kassettenrecorder, mit dem er dann extra bei Bettis Vater vorbeikam, um ihm diesen zu zeigen. Andere hatten ihr Jugendweihegeld für ein Moped gespart und waren total heiß darauf, ihre Fahrerlaubnis zu machen. Der ganze Spaß kostete zur damaligen Zeit nicht viel. Betti und ihre Freundin Annett konnten dem Ganzen nicht viel abgewinnen. Alle anderen aus der Klasse haben den Mopedführerschein gemacht und kauften sich eine Simson. Entweder die S50 oder die S51. Der Unterschied war lediglich, dass es bei der S50 eine stärkere Verrippung des oberen Zylinderkopfdeckels gab. In verschiedenen Farben gab es das Moped natürlich auch, wie z.B. in Gelb, Grün, Blau und Rot. Doch so richtig Auswahl hatte man nicht, entweder man nahm das, was man bekommen konnte, oder man ließ es. Wenn man dann eben ein gelbes Moped hatte, musste man sich damit anfreunden. Bettis erster Freund hatte ein Moped und Motorrad und sogar ein Auto, einen Trabant. Sie weiß noch, als sie das erste Mal von Anton nach Hause gefahren wurde, sollte sie sich aussuchen, ob mit dem Moped oder dem Motorrad. Da sie noch ein wenig schüchtern war, sagte sie, dies sei ihr egal. Sie wurde mit dem Moped nach Hause gefahren, im Geheimen hatte sie auf das Motorrad gehofft. In den Trabant ist sie nie eingestiegen, das war ihr damals irgendwie zu blöd. Wenn man jung ist, möchte man nicht mit dem Auto fahren, sondern mit dem Motorrad. Dies kann die heutige Jugend bestimmt nicht mehr nachvollziehen. Mit 18 muss schon ein Auto da sein.

Zurück zur Feier. Diese war supertoll, und da ja in der Gaststätte gefeiert wurde, durfte auch ein Discjockey nicht fehlen. Und dieser DJ sah auch noch verdammt gut aus. Leider war er schon verheiratet. Betti merkte an diesem Abend, dass sie jetzt wohl wirklich erwachsen wird, denn der Diskotheker hatte es ihr irgendwie angetan. Sie merkte nun, dass sie sich für das andere Geschlecht interessierte. Auch wenn es nur eine Schwärmerei war. Im Laufe des Abends kamen dann viele Klassenkameraden zu Betti, da es sich hier toll feiern ließ. Wie das auch damals schon üblich war, zogen sie zwischendurch immer mal wieder durch die Stadt und zum Schluss versammelten sich alle wieder bei Betti. Einige hatten wirklich viel getrunken, damals war gerade der Pfefferminzlikör in. Aber auch diese Feier ging irgendwann zu Ende und das Wochenende natürlich auch, sodass Betti und ihre Klassenkameraden wieder zur Schule mussten. Sie werteten nochmal die Feier aus, manchen ging es am nächsten Tag wirklich schlecht und schworen sich, nicht wieder Alkohol zu trinken. Betti konnte nicht mitreden, hatte sie sich ja davon distanziert. Alle waren jetzt der Meinung, von nun an könnten sie doch auch in den Jugendclub gehen, um Musik zu hören, zu tanzen und eben zu feiern. Sie waren jetzt schließlich 14 und erwachsen, und von jetzt an sollte es zur Disco gehen. Wenn Betti so zurückdenkt, wann die Disco früher anfing, und ab welcher Uhrzeit es heutzutage erst losgeht, dazwischen liegen wirklich Welten. Die Disco fing damals in den 80er-Jahren um 19.00 Uhr an und war um 00.00 Uhr beendet. Für alle, die noch nicht 16 Jahre alt waren, sollte der ganze Spaß um 22.00 Uhr zu Ende sein. Und noch einige Jahre zuvor gab es am Sonntag im Kulturhaus immer eine Disco. Da war Betti so um die 10 Jahre alt. Sie stand dann sonntags am Fenster und beobachtete die Jugendlichen, welche alle zum Kulturhaus strömten. Alle hatten lange Haare, Schlaghosen und Plateauschuhe an. Für Betti sahen die Leute etwas merkwürdig aus. Zu dem Zeitpunkt fing die Disco um 14.00 Uhr an und endete sogar um 18.00 Uhr. Und Betti dachte jedes Mal: *Ich werde nie zur Disco gehen. Was soll daran so schön sein?* Na ja, man kann sich ja mal irren und seine Meinung revidieren. Die Zeit in den Discos war die schönste. Und an Diskotheken sollte es nicht mangeln. Es gab zwei Jugendclubs, dann noch eine Kneipe mit Saal und das Kulturhaus, ebenfalls mit Saal. Einer war der sogenannte alte Club und der andere der neue Club, da dieser erst viel später gebaut wurde. Der alte Club war in ihrer Straße, der neue war ein wenig weiter entfernt, aber immer noch nah genug, um rasch hinzukommen und war mehr auf Sozialismus getrimmt, da er zu einem volkseigenen Betrieb gehörte. Der Club wurde von Leuten geleitet, die in der FDJ waren. FDJler konnte man ja nach der Schule auch noch sein. Das Gute an diesem Jugendclub war, dass Bettis Mutter in diesem volkseigenen Betrieb arbeitete und somit immer wunderbar an die Karten kam, denn hier lief ohne

Karten gar nichts. Betti wurde im Vorfeld immer gefragt, wie viele Karten sie benötigte, und ihre Mutter besorgte diese. Beziehung war eben in allen Angelegenheiten das A und O. Doch obwohl man Karten für den Jugendclub benötigte, war das Gedränge vor dem Eingang trotzdem immer riesig. Es sind nämlich auch viele gekommen, die keine Karten besaßen und hofften dann darauf, dass nicht viele Karten im Vorfeld verkauft wurden oder jemand noch Karten übrighat, und dass sie diese abkaufen könnten, um dann reinzukommen. Der Türsteher war ein großer kräftiger junger Mann, der dazu noch eine finstere Mine aufsetzte, sodass man vor ihm ordentlich Respekt hatte. Und durch das Gedränge ist nicht nur einmal eine Türscheibe zu Bruch gegangen. Das Kulturhaus war ganz in der Nähe ihrer späteren Jugendliebe, auch hier benötigte man Karten. Die Kneipe mit dem Saal lag am Stadtrand. Dort fuhr man dann mit dem Bus, welcher extra hierfür eingesetzt wurde, hin. Wenn der Bus zurückfuhr, war dieser natürlich immer brechend voll, da so ziemlich alle mitwollten. Es war ein harter Kampf, in den Bus einsteigen zu können. Doch Betti hat es immer geschafft. Der Weg zu Fuß wäre auch wirklich zu weit gewesen. Für diese Kneipe und für den alten Jugendclub kam man ohne Karten rein, jedoch mit Anstehen, und wenn die Clubs voll waren, dann hatte man Pech. An den ersten Discogang kann Betti sich noch gut erinnern. Sie und einige aus ihrer Klasse, so ca. sechs bis acht Leute, haben sich bei Pamela verabredet. Sie machten gegenseitig den Check, ob auch alle so gehen konnten. Sie hatten sich den alten Club ausgesucht. Alle waren natürlich total aufgeregt und wollten eben auch gut aussehen. Und da die Jugendweihe erst zwei Wochen zurücklag, wussten sie, was sie anzuziehen hatten. Das Jugendweiheoutfit musste oft dran glauben. Da es jedoch immer in anderen Variationen getragen wurde, fiel dies nicht ganz so auf. Und ob die anderen Leute im Club überhaupt hiervon Notiz nahmen, ist fraglich. Die anderen Mädchen vielleicht schon, doch die Jungs haben sich nicht wirklich für Klamotten interessiert. Die meisten hatten Jeans und T-Shirt oder Pullover an, manche zogen nicht einmal ihre Jacken aus. Doch damals dach-

ten Betti und ihre Klassenkameraden schon, dass alle einen an-
starren bzw. mustern würden.

Jedenfalls gingen sie von Pamela, welche auch nicht weit weg
wohnte, schon um 18.00 Uhr los, weil sie gehört hatten, dass man
rechtzeitig da sein musste, wenn man reinwollte. Als sie ankamen,
schauten sie nicht schlecht. Es hatte sich eine ganze Schlange ge-
bildet, die bis um das Haus und den Bürgersteig entlang reichte.
Ihnen blieb nichts weiter übrig, als sich hinten anzustellen und
zu hoffen, dass genug Platz ist, um noch eingelassen zu werden.
Sie wussten ja nicht, wie groß der Club war. Von außen war dies
schwer einzuschätzen. Als der Einlass losging, war das Gedränge
groß. Stand man in den ersten Reihen, bekamen die Leute das
Gedränge natürlich am meisten zu spüren. Aber so war das nun
mal, und es war eben selbstverständlich. An diesem Abend hofften sie aber so sehr, reinzukommen, weil sie doch jetzt unbedingt
zur Disco wollten und so neugierig waren. Und sie hatten sich ja
auch alle ordentlich zurechtgemacht. Sie hatten Glück und kamen
alle rein, auch wenn es bestimmt eine halbe bis dreiviertel Stunde gedauert hat. Manchmal war es auch so, wenn zu viele draußen standen, dass dann erst die Paare, dann die Mädels und zum
Schluss die Jungs reinkamen. Da Betti und ihre Freundin jedoch
immer in den Club wollten, und Jungs genug vor der Tür standen, wurde kurzerhand beschlossen, dass einer von denen eben
der Freund war, und schon waren sie drin. An Jungs mangelte es
nicht, da immer sehr viele Armisten in den Club wollten. Unweit von Bettis Wohnort war nämlich die Nationale Volksarmee
(NVA) stationiert. Diese Jungs konnte man auch unschwer erkennen, da sie gezwungen waren, ihre Ausgehuniformen anzuziehen. Manchmal taten sie Betti dann leid. Gut fand Betti jedoch,
dass die Armisten immer ihre leeren Gläser auf den Tischen stehen ließen, obwohl es hierauf Pfand gab. Betti und Annett haben so oft Gläser abgegeben, dass sie mit mehr Geld nach Hause gingen, als sie zum Club gekommen waren. Ihr Bruder war
manchmal ein bisschen neidisch und hat dann geschimpft: „Die
kommt immer mit mehr Geld nach Hause, als sie hingegangen
ist." Betti kann sich auch noch gut daran erinnern, dass sie an

einem Abend am Wochenende allein in den Club ging. Annett hatte irgendwie keine Zeit oder keine Lust. Betti hatte an diesem Abend bis ca. 22.00 Uhr draußen warten müssen, da es drinnen brechend voll war. Es half auch nichts, dass sie die Einlasser mittlerweile recht gut kannte. Es gab die Anweisung, keinen mehr reinzulassen. Doch als dann endlich die ersten Gäste nach Hause gingen, durfte sie rein. *So*, dachte sich Betti, *nun wird es noch ein schöner Abend. Ein bisschen hier und da quatschen, vielleicht noch flirten, doch falsch gedacht.* Sie hatte damit gerechnet, dass irgendwelche Kumpels da sind, es war jedoch kein einziger Bekannter da. *Wo sind die alle an diesem Abend*, dachte sich Betti. Sie kreiste kurz durch den Club und ging dann nach etwa 10 Minuten enttäuscht wieder nach Hause. Auch das kam vor, so lange anzustehen für nichts. Beim ersten Mal wussten sie noch nicht, wie das in so einem Jugendclub abläuft. Wichtig war erst mal, dass sie drin waren. Dafür, dass sie so lange angestanden haben, waren sie schon etwas verwundert, dass doch noch ein Tisch frei war. Die meisten bevorzugten den Gang zur Bar, dort war wirklich immer das Gedränge groß. Betti und ihre Klassenkameraden haben ordentlich am Tisch Platz genommen und beobachteten die ganze Sache erst einmal vorsichtig. Nach einer Weile, nachdem sie sich umgeschaut hatten, holten sie dann Getränke, natürlich alkoholfrei. Bedienung gab es hier nicht, man musste sich seine Getränke schon selbst holen. Und so saßen alle ein bisschen schüchtern am Tisch uns hielten sich an ihren Gläsern fest. Vom Tisch aus hatten sie die Tanzfläche sehr gut im Blick. Die Musik war natürlich schon voll im Gange, die Tanzfläche war eher klein und dadurch natürlich meistens gut besetzt. Es dauerte nicht lange, da kamen schon die ersten Jungs, um die Mädels zum Tanzen aufzufordern. Betti und Annett hatten die gleiche Anzahl an Aufforderungen, so zwei oder drei, ganz genau kann sie sich nicht mehr erinnern. Auf alle Fälle weiß sie, dass keiner dabei war, der ihnen gefallen hätte, doch sie wollten nicht unhöflich sein und ihnen einen Korb geben. Christine wurde nicht zum Tanzen aufgefordert, das lag wohl daran, dass sie etwas düster dreinschaute. Da hat sich keiner getraut, obwohl sie wirklich sehr gut aussah. Nach einiger Zeit fanden die Mädels das ganz amüsant, so zum Tanz aufgefordert zu werden, und so zählten sie bei jedem Discobesuch die Tanzpartner und bildeten sich auch ein bisschen etwas darauf ein, doch – wie bereits erwähnt – gefallen hat ihnen hiervon keiner. Entweder sahen sie nicht gut genug aus oder sie waren kleiner bzw. gleich groß. Vom Alter her war es eigentlich immer in Ordnung, die Jungs waren so im Schnitt vier Jahre älter. Und Betti konnte mit den Jungs in ihrem Alter ja eh nichts anfangen. Mit 14 sahen diese noch zu bubihaft aus. Meistens haben sie aber nur ein Lied aus Höflichkeit getanzt und dann etwas vorgetäuscht, damit sie sich wieder setzen konnten. Entweder, dass ihnen das nächste Lied nicht gefällt, oder dass sie Durst hätten bzw. auf die Toilette mussten. Irgendwann haben Betti und ihre Freundin auch nicht mehr mit jedem getanzt. Mit der Zeit haben sie gelernt, den Jungs einen Korb zu geben. Die haben natürlich gedacht, was für blöde eingebildete Weiber, aber es war ihnen ziemlich egal. Auch mit der Größe eines Jungen hatte Betti so ihre Probleme. Da Betti nicht unbedingt klein war, kam es schon vor, dass die Jungs, welche sie gar nicht mal so schlecht fand, kleiner oder genauso groß wie sie waren. Das ging gar nicht. Später hat sie peinlich genau darauf geachtet, dass die Jungs größer waren. Einer war mal genauso groß wie sie, der war auch ganz nach ihrem Geschmack, lange gelockte Haare, doch es scheiterte an der Größe, und Betti hat es sich wirklich nicht einfach gemacht. Was Betti noch nicht leiden konnte, war, wenn jemand schon im frühen Alter eine leichte Glatze bekam oder man nur erahnen konnte, dass so etwas in nicht mehr allzu langer Zeit passieren würde. Der konnte dann ein hübsches Gesicht haben, doch wenig Haare waren das Aus. Auch mit den Namen war es bei Betti nicht so einfach. Das musste ebenfalls gut überlegt sein, ob der dann in Frage käme. So hieß einer mal Detlef. Da er jedoch einen ganz anderen Spitznamen hatte, der auf Detlef gar nicht schließen ließ, konnte sie sich damit noch abfinden. Aber aus ihr und Detlef ist trotzdem nichts geworden, denn sie hatten so gar keine Gemeinsamkeiten. Das mit dem Namen hat Betti bestimmt von ihrer Oma geerbt. Diese hatte ihr mal erzählt, dass ein junger gutaussehender Mann in ihrer Jugendzeit etwas von ihr wollte. Doch er hieß Otto. Diesen Namen konnte Bettis Oma nicht ausstehen, und so wurde aus der Liebe ebenfalls nichts.

Wieder zurück zum ersten Discobesuch. Betti und ihre Klassenkameradinnen müssen etwas älter ausgesehen haben, denn um 22.00 Uhr kam keiner von den Ordnern und hat sie rausbefördert. So konnten sie bis zwölf Uhr bleiben. Ja, und ab da sind sie so richtig auf den Geschmack gekommen, zumindest Betti und Annett. Bettis Mutter gab auch keine Zeit vor, wann sie zu Hause sein sollte, sie wusste, dass Betti es nicht übertreiben würde. Und es war ja ohnehin um zwölf Uhr zu Ende. Annet durfte auch so lange bleiben wie sie wollte. Ihre Mutter nahm alles ganz locker. Bei vier Kindern muss man dies wohl. Christine zog es wieder zu „ihren" Leuten hin, und so kam es, dass Betti und Annett ab jetzt regelmäßig die Clubs unsicher machten. Mal ging es in den alten, mal in den neuen Club. Da man für den neuen Club Karten haben musste, um hineinzukommen, besorgte – wie schon erwähnt – Bettis Mutter im Vorfeld immer die Karten. Jedenfalls kam es immer ganz drauf an, wo die anderen, für die sich Betti und Annett irgendwann interessierten, hingingen. Vorher musste also immer gut recherchiert werden. Als sie mal wieder wie gewohnt in der Warteschlange vor dem alten Club anstanden, fiel Betti ein junger Mann auf. Er war groß, schlank, hatte leicht gewelltes dunkles Haar und ein unglaublich hübsches bzw. schönes Gesicht. Heute würde sie sagen ein smarter Typ und wäre gar nicht mehr nach ihrem Geschmack. Viel zu schön. Sie beobachtete ihn eine Weile, da sie ja wie gewohnt lange vor dem Club anstanden, aber im Club war es sehr voll, und da hat sie ihn dann aus den Augen verloren und sich auch nicht wirklich mehr für ihn weiter interessiert. So weit war auch noch alles im grünen Bereich. Dass es einen Tag später ganz anders in der Gefühlswelt von Betti aussah, davon ahnte sie zu diesem Zeitpunkt noch nichts. Sie war 14 und hatte keine Ahnung, was Liebe ist.

Die vermeintlich große Liebe

Als Betti am Morgen nach der Disco oder besser gesagt zur Mittagszeit aufwachte, war ihr mit einem Mal so anders. Sie hatte von diesem jungen gutaussehenden Mann geträumt und war ganz durcheinander. Es fühlte sich sehr ungewohnt an, sie dachte an ihn und hatte ein solches Kribbeln im Bauch. So etwas konnte es doch nicht geben. Was war denn mit Betti über Nacht geschehen? Ihr war schon etwas mulmig zumute, wusste sie doch nicht, welche Gefühle sie gerade übermannten, bis sie sich dachte: *Habe ich mich etwa im Traum in den jungen Mann verliebt? Nein, das konnte ja gar nicht sein. Man träumt doch nicht von jemandem und ist dann verliebt.* Aber so war es. Dieser Traum und natürlich der junge Mann ließen sie nicht mehr los. Egal wie sehr sie versuchte, sich abzulenken, es gelang ihr nicht. *Was solls,* dachte Betti, *es lässt mir eh keine Ruhe.* Und so beschloss sie, alles über ihn herauszufinden. Wie sie dies anstellen sollte, wusste sie noch nicht so genau, denn wo sollte sie anfangen, über ihn etwas rauszufinden. Sie wusste ja nicht einmal, wer von den Leuten, die Betti kannte, ihn wiederum kannten. Vom Alter her könnte er so alt sein wie ihr Onkel, überlegte Betti. Doch den wollte sie so auch nicht fragen, und ob dieser wusste, wen sie meinte, wenn sie ihn beschrieb, bezweifelte Betti. Da sie in der Warteschlange sich nur auf ihn fixiert hatte, fiel ihr auch nicht mehr ein, ob irgendjemand dabei war, den sie kannte und hätte fragen können. Und so viele Leute kannte Betti ja noch nicht nach ein paar Wochenenden Disco. Also blieb Betti keine andere Wahl, als am kommenden Wochenende wieder in den alten Club zu gehen. Nun konnte es natürlich nicht mehr schnell genug gehen, bis es wieder Wochenende wurde, denn mit ihren jungen Jahren durfte sie natürlich in der Woche nicht zur Disco. In der Woche fand die Disco immer am Mittwoch statt. Doch die Schule hatte Priorität, wenn nicht unbedingt für Betti, so doch für ihre Mutter. Sie konnte die Tage kaum abwarten, bis das Wochenende endlich vor der Tür stand. Jetzt also konnte Betti mit ihrer Recherche beginnen. Annett erzählte sie davon erst mal noch nichts, dies wollte sie lieber mit sich allein ausmachen. Sie fand es noch ein wenig komisch, ihrer Freundin zu sagen, dass sie vielleicht verliebt war. Doch an diesem Wochenende war ihr unbekannter Schwarm nicht da und auch nicht an dem darauffolgenden. Da Betti jedoch immer noch an ihn denken musste, ließ es ihr keine Ruhe. Hätte ja sein können, dass dieses Gefühl wieder nachlässt, doch das Gegenteil war der Fall. Betti konnte nur noch an ihn denken, und dass er so toll aussah. So dauerte es ein paar Wochenenden, bis Betti rausgefunden hatte, mit wem er in den Club ging. Betti kannte zwar noch nicht so viele Leute, höchstens mal vom Sehen, doch ihr kam zugute, dass ihr Onkel nur vier Jahre älter war als sie und dieser wiederum jede Menge Leute kannte. So wusste sie nach einer gefühlten Ewigkeit, wer der Typ war, wie alt er war, wo er wohnte, wie er hieß und ganz wichtig, dass er Single war. Er hieß Timo, für Betti ab jetzt der schönste Name der Welt und er war 18 Jahre alt. In dem Moment fand sie den Altersunterschied ganz schön groß, sie 14 und er 18. Bei ihren Tanzpartnern machte ihr der Altersunterschied nichts aus. Vielleicht lag es daran, dass sie ja auch nichts von denen wollte. Aber Timo fand sie ja nun mal total klasse, sie war verliebt. Es kommt eben immer darauf an, aus welchem Blickwinkel man den Altersunterschied betrachtet. Ist jemand zum Beispiel 25 und der Partner 30, ist das kein Hit. Aber so, er war immerhin volljährig. Und Betti hatte ja auch bemerkt, dass sie mit den Jungs in ihrem Alter nichts anfangen konnte. In ihrer Klasse gab es 10 Jungs, es wäre keiner für sie in Frage gekommen. Irgendwie waren die mit ihren 14 Jahren zu kindlich – fand Betti, obwohl es bei ihr auch noch nicht lange her war, dass sie mit ihrer geliebten Puppe spielte.

Timo war jedenfalls erwachsen und wohnte dazu nur eine Straße von ihr entfernt. Diese Straße lag sogar auf dem Weg zu ihrer Freundin Annett. Das passte sehr gut. Sie konnte schließlich nichts dafür, dass sie oft an seinem Haus vorbeimusste. Manchmal hat sie ihn sogar gesehen. In ihrer jugendlichen Naivität hat sie die Schwester von Timo beneidet, dass diese in dem gleichen Haus wohnte. Ach, hatte die es gut. Sie konnte ihn jeden Tag sehen, und Betti konnte immer nur mit dem Fahrrad vorbeifahren, in der Hoffnung, er ist auf dem Hof oder steht sogar am Gartenzaun. Dass Betti in ihn verliebt war, davon hat er natürlich nichts gewusst. Sie fuhr jeden Tag dort vorbei, eigentlich wäre es nur zwei Mal gewesen, dass sie da vorbeimusste, wenn sie zu ihrer Freundin hinfuhr und wieder von dort zurückkam. Aber das war ihr zu wenig. Schließlich stand er ja nicht immerzu am Gartenzaun, also musste sie dem Zufall auf die Beine helfen. Das war wohl so auffällig, dass sogar Timos Schwager bemerkte, dass dieses naive Mädchen so oft vorbeiradelte. Da Betti nicht wusste, wie und ob überhaupt sie Timo ansprechen sollte, entschied sie sich, ihm einen Brief zu schreiben. Diese Idee spukte ihr wochenlang im Kopf herum. Sie konnte den Gedanken jedoch auch nicht mehr abstellen, und da sie jeden Tag mehr in ihn verliebt war, setzte der Verstand endgültig aus, und so kam es, dass sie eines Tages den Mut aufbrachte, diesen Brief zu schreiben und sogar noch in den Briefkasten zu werfen. Nachdem sie ihn geschrieben hatte, war Betti erleichtert. Doch den Brief in den Kasten zu werfen, erforderte wieder Mut, aber sie tat es kurz und schmerzlos, denn sie wusste, wenn sie ihn erst mal eingesteckt hatte, gab es kein Zurück mehr. Sie ist heute so froh, in der Angelegenheit „Alzheimer" zu haben, denn sie kann sich gar nicht mehr daran erinnern, was für ein blödes Zeug sie ihm damals geschrieben hat. Die einzige Möglichkeit, über diese Peinlichkeit hinwegzukommen, war, dass Betti dies später auf ihr junges Alter geschoben hat. Das hat sie öfter mal getan. Timo wusste jedenfalls nicht einmal, wer sie war. Er wird wohl über diesen kindlich verliebten Brief gelacht und ihn dann weggeschmissen haben. Was Betti heutzutage sehr entgegenkommen würde. Irgendwie hat sie es geschafft, dass Timo bald Bescheid wusste, wer sie war, und dass sie ihn total toll fand. Betti hatte inzwischen gute Kontakte zu seinen Kumpels. Sein bester Kumpel, der ebenfalls Timo hieß, fand Betti wiederum toll, und so hat er versucht, seinen Kumpel zu überreden, dass sie doch ein hübsches Mädchen war. Sie kann dies heute überhaupt nicht mehr einschätzen, wie sie damals so mit 14 ausgesehen hat. Sicher war sie nicht hässlich, aber auch nicht unbedingt der Hingucker mit ihren kurzen Haaren. Mädchen mussten lange Haare haben, um zu wirken, so wie ihre Freundin Annett. Die hatte lange dunkle, naturgelockte Haare. Bei Betti hat es – wie bereits erwähnt – eine Ewigkeit gedauert, bis die Haare wenigstens eine angemessene Länge hatten. In der Zeit war die Dauerwelle angesagt, es wollten alle Locken haben. Betti hat sich etwas später, als die Haare ein wenig länger waren, auch mal für die Dauerwelle entschieden. Sie weiß noch, dass ein großes Foto mit einer tollen dauergewellten Frisur im Friseurgeschäft hing. Diese Frisur hieß „Claire". Und genau diese Frisur wollte sie haben. Also machte sie einen Termin. Dieser Termin fiel jedoch genau in die Zeit, als Bettis Eltern zu Verwandten fahren wollten. Eigentlich wäre Betti gern mitgefahren, doch sie hatte den Friseurtermin. Und so einfach absagen, ging ebenfalls nicht, sie hatte sich schließlich schon mental darauf vorbereitet. So blieb sie zu Hause und konnte ihren Termin wahrnehmen. Natürlich sah sie nach ihrem Besuch beim Friseur nicht so aus wie auf dem Foto. Und man musste auch schon Glück haben, dass die Dauerwelle gelang. Durch die ganze Chemie konnte man sich die Haare sehr schnell kaputtmachen, dann sah man wie ein Schrubber aus – nichts mehr mit Schönheit. Betti kann sich noch genau erinnern, als sie sich diese Frisur machen ließ. Das war zu jener Zeit, als Betti schon wusste, dass Anton etwas von ihr wollte. Jedenfalls ging Betti nach dem Friseurbesuch zu Annett. Ein bisschen komisch war ihr schon, so mit Locken auf dem Kopf. Aber nun war es passiert, und sie konnte daran nichts mehr ändern. Also redete sie sich die Frisur ein wenig schön und versuchte die Haare mit ihrer Bürste und Haarspray nochmal in Form zu bekommen. Auf dem Weg zu Annett sah sie bereits von Weitem Anton mit seinem Arbeitskollegen am Zaun bei Ralf stehen. Das hat ihr gerade noch gefehlt. Momentan hatte sie kein Selbstbewusstsein.

Betti kam sich mit einem Mal so dämlich mit ihrer Dauerwelle vor, doch es half alles nichts, sie musste an Anton und seinem Kollegen vorbei. *Augen zu und durch,* dachte sich Betti und marschierte mit „Claire" auf dem Kopf an beiden vorbei. Sie lächelte nur kurz und Anton pfiff ihr hinterher. Sie merkte, wie ihr die Röte ins Gesicht stieg. Es war ihr unglaublich peinlich. Warum ist sie an diesem Tag nicht mit ihrem Fahrrad zu Annett gefahren? Dann wäre sie schneller an den Jungs vorbei gewesen, und die hätten ihre neue Frisur gar nicht bemerkt. Doch am Abend, als sie bei Anton war, sagte er ihr, dass sie wie eine Puppe aussieht. Er hat es tatsächlich ernst gemeint. Das ist Bettis Erinnerung an „Claire".

Nun zurück zu Timo. Der wollte aber auch so gar nichts von ihr. Da es ihr jedoch keiner gesagt hat, hat sie die Hoffnung lange nicht aufgegeben. Sie fuhr weiterhin jeden Tag an seinem Haus vorbei, und erst, wenn sie ihn wenigstens einmal sah, war sie glücklich. Sie wusste auch, dass er jeden Sonntag in die Stadt zum Mittagessen ging. Glück für Betti, dass der Weg dorthin an ihrem Haus vorbeiführte. Also schaute sie jeden Sonntag, nachdem sie schon Mittag gegessen hatte, aus dem Wohnzimmerfenster, bis er vorbeikam. Manchmal hat sie bis zu einer Stunde gewartet. Und da er ja irgendwann wieder zurückkommen musste, ging das gleiche Spiel von vorne los. Dann war sie wieder glücklich, dass sie einen Blick auf ihn werfen konnte. Da sie in der oberen Etage wohnte, konnte sie so aus dem Fenster gucken, dass Timo dies nicht merkte. Dachte sie jedenfalls. Doch eines Sonntags funkte ihre Mutter dazwischen. Betti schaute wieder ganz erwartungsvoll aus dem Fenster, Timo war noch nicht vorbei, da kam ihre Mutter rein und hatte eine Aufgabe für sie. Sie sollte Wäsche im Garten aufhängen. Auch das noch. Wenn sie wenigstens hätte die Wäsche abnehmen müssen, dies würde ja noch relativ schnell gehen, doch aufhängen, und dann auch noch im Garten, wo der Weg bis dahin einige Meter in Anspruch nahm, und wo die Sachen sehr korrekt aufgehängt wurden. Was sollten sonst die Leute denken? Wusste ihre Mutter denn nicht, dass dies um diese

Uhrzeit nicht ging? Doch diese hatte so gar kein Verständnis für Bettis Situation. Davon mal abgesehen, wusste ihre Mutter auch nicht, wie sehr Betti verliebt war, denn mit der Mutter bespricht man so etwas ja nur ungern. Ihr war zwar aufgefallen, dass Betti am Sonntag immer frische Luft am Fenster schnupperte, doch der Sinn erschloss sich ihr nicht. Es blieb Betti nun nichts weiter übrig, als die Aufgabe rasch zu erledigen. So schnell sie konnte, flitzte sie mit dem Wäschekorb in den Garten, hing die Wäsche auf, gut nur, dass nicht zu viele Socken dabei waren. Als endlich alles hing, rannte sie den Weg wieder zurück ans Fenster und hoffte, dass Timo noch nicht vorbei war. Aber wütend war sie auf ihre Mutter, was, wenn Timo ausgerechnet in der kurzen Zeit doch schon vorbeigegangen ist? Er kam zum Glück aber noch. So trieb Betti dieses Spiel wochenlang. Sie starrte Timo so lange hinterher, bis er wirklich nicht mehr zu sehen war. Betti hatte nur Glück, dass sie nicht aus dem Fenster fiel, so weit lehnte sie sich immer hinaus. Aber was tut man nicht alles für die Liebe.

Dank ihrer Hartnäckigkeit gelang es ihr eines Tages, ein Date mit Timo zu bekommen. Vorher wurde ihr aber noch eingetrichtert, dass sie sich darüber im Klaren sein muss, wenn es mit Timo klappen sollte, dass sie dann auch mit ihm in die Kiste steigen muss. Betti tat so, als ob dies total normal wäre. Ihr blieb ja auch nichts weiter übrig. In Wirklichkeit wollte sie darüber jedoch noch nicht einmal nachdenken. Jedenfalls hatte sich Timo 2 um das Date gekümmert und seinen Freund dazu überredet. So sollte Betti an einem späten Nachmittag bei Timo vorbeikommen. Sie war so aufgeregt, wusste nicht, was sie anziehen und schon gar nicht, worüber sie sich mit ihm unterhalten sollte. Hätte sie vorher gewusst, dass dieses Date von sehr kurzer Dauer sein würde, hätte sie sich die ganze Mühe sparen können. Betti kam also nun bei Timo an, er kam ihr schon draußen entgegen und sagte ihr: „Ich hab ganz vergessen, dass ich heute Handballtraining habe." Das saß. Betti ließ sich nichts anmerken, glaubte sie jedenfalls. Sie sagte nur: „Ist ja nicht so schlimm." Mehr fiel ihr aber auch nicht ein. Dass er nicht mal gelogen hatte, merkte Betti, da Timo 2 kurz darauf aus der Tür kam, der ihn zum Training abholen wollte. *Gut, dass er da ist*, dachte sich Betti. Sie hätte jetzt nicht gewusst, wie sie aus dieser Nummer wieder rauskommen sollte. Sie stand völlig versteinert auf dem Hof. Timo 2 hat gleich drauflos geplaudert und so die ganze Situation etwas entschärft. Da sie den gleichen Weg, Betti nach Hause und die Jungs zur Sporthalle hatten, gingen sie das Stück zusammen. Sie kam sich so beschissen vor. Am liebsten wäre sie davongelaufen, doch die Blöße konnte sie sich nicht geben. Sie konnte sich auch mit den Jungs nicht unterhalten, ihr fiel leider nichts Vernünftiges ein, denn der Schock über die Abfuhr saß zu tief. So unterhielten sich die beiden Jungs, und Betti trottete irgendwie neben den beiden her und tat so, als höre sie beiden zu. Auf eine Art war sie froh, dass der gemeinsame Weg nicht so lang war. Kurz bevor sie zu Hause ankam, fasste sie sich doch noch ein Herz und fragte Timo, wann sie sich dann wiedersehen könnten. Er meinte: „Wir sehen uns am Sonnabend im alten Club." Das war alles, keine Uhrzeit, kein „Ich hol dich ab" oder „Komm zu mir". Im Nachhinein hat Betti sich überlegt, dass Timo das Date mit Absicht auf diesen Nachmittag geschoben hatte, um dann so zu tun, als ob es ihm entfallen wäre, dass er ja Training hat. Nein, so hatte Betti sich ihre Verabredung nicht vorgestellt. Als sie dann zu Hause in ihrem Zimmer war, heulte sie sich erst mal aus. Sie merkte schon, dass Timo kein wirkliches Interesse an ihr hatte, doch ihre Hoffnung war immer noch da. Und so wartete sie sehnsüchtig auf das nächste Wochenende. Sie redete sich ein, dass er schließlich gesagt habe, dass sie sich im Club sehen, also doch so etwas wie eine Verabredung. Betti konnte ja nicht ahnen, dass Timo keinen Mumm hatte, ihr zu sagen, dass er nichts von ihr will. Also wartete Betti wieder auf das Wochenende. Das kam natürlich in ganz langsamen Schritten, aber irgendwann ist immer die Zeit ran. Sie grübelte schon die ganzen Tage, was sie anziehen sollte, viel Auswahl hatte sie nicht. Also variierte sie am besagten Abend ihr Jugendweiheoutfit, wusch und föhnte sich die Haare und verbrauchte eine Menge Haarspray. Nur schminken mochte sich Betti nicht. Damit hatte sie nichts am Hut. Es war so gegen 18.00 Uhr, als dann endlich Annett bei ihr eintraf und sie sofort in den alten Jugendclub aufbrachen. Betti war so nervös, doch inzwischen war ihre Freundin eingeweiht, und Annett versuchte, Betti zu beruhigen. Ihr Okay für Timo hatte sie ihr schon gegeben. Sie fand ebenfalls, dass er gut aussah, war jedoch nicht ihr Typ. *Gut für sie, sonst würde Annett ihn noch bekommen, so wie diese aussieht,* dachte sich Betti. Im Club angekommen, schaute sie immer zur Tür, um zu sehen, wer da so reinkam. Sie setzten sich extra an einen Tisch, von wo sie den Eingang im Blick hatten. Betti glaubte ganz fest daran oder wollte einfach nur daran glauben, dass Timo noch kommen würde, hatte er es ihr doch vor einigen Tagen gesagt. Er kam auch noch, doch ziemlich spät am Abend, und als er Betti sah, grüßte er zwar, war jedoch Betti gegenüber sehr reserviert bzw. sprach auch nicht weiter mit ihr. Er begab sich zu seinen Kumpels und unterhielt sich ganz angeregt mit ihnen und war guter Dinge. Betti beobachtete dies eine Weile, eigentlich war ihr schon zum Heulen zumute. Annett hätte Betti jetzt gern einen Ratschlag gegeben, was sie machen könnte, doch in dieser Situation fiel ihr nichts ein. Denn sie sah ja schon, dass es keinen Sinn machte, da Timo ja so gar kein Interesse an Betti hatte. Doch das wollte sie ihrer Freundin natürlich so nicht sagen, also riet sie Betti nur: „Guck nicht immer zu ihm rüber, lass uns lieber tanzen oder an die Bar gehen." Doch Betti war für Annetts Rat gar nicht zu haben, und nach einer Weile fasste sie sich ein Herz und ging zu ihm an den Tisch. Sie versuchte, ein Gespräch mit ihm anzufangen, was nicht recht gelingen wollte. Es kamen nur so Worte raus wie: „Hallo, bist ja doch noch gekommen." Natürlich wurde sie von seinen Leuten, die am Tisch saßen, erwartungsvoll oder auch mitleidig angesehen. Wohl war ihr ohnehin schon nicht, als sie auf den Tisch zusteuerte, und dann kam, was kein Mädchen hören möchte. Timo antwortete ohne langes Gerede vorneweg: „Ich glaube, das wird nichts mit uns beiden." Obwohl sie es ahnte, war sie doch überrascht von seiner Aussage. Da ihr Gemüt schon im Vorfeld angekratzt war, konnte sie jetzt die Haltung nicht mehr wahren. Während sie noch geschockt Timo gegenüberstand, kamen ihr die Tränen.

Doch das interessierte Timo nicht wirklich, und so blieb ihr nichts weiter übrig, als loszugehen. Damit es nicht noch peinlicher wurde, und Betti merkte schon, dass sie das Heulen nicht mehr in den Griff bekam, verließ sie schnellstens den Club. Annett konnte dies Ganze so schnell nicht realisieren. So rannte Betti allein nach Hause, schmiss sich ins Bett, heulte, war wütend auf Timo und wollte nur noch sterben. Gott sei Dank bekam zu Hause hiervon keiner etwas mit. So war Betti mit ihrem Schmerz allein, und vor ihrer Mutter wäre es ihr ohnehin peinlich gewesen, wenn diese sie so gesehen und vielleicht noch Fragen gestellt hätte. An Schlaf war in dieser Nacht nicht zu denken. Am nächsten Vormittag kam dann Annett zu ihr und wollte selbstverständlich alles wissen. Sie hatte ja nur noch gesehen, dass Betti heulend aus dem Club losgerannt ist, doch was Timo mit ihr gemacht bzw. zu ihr gesagt hat, wusste sie ja nicht. Also erzählte Betti ihr, was Timo von sich gegeben hatte, sie war erleichtert, dass ihre Freundin ihr zuhörte und sie sich ausheulen konnte. Beide beschlossen nun, dass Timo das größte Arschloch auf Erden sei. Leider änderte es nichts an der Tatsache, dass Betti nach wie vor verliebt in ihn war. Das Wochenende verging irgendwie, doch am Montag musste sie wieder zur Schule. Eigentlich wollte sie dort nicht hin, so krank war sie vor Liebeskummer. Irgendwie hat sie sich dann doch aufgerappelt und ging zur Schule. Betti sah noch so schlecht aus, dass einige ihrer Mitschülerinnen fragten, was denn mit ihr los sei. Betti konnte nur in Bruchstücken erzählen, immer wieder kamen die Tränen in ihr hoch. Ihre Klassenkameradinnen versuchten sie zu trösten, doch bei Liebeskummer kann keiner trösten. Und in ihre Lage konnte sich auch keiner so wirklich reinversetzen, dass Betti so ziemlich die Erste war, die verliebt war. Es gab nur eine Klassenkameradin, die bereits seit einiger Zeit einen Freund hatte. Doch die hatte noch keinen Liebeskummer gehabt, war sie doch noch ganz frisch verliebt. Die Worte *es wird schon wieder* oder *den hast du bald vergessen, dann kommt ein Neuer*, erreichen einen nicht. Doch was wussten die schon. So war sie mit ihrem Schmerz allein. Sie hatte das allererste Mal Liebeskummer. *Liebe ist doch nur*

Scheiße, dachte Betti. Und in den Club konnte sie jetzt auch nicht mehr gehen. Erstens hätte sie es nicht ertragen, Timo dort immer zu sehen und zweitens war ihr die ganze Sache peinlich. Er hatte noch mitbekommen, dass sie heulend den Club verlassen hat. Gut nur, dass es noch eine Auswahlmöglichkeit gab – den neuen Club. Das Kulturhaus hatte zu diesem Zeitpunkt seine Pforten noch nicht geöffnet. Es wurde noch restauriert und machte so etwa eineinhalb Jahre später auf. Betti hatte sehr mit ihrem Liebeskummer zu tun. Jeden Tag musste sie an Timo denken, sie träumte von ihm, und war sich sicher, sich nie mehr zu verlieben. Obwohl Betti gar nicht mit Timo zusammen war, hatte sie eine ganze Weile daran zu knappern. Sie mied auch in den nächsten Wochen den alten Club, Betti und Annett wichen erstmal in den neuen Club aus. Dort war es auch nicht schlecht, wenn auch die meisten Bekannten den alten Club vorzogen. Und wenn Betti nun zu Annett radelte, dann nahm sie einen anderen Weg. Ihm bloß nicht begegnen. Das klappte auch recht gut.

Die erste Liebe von Annett

Bald schon sollte Betti nicht mehr so viel Gelegenheit bekommen, ständig an diesen Timo zu denken. Denn Annett brauchte sie jetzt mehr denn je. Eines Tages in der Schule erzählte Annett ihrer Freundin, dass sie einen jungen Mann kennengelernt hatte. Und diesen fand sie total super. Sie schwärmte richtig von ihm. So wie es aussah, hatte jetzt Amors Pfeil Annett getroffen. Betti kannte ihn jedoch nicht, er gehörte nicht zum Freundeskreis der beiden. Annett erzählte Betti, dass sie ihn beim Federballspielen kennengelernt hat, der heutige Ausdruck ist etwas vornehmer, Badminton. Er wohnte ein paar Häuser von Annett entfernt, neben Annett wohnte jedoch der beste Freund von ihrem Schwarm, und so kam es, dass sie sich dort nach der Arbeit zum Federball verabredeten. Denn zwischenzeitlich war es Juni und die Abende recht lange hell. Und so stand Annett immer an ihrem Gartenzaun, unterhielt sich mit den Jungs und schaute ihnen beim Spielen zu. Da Betti zu der Zeit, wenn die Jungs anfingen Federball zu spielen, schon zu Hause war, denn um 18.00 Uhr gab es pünktlich Abendbrot, bekam sie hiervon natürlich nichts mit. Doch Betti wollte diesen geheimnisvollen Mann ebenfalls kennenlernen, um Annett ihr O. K. zu geben. Sie war jetzt neugierig geworden, und so überredete sie ihre Mutter, dass sie doch nun alt genug ist und nach dem Abendbrot noch mal los möchte, zu Annett, versteht sich. Ihre Mutter erlaubte es ihr, und so bekam Betti die Möglichkeit, die jungen Männer kennenzulernen. Als sie bei Annett ankam, spielten zwei der Jungs schon Federball. Annett stand am Zaun gelehnt und sah ihnen wie immer zu. Betti fuhr an den Jungs vorbei, sagte kurz „Hallo", stieg vom Fahrrad ab und gesellte sich zu Annett. Diese konnte ihr unauffällig ihren Schwarm zeigen. Betti ahnte schon, dass er es sein musste. Er war groß, blond, gut gebaut und hatte den sogenannten Vokuhila-Haarschnitt. Vorne kurz und hinter lang. Und er trug, wie zur damaligen Zeit voll im Trend, den Oberlippenbart. Ja, er sah nett aus, doch nichts für Betti, da sie auf Jungs mit dunklen Haaren stand – vor allem auf Timo. Sie musterte Annetts Traum kurz und gab ihr O. K., den konnte Annett sich angeln. Betti war sich sicher, dass sie sich nicht in die Quere kommen würden, denn Annett ihr Schwarm war ja nicht Bettis Typ, und außerdem hätte sie wohl bei ihm sowieso keine Chance, da sie fand, dass Annett viel besser aussah. Bettis Selbstbewusstsein war zu diesem Zeitpunkt noch nicht gut ausgeprägt, und nach der Pleite mit Timo sowieso ganz unten im Keller. Und bei Annetts Aussehen und ihrer Figur dürfte es kein Problem darstellen, an diesen blonden Typen heranzukommen. Sein Name war Anton, ja, der Anton. Die anderen zwei wurden von Betti ebenfalls unter die Lupe genommen. Ralf war ebenfalls groß, brünett und 23. Man könnte jetzt glauben, das wäre was für Betti gewesen. Nein, er hatte schon etwas lichtes Haar und einen Vollbart. Und außerdem 23, wie alt war das denn? Neun Jahre älter. Wie gesagt, immer aus welchem Blickwinkel man dies betrachtet. Und dann sah der Typ nicht mal wie 23 aus, sondern viel älter. Dass er keine Freundin hatte, war irgendwie verständlich. Er war halt ein super Kumpel. Der Letzte im Bunde war Arne, groß, blond, schlank und 18 Jahre wie übrigens Anton auch, doch wiederum mit Anton nicht zu vergleichen. Arne war ein leicht durchgeknallter Typ, sah auch nicht sonderlich gut aus, was Arne jedoch ganz anders sah, er fand sich toll, aber ansonsten war er ganz o.k., zu Anfang jedenfalls. So wollte er Annett damals unbedingt das Küssen beibringen. Sie hat es abgelehnt, was Betti wunderbar verstand. Man kann Arne so ein bisschen mit Otto Waalkes vergleichen, und auf deren Comic stand er auch. Als Betti und Annett nun gemeinsam am Gartenzaun standen, wurden die Jungs natürlich neugierig und fragten erst mal, wer sie denn sei. So stellte Annett den Jungs Betti als ihre beste Freundin vor. Als die Neugierde der Jungs gestillt war, widmeten sie sich wieder ihrem Spiel. Annett schwärmte unentwegt von Anton, natürlich leise, dass er davon nichts mitbekam. Betti stellte gleich Überlegungen an, wie an Anton ranzukommen wäre. Denn sie wollte nicht, dass Annett ebenso lange auf ein erstes Date warten musste, und dass es bei ihr ganz anders verlaufen sollte. Jedenfalls brauchten sie einen Plan, wie sie die ganze Sache anzugehen hatten. Außer, dass sie den Jungs abends immer beim Federball spielen zusahen und in Antons Nähe waren, fiel den beiden aber nicht wirklich etwas ein, wie sie an Anton rankommen könnten. Zwischenzeitlich spielten sie zwar mit den Jungs manchmal zusammen Federball und unterhielten sich auch über Gott und die Welt, doch mehr war da nicht. In Sachen Liebe waren beide ja noch sehr unbeleckt. Da Betti von ihrer Mutter nun das O. K. hatte, nach dem Abendbrot zu Annett zu fahren, radelte sie ab jetzt wieder jeden Abend am Haus von Timo vorbei zu Annett, immer in der Hoffnung, dass sie Timo draußen sah. Warum sie sich das antat, wusste sie selbst nicht, es war wie von jemandem gesteuert. Eigentlich wollte sie es nicht, doch das Fahrrad fuhr diesen Weg. Es war jedoch selten, dass sie Timo begegnete. Auf der einen Seite war sie traurig, da sie ja so in ihn verliebt war, doch auf der anderen Seite war sie auch froh, ihm nicht zu begegnen, denn es wäre ihr immer noch peinlich gewesen. Schließlich wusste er ja, dass sie in ihn verliebt war. Na ja, Betti konnte es jedenfalls drehen und wenden, wie sie wollte, sah sie ihn, war ihr dies nicht recht, sah sie ihn nicht, war das eine Katastrophe. Gut nur, dass Betti sich jetzt mit anderen Dingen zu beschäftigen hatte. Auf dem Weg zu Annett zerbrach sie sich jedes Mal den Kopf darüber, wie sie an Anton bzw. wie Annett an Anton rankommen könnte. Doch es fiel ihr nichts Gescheites ein. Wenn sie dann bei Annett ankam, dann waren die Jungs schon da und spielten Federball. Da der Sommer im Anmarsch war, blieb es draußen – wie bereits erwähnt – lange hell, und so konnten sie stundenlang spielen. Dies ging eine ganze Weile, ohne dass etwas Nennenswertes passierte. Bis eines Abends Anton etwas von Silvester erzählte, die Party sollte bei ihm zu Hause stattfinden, und die beiden Mädels könnten ebenfalls kommen, meinte Anton so nebenbei. Doch bis Silvester war es noch lange hin. Sie konnten doch nicht noch über ein halbes Jahr warten, bis sie mal bei Anton feiern konnten. Der Sommer hatte wie gesagt gerade mal begonnen. Der Aufhänger war jedoch gefunden. Im ersten Moment wussten die beiden Mädchen jedoch noch nichts mit dieser Information anzufangen. Doch ein paar Tage später kam ihnen der Gedanke, genauer gesagt, Betti hatte die Idee. Sie hatten ein Date für Silvester, und hierzu müssen ja auch irgendwann mal die Details besprochen werden, wann die Party losgeht, wer so alles kommt, was man vielleicht noch an Silvesterknallern mitbringen soll etc. So kam Betti eines Sommertages auf die Idee, zu Anton zu gehen, natürlich mit Annett, um eben diese Details zu besprechen. Planung ist schließlich alles, im Sozialismus gab es schließlich die Planwirtschaft. Mit dieser Idee radelte sie zu Annett und erzählte ihr voller Begeisterung von ihrem Plan. Annett hörte sich alles an, war der ganzen Sache gegenüber jedoch nicht so aufgeschlossen. Im Sommer zu Anton gehen und nach Silvester fragen? *Blöde Idee*, dachte sich Annett und sagte zu Betti: „Und was sollen wir sagen, wenn er fragt, warum wir kommen?" *Dumme Frage*, dachte Betti und antwortete: „Dann sagen wir, wir wollten wegen Silvester schon mal was fragen. Wir tun einfach so, als ob es nicht mehr lange hin ist. Der Rest ergibt sich dann." Auf was wollte Annett also warten. *Einer muss die Initiative ergreifen, sonst wird das wohl nichts*, dachte sich Betti. Immerhin spielten sie nun schon seit Wochen zusammen und nichts passierte. Und im Club hatten sie Anton und seine Freunde auch noch nicht gesehen. Sie waren nicht so die Discogänger. Hingen lieber am Wochenende zusammen am Lagerfeuer bei Ralf ab und tranken ihr Bier oder gingen in irgendwelche Kneipen, wo Betti und Annett nie hingehen würden. Einen anderen Plan hatte sie auch nicht, und Annett hatte ebenfalls keine gute Idee. Entweder sie wollte mit Anton zusammenkommen oder sie blieb allein und versank im Liebeskummer so wie Betti. Wenn sie schon nicht glücklich werden konnte, so wollte sie wenigstens, dass Annett mit ihrer großen Liebe zusammenkam. Sie erklärte Annett, wie scheiße sich Liebeskummer anfühlt, und dass man es eben versuchen müsste. Und so willigte Annett dann in den Superplan ein.

Gesagt, getan. So vergingen noch ein paar Tage, bis sie sich endlich durchgerungen hatten und machten sich eines späten Nachmittages also auf den Weg zu Anton. Da er bereits volljährig war, arbeitete er natürlich schon, die Lehrzeit hatte er bereits hinter sich. Zu DDR-Zeiten lernte man in der Regel zwei Jahre. Sicherlich gab es auch Berufe, wo man 2 ½ Jahre lernen musste, aber welche das waren, weiß Betti nicht mehr, und ist ja auch unbedeutend. So kam Anton erst zwischen 16.00 Uhr und 17.00 Uhr nach Hause. Die Arbeitszeiten sahen damals noch anders aus. Bei Betti war es später so, dass die Werksirene morgens zum Arbeitsbeginn um 6.30 Uhr ertönte, dann zur Mittagspause und dann wieder um 15.30 Uhr zum Feierabend. Heute ist sie froh, dass sie erst um 8.00 Uhr anfängt. Das waren damals schon unmenschliche Zeiten. Sie weiß gar nicht mehr, wie sie das frühe Aufstehen geschafft hat.

Jedenfalls waren beide nun auf dem Weg zu Anton. Dieser dauerte vielleicht zwei bis drei Minuten, wenn sie langsam gingen, denn sein Zuhause war von Annett nicht weit entfernt. Er wohnte im Haus seiner Oma, sein Onkel hatte dort ebenso sein Quartier. Der Onkel und die Oma hatten unten ihr Reich und Anton oben. In diesen zwei bis drei Minuten gingen die beiden Mädels noch mal durch, wie sie es anpacken wollten und bereiteten sich auf sämtliche Eventualitäten vor. Es war so weit. Nun standen sie vor der Tür. Noch konnten sie sich entscheiden – umkehren oder allen Mut zusammennehmen und klingeln. Die Entscheidung fiel nach kurzer Zeit. Hätten sie noch länger überlegt, wären sie vielleicht doch wieder davongeschlichen. Und so klingelte Betti. Beide waren total aufgeregt, selbst Betti, die ja nichts von ihm wollte. Annett entschied, dass sie nur einmal klingeln würden, wenn keiner die Tür aufmacht, dann würden sie wieder gehen. Sie hätten es ja versucht. Einen Moment lang regte sich hinter der Tür nichts. Dies konnten beide sehen, da die Tür hauptsächlich aus Milchglas war. Man konnte zwar nicht durchsehen, aber erkennen, ob sich etwas dahinter bewegte oder nicht. Da sich nichts regte, drückte Betti nochmal auf die Klingel entgegen der „Anweisung" von Annett. Ein Moment verging wieder, Annett wollte sich schon umdrehen, da sahen sie, wie jemand in Richtung Tür kam und rief: „Wer is?" Der Stimme nach zu urteilen, war es ganz klar die Oma. Da Annett stumm vor Anspannung war, antwortete Betti: „Wir möchten zu Anton." Hätte Betti ihren Namen und den von Annett genannt, hätte die Oma damit eh nichts anfangen können, sie kannte ja die Mädchen nicht. Die Oma fragte auch nicht weiter, sondern öffnete die Tür. Sie war eine kleine zierliche Frau, schon etwas älter, aber immer noch agil. Sie arbeitete sogar noch ein paar Stunden jeden Tag in einem Blumengeschäft. So stellte man sich eine Oma vor. Sie stand nun im Türrahmen und sah beide Mädchen freundlich an. Die beiden Mädels grüßten höflich, sie wollten ja auch einen guten Eindruck hinterlassen und sagten ihr noch einmal, dass sie zu Anton wollten. Die Oma fragte schon mal nicht, was sie von ihm wollten oder wer sie waren. So rief sie hoch: „Anton, hier sind zwei Mädels für dich." Es dauerte nur Sekunden, bis seine Tür oben aufging und er die Treppe herunterkam. Er war nicht wirklich überrascht, die beiden zu sehen und fragte nur: „Hey, wollt ihr mit nach oben kommen?" Das ließen sich die beiden nicht zweimal sagen und antworteten: „Ja, gern." *Das ging ja einfach*, dachte sich Betti, als sie auf der Treppe waren. Die beiden Freundinnen stiefelten ihm hinterher und Betti gab Annett noch einen Knuff, um ihr zu zeigen, dass es doch gar nicht so schlimm und sie jetzt immerhin im Haus waren. Und zumindest bei Betti ist in diesem Moment die Anspannung abgefallen, bei Annett war sie noch da. Na ja, sie war es ja auch, die in Anton verliebt war. In der oberen Etage befand sich sein Zimmer, ein Zimmer gab es noch nebenan, welches jedoch leer stand, und das Bad. Sein Zimmer war recht groß. Wenn man in das Zimmer kam, stand an der linken Wand seine Schlafcouch, an der Wand geradezu eine geräumige Anbauwand, auf der anderen Seite stand sein Bett, und rechts am Fenster gab es noch eine Couch. Davor stand ein Tisch mit zwei Stühlen. Beheizt wurde das Zimmer mit einem großen Ofen, so wie es zur damaligen Zeit üblich war. Für Annetts und Bettis Befinden war das Zimmer so in Ordnung, und es war sogar aufgeräumt. Mit dem Bad sah es da schon anders aus. An diesem Tag hatte sie es jedoch noch nicht gesehen. Doch als Betti das erste Mal das Bad besuchte, war sie doch leicht schockiert. Die Rohre gingen über Putz durch den Raum, diese waren wiederum dick mit Stoffresten umwickelt, damit das Ganze im Winter nicht einfriert. Denn geheizt wurde hier nicht. Maximal, wenn mal jemand baden wollte, wurde der Badeofen in die Gänge gebracht. Doch ein schönes gemütliches Bad konnte man hier nicht nehmen. Im Bad standen Geschirr und ein Wasserkocher und noch einige Dinge, die man eigentlich in der Küche aufbewahren sollte. Den Sinn hat Betti nicht ganz verstanden. Sie dachte sich, vielleicht will Anton nicht jedes Mal runterlatschen, wenn er sich einen Kaffee machen will. Dass es noch einen anderen Grund hatte, sollte sie erst viel später herausbekommen. Nun waren die Mädels im Zimmer, sagten jedoch noch nichts. Der erste Schritt war aber gemacht, und beide warteten förmlich auf die Frage von Anton, was sie denn wollten. Doch zu ihrer Verwunderung fragte er gar nicht, warum sie bei ihm sind. Also sagten sie auch nicht, aus welchem Grund sie eigentlich kamen, der ohnehin vorgetäuscht war. Anton bat sie, sich doch zu setzen, zeigte auf die Couch und fragte beide: „Wollt ihr eine Brause trinken?" „Ja, gern" antworteten sie synchron. Anton knipste sich ein Bier auf und stellte eine Brause hin. Wohlgemerkt eine Brause für beide und ohne Gläser. Sie waren leicht irritiert, ließen sich aber nichts anmerken, sondern gaben sich gegenseitig die Brause und taten ganz normal. Die Mädchen saßen auf der Couch am Fenster, und Anton setzte sich auf sein Bett. Er ließ sich sein Bier schmecken, und sie plauderten eine ganze Weile miteinander. Man kam von einem Thema zum nächsten, Annett verlor jetzt auch ihre Aufregung. Bald hatten sie selbst schon ganz vergessen, warum sie hier waren, und plötzlich waren zwei Stunden vergangen. Die Mädchen hätten nicht gedacht, dass es so locker und redselig zugehen würde. Der Nachmittag war wunderschön, und als Annett und Betti dann gegangen sind, waren sie superhappy, vor allem Annett. „Na, siehst du, der Anfang ist doch gemacht", sagte Betti zu Annett. „Und er hat nicht mal gefragt, was wir denn eigentlich wollen. Also haben wir immer noch einen Grund hinzugehen." Betti war begeistert von ihrer Idee und Annett freute sich ebenso. Um nicht aufdringlich zu erscheinen, ließen sie noch ein bis zwei Wochen vergehen, um dann wieder bei Anton vorbeizuschauen. In der Zwischenzeit sahen sie aber den Jungen wieder beim Federball zu. Wieder bei Anton angekommen, klingelten sie, und die Oma machte wieder die Tür auf, fragte wie beim ersten Mal: „Wer is?", und ließ die Mädels rein. Übrigens blieb es dabei, dass die Oma immer „Wer is?" rief. Anton schaute aus seiner Zimmertür runter und rief beide wieder nach oben. Doch er fragte dieses Mal nicht und auch sonst nicht. Irgendwann pendelte es sich so ein, dass sie fast jeden Tag hingingen und waren inzwischen so etwas wie Freunde. Federball wurde nun weniger gespielt, da ja die Mädchen ständig bei Anton abhingen. Betti war sehr darum bemüht, Anton in die Nähe von Annett zu bekommen, doch irgendwie klappte dies nicht so recht. Egal, wo Betti sind hinsetzte, Anton setzte sich neben sie. Betti hat dies zwar bemerkt, doch sich gar nichts dabei gedacht. Dann saß er halt neben ihr. War zwar nichts dabei, doch so war es natürlich schwieriger, die Nähe zwischen Anton und Annett zu schaffen. Und Annett war zu schüchtern, um die Aufmerksamkeit von Anton auf sich zu lenken. Wochen gingen ins Land, ohne dass sich irgendetwas zwischen den beiden entwickelt hatte. *So geht dies doch nicht weiter*, dachte sich Betti. Sie überlegte sich einen neuen Plan. Doch so sehr sie sich auch anstrengte, sie kam immer wieder auf den gleichen Gedanken. Sie wollte Anton auf sein Glück stoßen, indem sie mit ihm Klartext redete. Sie musste mit ihm mal allein reden können. Dies klappte irgendwann auch, da sie inzwischen mit Anton, Arne und Ralf so gut befreundet waren, sodass die beiden Mädels auch mal jeder für sich bei Anton auftauchten. So ergab sich dann die Gelegenheit, als Betti bei ihm allein zu Hause war. Sie redeten erst so dies und das, das Thema kam dann irgendwann auf Annett, und Betti witterte ihre große Chance. Also fragte sie Anton gezielt: „Wie findest du denn Annett? Ich glaube, sie findet dich richtig gut."

Anton antwortete ihr: „Annett gefällt mir auch ganz gut, aber dich finde ich besser." Peng, das saß. *Was sollte der Quatsch denn jetzt? Wieso fand er sie jetzt besser? Annett sah doch super aus, lange Haare, dunkler Teint, super Figur. Leidet er an Geschmacksverirrung?*, dachte sich Betti. Sie wäre ja im Leben nicht draufgekommen, dass Anton was von ihr wollte, selbst wenn er sich immer neben sie setzte. In diesem Moment wurden ihr so einige Dinge auch erst klar. Fakt war jedenfalls, dass Betti absolut nicht auf Anton stand, und Annett war ihre beste Freundin. Diese war in Anton verliebt, und irgendwie musste es doch zu machen sein, dass da was lief. Betti wollte nicht, dass Annett ebenso Liebeskummer hatte wie Betti damals bei Timo. Und die Sache mit Timo war ja auch noch nicht vom Tisch. Selbst wenn Betti dies klar war, dass er nichts vor ihr wollte, so ließ sich das Verliebtsein dennoch nicht so einfach abstellen. Nachdem Anton jedenfalls dies ausgesprochen hatte und ihr unmissverständlich klarmachte, dass zwischen ihm und Annett nichts laufen wird, da er ein Auge auf Betti geworfen hatte, wollte sie die Sache erst mal verarbeiten. Sie musste unbedingt von hier weg. So blieb sie nicht mehr lange bei Anton, sondern fuhr, von der ganzen Situation vollkommen überfordert, nach Hause. Auf dem Heimweg ging ihr der Satz von Anton nicht mehr aus dem Kopf. Damit hätte sie in keinster Weise gerechnet. Warum hat sie ihn auch bloß gefragt? Zu Hause angekommen, überlegte sie sich nun, was sie mit dieser Information anfangen sollte. Jetzt hatte sie den Salat. Sollte sie Annett etwas sagen oder nicht. Nein, das konnte sie ihr nicht antun. Vielleicht überlegte sich Anton das noch mal, wenn er merkt, dass er bei Betti so gar keine Chance hat. Sie hatte ja noch keine Erfahrung in Sachen Liebe, also konnte sie zu diesem Zeitpunkt noch nicht wissen, dass Anton einen verdammt langen Atem hatte. Er blieb dabei, Annett interessierte ihn nicht weiter, nur eben als Kumpel. Er wollte Betti. Aber erst mal lief alles wie gewohnt weiter. Annett wusste nichts von dem Desaster. Anton, seine Freunde sowie Annett und Betti unternahmen weiterhin viel zusammen. An den Wochenenden gingen sie dann ab und zu gemeinsam in die Clubs oder machten Lagerfeuer bei Ralf, hörten Musik und erzählten sich eine Menge. Manchmal waren sie auch bei Ralf im Haus, er wohnte noch bei seinen Eltern, hatte in der oberen Etage sein Zimmer. Als Betti das erste Mal bei ihm war, fielen ihr die vielen Schallplatten auf. Betti selbst hatte keinen Schallplattenspieler, doch sie liebte diese Dinger. Beim genauen Hinsehen in Ralfs Sammlung entdeckte sie auch sehr viele Schallplatten aus dem Westen. So etwas war ja eine Rarität. Denn diese zu bekommen, war nicht einfach. Da musste man schon sehr gute Kontakte haben. In Bettis Ort gab es auch einen Schallplattenladen. Hier haben die Leute bis draußen gestanden, sofern eine neue Platte auf den Markt kam. In dem Geschäft gab es aber fast nur die gute DDR-Musik. Sie weiß noch, dass ihr Onkel dort ebenfalls mal lange anstehen musste, als die Platte von den PUHDYS „Der blaue Planet" rauskam. Ihr Onkel war so stolz darauf, und legte diese dann bei sich zu Hause gleich auf. Betti hörte sich die Lieder ebenfalls an und befand die Platte für gut. Alle Lieder oder Interpreten waren ja auch nicht schlecht. So stand Betti zu dieser Zeit noch auf Inka. Diese hatte gerade den großen Hit „Spielverderber" und diese Platte bzw. Kassette musste Betti unbedingt haben. Doch so einfach war diese nicht zu bekommen. Ihr Vater reiste hierfür durch die halbe DDR, nicht mal in Berlin hat er die Kassette bekommen, aber dann in Erfurt. Die Kassette hat Betti heute noch. Nach langer Zeit hörte sie sich diese wieder an und stellte fest, dass ihr die meisten Lieder hiervon sogar noch gefielen.

Nun aber zurück zu Anton und Co. Annett wusste nach etlichen Wochen immer noch nicht, was Anton zu Betti gesagt hatte, doch so langsam ahnte auch sie etwas. Sie hatte seit einiger Zeit bemerkt, wie Anton um Betti rumschlich, und so sprach sie Betti eines Tages an. Was sollte Betti jetzt lange um den heißen Brei rumreden, wenn Annett das Thema schon selbst anschnitt, musste sie ebenso in die Offensive gehen. Betti erzählte Annett, dass sie Anton mal vorsichtig gefragt hätte, wie er Annett finden würde. Dass er zwar gemeint hätte, ganz nett, aber mehr wäre da nicht. Sie verschwieg ihr jedoch, dass Anton Betti ganz gut fand.

Das wäre zu heftig gewesen. So vor den Kopf stoßen konnte sie ihre Freundin nicht. Und außerdem wollte Betti nichts von Anton, was hätte es da für einen Sinn gehabt, Annett zu sagen, dass Anton auf Betti stand. Sie musste nun nicht noch Öl ins Feuer gießen. Insgeheim hatte sie noch die Hoffnung, dass Anton sich vielleicht doch noch in Annett verliebte, ach, das wäre für alle Beteiligten das Beste. Betti bräuchte kein schlechtes Gewissen zu haben und Annett wäre glücklich. Aber so war es nicht, und so kam es auch nicht. Liebe geht eben immer andere Wege. Annett war natürlich traurig darüber, dass es mit Anton nichts werden sollte, doch Betti machte ihr weiterhin Mut. Sie erklärte ihr, dass er vielleicht noch Zeit bräuchte, um festzustellen, dass sie die Richtige sei. Sie sähe doch gut aus, und irgendwann würde Anton dies schon bemerken – und dann, ja dann würde er sich verlieben – in Annett. So war die Theorie. Betti war nun immer bis kurz vor 18.00 Uhr bei Annett, dann radelte sie nach Hause, aß schnell Abendbrot, danach ging es wieder in diese Richtung, nur zu Anton, wo sich meistens die Freunde ebenfalls abends einfanden, oder sie spielten bei Annett vor der Tür Federball, auch wenn die Abende nicht mehr so lange hell waren. Betti fand ihr Leben so toll, nachmittags zu Annett und abends auch noch mal unterwegs zu sein. Besser ging es nicht. Schule war zu diesem Zeitpunkt uninteressant. Doch irgendwann wurde dies Bettis Mutter zu viel. Denn diese war bei einer Elternversammlung in der Schule, und dort wurden den Eltern dann von Zeit zu Zeit die Noten der Schüler vorgelegt. Bettis Mutter war doch überrascht, welche teilweise schlechten Noten hierbei waren, und so stellte sie Betti an diesem Abend noch zur Rede. Betti hat zwar gewusst, dass die Noten nicht so gut sind, und dass es wohl ein kleines Donnerwetter geben wird, aber was ihre Mutter da von ihr verlangte, verschlug ihr die Sprache. „Entweder du bist am Nachmittag unterwegs und abends zu Hause oder umgekehrt. Beides geht nicht. Die Schule kommt viel zu kurz", so die Ansage. So ein Mist, dachte sich Betti. Dass die Schule zu kurz kam, wusste sie selber, aber wer hatte schon Lust zum Lernen. Betti hielt es mit der Schule immer so, dass sie lernte, sobald sie wusste, sie könnte mündlich rankommen oder, wenn sie vorher eine schlechte Zensur gefangen hatte, um diese wieder auszubügeln. Doch sich für eine Zeit am Tag zu entscheiden, wann sie zu ihren Freunden fuhr, fiel ihr schwer. Die Nachmittage mit Annett waren immer lustig, und die Abende mit den Jungs oder nur mit Anton waren eben oftmals spannend und interessant. Denn sie waren ja ein paar Jährchen älter, sie hatten schon einiges mehr zu erzählen von ihren Erlebnissen. Da sie also beides wollte, kreisten in ihrem Kopf wieder die Gedanken, bis sie die Idee hatte. Ihr Plan war genial. Ihrer Mutter teilte sie ihre Entscheidung mit, sie befand, der Nachmittag sollte es sein, an welchem sie für die Schule etwas tun wollte – rein theoretisch. So fuhr sie sofort nach der Schule zu Annett. Die Mappe flog nur so in den Flur, und schon war sie wieder verschwunden, da sie keine Zeit zu verschenken hatte. Schließlich ging die Schule teilweise bis 14.00 Uhr. Da war nicht mehr viel Zeit, um kurz vor 16.00 Uhr rasch zur Arbeit ihrer Mutter zu radeln. Dort wartete sie dann am Pförtnerhäuschen auf sie, und pünktlich mit der Werksirene ging die Tür auf, und die Leute strömten aus der Baracke. Das fand Betti immer irgendwie lustig. Denn 16.00 Uhr war erst Feierabend, also packt man da die Sachen erst ein und steht nicht schon hinter der Tür. Aber so machten es alle. Beide gingen dann zusammen nach Hause, das Fahrrad wurde geschoben, da Bettis Mutter immer zu Fuß zur Arbeit ging. Auf dem Heimweg wurde des Öfteren über die Schule gesprochen, und ob Betti die Hausaufgaben fertig hat. Selbstverständlich war nichts fertig, aber Betti log ihre Mutter einfach an. Das konnte sie auch ruhigen Gewissens tun, denn ihre Mutter kontrollierte nichts mehr. Und Bettis Mutter wusste natürlich auch nicht, dass sie schon seit mindestens zwei Stunden bei Annett gewesen war. Nach der Arbeit wurde immer noch eingekauft. Jeden Tag wurden Brot, Milch und Wurst gekauft – und das Ganze zu Fuß mit Einkaufsnetzen, welche sich wunderbar dehnten. Es passte ja so viel dort hinein. Manchmal ging es auch in den Delikatessenladen. Dort roch es so toll nach dem ganzen Westzeug. Hier gab es Jacobs Kaffee, Pfirsiche und Ananas in Büchsen, Nudossi, Kakaopulver für Schokomilch, Westschokolade, Clic-Orange und vieles mehr. Die Clic-Orange wurde des Öfteren gekauft. Das waren Tüten, in welchen Fruchtpulver enthalten war. Dazu musste man Wasser gießen, umrühren, und fertig war der Orangensaft. Damit das alles ein wenig länger hielt, wurden die Tüten mit mehr Wasser gestreckt, als man wirklich benötigte. Trotzdem war der Geschmack noch da, und es schmeckte auch sehr lecker. Die Preise im Delikatladen waren jedoch enorm. So kostete eine Büchse Pfirsiche 12 Mark der DDR. Und gleich nebenan gab es noch einen Delikat-Fleischerladen. Die Auslage hier sah schon etwas anders aus als im normalen Fleischerladen. Hier bekam man z. B. den Kochschinken. Da dieser natürlich sehr begehrt war, war dieser schnell vergriffen und am Nachmittag war von dem leckeren Zeug nichts mehr da. Da Annetts Mutter in Schichten arbeitete, hatte diese meistens das Glück, nach der Nachtschicht den Kochschinken zu ergattern. Dies hat Betti ihrer Mutter sogar mal zum Vorwurf gemacht. Sie hat ihr gesagt, dass Annetts Mutter immer den Schinken bekommt. Ihre Mutter hat ihr dann erklärt, dass diese ja auch am Vormittag einkaufen gehen kann. Der Einkauf bei Bettis Mutter gestaltete sich so, dass die Läden immer in der gleichen Reihenfolge abgeklappert wurden. Erst ging es in den Bäckerladen, dann in den Milchladen und danach zum normalen Fleischer. Wenn es da so gar nichts mehr gab, dann ging Bettis Mutter zum Delikatfleischer. Außer Kochschinken gab es ja noch andere „gute" Wurst. Das waren so die normalen Einkaufswege in der Woche. Zum Wochenende wurde selbstverständlich mehr eingekauft. Dann brauchte man noch Kartoffeln und Gemüse, Süßigkeiten, Brause und vieles mehr. Auch hierfür gab es einzelne Läden. So gab es die Süßigkeiten im Konsum der Stadt. Heute würde man dazu vielleicht Tante-Emma-Laden sagen. Der Laden war nicht groß, man kam rein, nahm sich einen Korb und ruckzuck war die Runde zu Ende und man stand schon an der Kasse. Die Kasse fand Betti immer toll. Die Tasten mit den Zahlen drauf waren groß, ragten aus der Kasse noch ein Stück raus, und die Kassiererin musste schon ganz schön raufhauen, um die Preise einzutippen. Es passierte auch schon mal, dass Bettis Mutter bis zu dreimal in die

Stadt ging, da sie nicht gleich alles mit einmal nach Hause tragen konnte. Fakt war auch, dass man meistens anstehen musste und am Freitag sowieso. Beim Fleischer und beim Gemüseladen verbrachten sie die meiste Zeit. Eine Kaufhalle gab es zwar auch in Bettis Stadt, doch diese stand im Viertel, wo die ganzen Neubaublöcke waren. Betti war dort nur wenige Male. Dieses Viertel war für sie eine eigene Welt. Hier wohnte zwar ihre andere Oma, doch die ließ keinen in ihre Wohnung, sodass Betti also in diesem Viertel nichts zu suchen hatte. Ganz in Bettis Nähe gab es noch den sogenannten Intershop. Hier befanden sich ausschließlich Westartikel. Die Schaufenster waren dementsprechend auch vergittert. Betti kann sich noch gut daran erinnern, dass ihre Eltern ab und zu ein paar DM besaßen. Diese lagen in einer Büchse, und diese wiederum war in der Anbauwand gut verschlossen. Woher sie das Westgeld hatten, weiß Betti nicht, doch manchmal bekam sie davon ein bis zwei DM ab und dann ging es in den Intershop. Hier hätte Betti Stunden zubringen können. Allein der Duft nach der ganzen Seife und die anderen tollen Gerüche. Das kann man heute nicht mehr beschreiben, man hat sich ja an diese ganzen Düfte gewöhnt. Es lässt sich vielleicht mit einem Parfum vergleichen, die ersten Tage riecht man es noch, doch dann lässt der Duft nach. Jedenfalls überlegte Betti immer lange, was sie sich kaufen sollte. Meistens stand sie vor der Entscheidung, entweder Kaugummis, Aufkleber, die noch gepolstert waren, oder Tintenkiller. Da im Intershop nie viele Leute waren bzw. wenn Betti sich so richtig erinnert, nie irgendjemand da war, konnte sie sich so viel Zeit lassen, wie sie wollte. Der Verkäuferin wars egal. Sie war vielleicht sogar froh darüber, dass sie ein wenig Abwechslung hatte. Wenn Betti sich dann endlich entschieden hatte, war sie so stolz auf ihr neu Erworbenes, dass sie es sich unentwegt ansehen musste. Die Kaugummis wurden natürlich gut eingeteilt, der Tintenkiller wenig benutzt, na, und von den Aufklebern hatte sie ja am meisten. Diese klebte Betti immer auf ihre Nachttischlampe, welche an der Wand über dem Bett angebracht und sehr lang war. Da passten jede Menge Aufkleber drauf.

Zurück zum Thema „Nachmittag oder abends". Da Bettis Mutter jedenfalls nicht wusste, dass sie den halben Nachmittag schon weg war, konnte sie nach dem Abendbrot los zu den anderen. Bettis Mutter kontrollierte wie gesagt keine Hausaufgaben mehr, dafür war Betti auch ein wenig zu alt, also konnte sie diese irgendwann spätabends machen oder manchmal sogar erst am nächsten Morgen in der Schule auf der Toilette. Dieser Ort war sehr beliebt für Hausaufgabenmachen, besser gesagt, Hausaufgabenabschreiben. Manchmal wurde man dann vom Lehrer, welcher gerade Aufsicht hatte, erwischt. Da daraufhin jedoch nicht viel passierte, vielleicht ein Eintrag ins Hausaufgabenheft, nahm Betti dies gern in Kauf. Als wiederum einige Zeit vergangen war, und jetzt wirklich nichts mehr zwischen Annett und Anton zu machen war, verbrachte Betti nun viel Zeit mit Anton allein, jedoch ohne Hintergedanken. Sie wollte nach wie vor nichts von ihm. Annett hatte nun auch keine Lust mehr, ihn jeden Tag zu sehen oder um sich zu haben. Sie wollte sich damit abfinden, dass ihre Liebe keine Chance hatte, doch nun hatte sie ebenfalls Liebeskummer wie Betti, auch wenn dieser nicht mehr ganz so groß war. Annett machte Betti aber keinen Vorwurf, dass diese nun allein zu Anton ging. Um 21.30 Uhr musste Betti jedoch immer nach Hause. Das hatte sie mit ihrer Mutter abgesprochen. Leider wusste ihr Vater nichts davon. Da er sowieso meistens bis tief in die Nacht in seiner Werkstatt noch Fenster oder andere Dinge baute, bekam er nie mit, wann seine Tochter nach Hause kam. Bis er eines Abends doch schon vor Betti oben war und dazu noch im Schlafanzug. Als Betti wie immer zur gewohnten Zeit nach Hause kam, stand ihr Vater plötzlich in der Schlafzimmertür, durch welche sie musste, um in ihr Zimmer zu gelangen. Betti war so erschrocken über diesen Anblick, damit hatte sie nicht gerechnet, und dann fragte er sie auch noch ganz aufgebracht: „Wo kommst du denn jetzt her?" Betti war etwas irritiert, erst mal über die Frage und dann über ihren Vater, der im Schlafzeug vor ihr stand. Da diese Frage völlig überraschend kam und noch dazu so vorwurfsvoll, antwortete sie ihm etwas patzig: „15 Jahre hast du dich nicht um meine Erziehung geküm-

mert, jetzt brauchst du auch nicht mehr damit anfangen." So, das
saß, ihr Vater konnte gar nichts mehr sagen und Bettis Mutter
haute auch noch in die Kerbe und sagte zu ihm: „Was soll das
denn jetzt? Sie kommt immer um diese Zeit." Das war zu viel
für Bettis Vater, er sagte nur: „Macht doch, was ihr wollt" und
ging bockig ins Wohnzimmer. Dass Betti um 21.30 Uhr immer
von Anton losfuhr, hängt damit zusammen, dass die Filme zu
DDR-Zeiten zu dieser Zeit endeten. Beginn war um 20.00 Uhr
nach der „Aktuellen Kamera", eine Nachrichtensendung der
DDR. Sie haben es sich dann um diese Zeit auf dem Sofa gemütlich gemacht. Das wurde ausgeklappt, und so hatten beide
viel Platz, der eine links, der andere rechts und so sahen sie sich
zusammen die Filme an. Betti konnte so nie die Zeit vergessen,
wann sie nach Hause musste, es sei denn, sie ist eingeschlafen.
Das war dann allerdings gar nicht gut, denn dies glaubte ihr ihre
Mutter wiederum nicht, was Betti dann jedes Mal ärgerte. Denn
es stimmte doch. Damals gab es nur zwei Fernsehsender. Heutzutage undenkbar. Jetzt hat man unzählige Sender, und manchmal ist aber auch so gar nichts drin. Da zappt man dann von einem Sender zum nächsten und wieder zurück, und landet dann
in der Mediathek, bei YouTube oder sonst wo. Werbung zwischendurch gab es damals nicht, was Betti sich sehr gewünscht
hätte. Denn wenn sie mal einen Westsender mit einigermaßen
Bild erwischt hat, dann freute sie sich regelrecht über die Werbung. Egal, was gerade lief, alles war interessant. Heute nervt es
nur noch. Wenn Betti jedenfalls losmusste, brachte Anton sie
dann immer noch vor die Tür. Sofern sie nicht mit dem Fahrrad
bei Anton war, fuhr dieser sie entweder mit dem Moped oder
mit dem Motorrad nach Hause. Betti war schon geschmeichelt,
dass Anton sehr an ihr interessiert war, obwohl sie ja nichts von
ihm wollte. Doch mit der Zeit war auch Betti nicht mehr so ab-
geneigt. Es schien, als ob sich bei ihr ebenfalls ein Gefühl für ihn
einstellen sollte. Doch noch mochte sie nicht daran denken, denn
wenn es so wäre, müsste sie ja Annett davon erzählen, und was
würde dann aus ihrer Freundschaft werden? Diese würde sicherlich in die Brüche gehen, denn Annett war immer noch in An-

ton verliebt, und Betti ja eigentlich in Timo. Doch eines Abends bei der Verabschiedung im Flur passierte es. Anton und Betti standen sich ganz nah gegenüber. Anton zog sie noch ein bisschen näher an sich ran und küsste sie. Im ersten Moment war sie total überrascht, wehrte sich jedoch nicht und ließ es einfach geschehen, und es fühlte sich gut an. Normalerweise hätte sie Anton von sich wegstoßen müssen, denn es war ja wohl Verrat an Annett. Aber Betti konnte sich nicht wehren. Sie war wie gelähmt. Vor dem ersten Kuss hatte Betti immer ein wenig Angst gehabt. Betti und Annett haben oft philosophiert, wie ein Kuss so funktioniert. Denn keiner weiß doch vor dem ersten Kuss, wie es geht. Und üben kann man dies ja auch schlecht. Es sei denn, man hätte Arnes Angebot angenommen. Als der schöne Kuss zu Ende war, war Betti ein wenig peinlich berührt, sie merkte, wie ihr die Röte ins Gesicht stieg. Gut nur, dass der Flur schlecht beleuchtet war, so hoffte sie, dass Anton ihre Verlegenheit nicht sah. Sie wusste jetzt auch gar nicht, was sie zu Anton sagen sollte, also tat sie ganz normal, verabschiedete sich und radelte nach Hause. Der Kuss ging ihr natürlich nicht aus dem Kopf, und immer bei dem Gedanken daran, hatte Betti dieses Kribbeln in der Magengegend. So wie damals bei Timo, nachdem Betti von ihm geträumt hatte. Sie fand, dass sie sich gar nicht so dämlich beim Küssen angestellt hatte. Für das erste Mal war sie wohl gut. Doch nur kurze Zeit später wurde sie aus ihren „Kussgedanken" gerissen, plötzlich musste sie an ihre Freundin denken, was würde sie sagen, wenn sie dies wüsste? Dass sie bei Anton keine Chance hatte, wusste sie ja, vielleicht hatte sie sich damit auch schon ein wenig abgefunden, doch würde sie nicht darauf kommen, dass ihre beste Freundin ihn geküsst hatte. Betti wusste, dass es ein Fehler war, und außerdem war sie über Timo ebenfalls noch nicht ganz hinweggekommen. So schön der Kuss auch war, Betti war leicht verzweifelt. Mit wem sollte sie sich denn nun beraten? Eine andere beste Freundin, der sie sich anvertrauen könnte, gab es nicht. Betti stand zwischen Baum und Borke. Es gab nur eine Lösung. Sie musste von Anton Abstand halten. Betti beschloss, genau das, was ihr so durch den Kopf ging mit Annett, Anton zu erklären. Da sie dringend darüber mit ihm reden musste, nahm sie den nächsten Abend gleich zum Anlass und erklärte ihm die Sachlage. Sie sagte ihm auch, dass sie erst mal nicht mehr zu ihm allein kommen wird, bis sie der Meinung ist, alles läuft wieder in geordneten Bahnen ab. Betti gab ihm nochmals zu verstehen, dass er bei ihr keine Chance hat, da sie immer noch in Timo verliebt war, auch wenn der wiederum von ihr nichts wollte. Das sagte sie ihm allerdings so nicht, dass sie noch in Timo verliebt war. Anton kannte ihn auch gar nicht weiter. Es war aber alles so verdammt schwer. Alle waren irgendwie verliebt, doch nicht in die Person, die es hätte sein sollen. Gesagt, getan, auch wenn es Betti schwerfiel, fuhr sie nun abends nicht mehr zu Anton. Da sie aber zwischenzeitlich mit Anton und deren Freunde sehr gut befreundet war, blieb es nicht aus, dass sie Anton über den Weg lief. Betti war nun des Öfteren mit Annett bei Ralf. Annett freute sich, dass Betti nicht nur am Nachmittag für sie Zeit hatte, sondern eben auch abends. Den wahren Grund kannte Annett natürlich nicht, Betti sagte ihr, dass sie mehr mit ihr zusammen unternehmen wollte. Gelogen war es ja nicht, denn Betti verbrachte wirklich gern mehr Zeit mit Annett. Es war auch kein Geheimnis, dass die beiden Freundinnen ihre Zeit jetzt oft mit und bei Ralf verbrachten. Doch es dauerte nicht lange, bis Anton dort ebenfalls auftauchte. Erst hat Betti gedacht, was das wohl werden soll, sie, Annett und Anton so dicht beieinander und jeder in jeden verliebt. Da Anton Betti gegenüber sich normal verhielt, so schätzte es Betti ein, war die Gefahr wohl vorüber. Und so trafen sie sich nach einigen Wochen wieder bei Anton, mal alle zusammen, mal nur Betti. Sie dachte, dass Anton es nun gerafft hat, und sie endlich in Ruhe lassen würde. Doch weit gefehlt. Da sie meistens die Letzte war, die nach Hause fuhr, brachte Anton sie wie gewohnt nach draußen. Und das gleiche Spiel ging von vorne los. Er küsste sie, und Betti ließ es gern geschehen. In diesen Momenten war sie willenlos, dachte auch nicht an Annett, sondern genoss es einfach. Die vielen Fragen schwirrten ihr erst später im Kopf rum. Anton hatte Betti inzwischen so weit, dass sie jetzt auch keinen Abstand mehr zu ihm haben wollte, im Gegenteil, sie fand es schön bei ihm, und die Abschiede gefielen ihr von Mal zu Mal mehr. Anton fragte sie dann jedes Mal, wann sie sich für ihn entscheidet. Das war eine schwierige Frage, und diese Frage hörte Betti monatelang jeden Abend, wenn sie bei ihm war. Bettis Gefühle fuhren Achterbahn. Sie konnte Anton darauf keine Antwort geben. Obwohl sich Annett nach und nach damit abgefunden hatte, dass Anton in Betti verliebt war – inzwischen hatte sie es mitbekommen – wollte sie ihre Freundin aber weiterhin nicht verletzen. Betti konnte sich einfach nicht entscheiden. Sie wusste zwar, dass es mit Timo nichts wird, doch da er ihr immer noch im Kopf rumspukte, konnte sie sich noch nicht auf Anton so ganz einlassen. Es wäre ihm gegenüber nicht fair, wenn sie mit ihm zusammen wäre, aber nicht wirklich verliebt war, und er nur die zweite Geige spielte. Schlimm genug, dass sie dieses „Problem" hatte. Es blieb aber nicht bei diesem „Problem". Wenn Betti abends von Anton nach Hause fahren wollte, war Ralf meistens noch draußen so ganz zufällig vor dem Haus und brachte sie dann nach Hause. Da er ein guter Freund war, fand sie dies total lieb und dachte sich nichts weiter dabei, zumal es jetzt auch abends schon früher dunkel wurde, der Sommer war vorbei. Einmal hat Ralf sich sogar im Gebüsch vor Antons Haus versteckt, und als Betti dort vorbeiging, raschelte es. Betti hat solch einen Schreck bekommen, dass sie schon am Rennen war. An diesem Abend war sie sogar mal zu Fuß gekommen und wurde auch nicht von Anton nach Hause gebracht, da er schon Bier getrunken hatte und nicht mehr fahren durfte. Ralf machte sich bemerkbar, dass er es doch nur ist und lachte über Bettis Angst. Im ersten Moment war Betti total sauer, doch RalfsLachen steckte an. Betti machte sich auch keine Gedanken darüber, warum Ralf in diesem Gebüsch saß. Er brachte sie dann nach Hause. Manchmal „stand Betti auch sehr auf dem Schlauch". Wenn sie mit dem Fahrrad unterwegs war, und Ralf brachte sie nach Hause, dann schob sie ihr Fahrrad, und beide unterhielten sich angeregt. Einmal fragte Ralf sie, ob sie sich für Anton entschieden hätte. Was sollte Betti ihm sagen? Sie überlegte selbst noch. So einfach war die Frage nicht zu beantworten. Also sagte sie ihm: „Zu 99 Prozent noch nicht." Blöde Antwort, aber in diesem Moment ist Betti nichts Besseres eingefallen. Sie war jedoch froh, dass sie mit Ralf darüber reden konnte, denn mit Annett konnte sie über dieses Thema nicht so wirklich und so offen reden, was verständlich war. Und Ralf kannte Anton ja nun sehr gut, vielleicht konnte er ihr einen Ratschlag geben. Doch Ralf war eher kritisch, er war nicht gerade euphorisch darüber, dass Betti vielleicht doch sich den Anton nehmen könnte. Er war der Meinung, dass Anton ein super Kumpel ist, mit dem man durch dick und dünn gehen konnte, doch ob er für eine Beziehung der Richtige war, das bezweifelte Ralf. Denn Anton hatte schon so einiges auf dem Kerbholz, und Betti war mit ihren 14 Jahren ja noch so unerfahren. Er meinte Betti gegenüber, dass er ihr eventuell sehr das Herz brechen könnte. Kritik war das Letzte, was Betti hören wollte. Und was wusste Ralf schon, wie Anton sich in einer Beziehung machte. Gut, er hatte vor Betti schon eine feste Freundin gehabt, und Ralf hat diese Beziehung mitbekommen, doch Betti interessierte diese Beziehung nicht. Außerdem hatte die damalige Freundin mit Anton Schluss gemacht. In diesem Punkt ist Anton ja wohl das Herz gebrochen worden und nicht der Freundin. Dass Ralf Recht behalten sollte, davon ahnte Betti jetzt noch nichts. Als Ralf sie nun eines Abends wieder nach Hause brachte, sagte er ihr, als sie bei Betti ankamen: „Übrigens, ich habe mich verliebt." Betti war erst überrascht, denn sie wusste jetzt nicht, wen er denn kennengelernt haben soll, da sie doch meistens zusammen abhingen, freute sich dann für ihn, denn er hatte bis dahin wohl noch keine Freundin gehabt, jedenfalls wusste sie nichts von einer. Vielleicht war es ja eine, die er in seinem Betrieb kennengelernt hatte. Eine andere fiel ihr nicht ein. Also fragte sie ihn: „In wen hast du dich denn verliebt?" Doch mit dieser Antwort hatte sie nicht gerechnet: „In dich." Das war der Hammer. Was sollte sie jetzt sagen? Sie konnte ihm ja nicht mal sagen, dass sie mit Anton zusammen war oder sich für ihn entschieden hatte, denn da hatte sie wenige Tage zuvor gesagt, dass dem nicht so ist. Ralf war aber so gar nicht ihr Typ. Auch das konnte sie ihm nicht sagen. Und immerhin war er neun Jahre älter. Betti war schließlich immer noch 14. In ihrem Kopf ratterte es, sie musste ja nun irgendetwas antworten. Sie durfte die wortlose Pause nicht zu groß werden lassen, bevor Ralf noch eins draufsetzte. Und er sah sie mit seinen braunen Kulleraugen so fragend an. Seinem Blick zufolge erwartete er eine Antwort. Also sagte sie ihm: „Ich denke, das wird nichts mit uns, der Altersunterschied ist mir zu groß. Es tut mir leid." Als sie ihm dies sagte, stand Ralf ihr so nah gegenüber, sie sah seine Enttäuschung, er tat ihr so leid, sie wusste schließlich, wie das ist, einen Korb zu kriegen. Doch was hätte sie machen sollen. Es reichte ja schon, dass sie Anton noch hinhielt. Ralf hatte zwar ein paar Gegenargumente, akzeptierte schließlich ihre Entscheidung und ging nach Hause. Wenn das so weitergeht, konnte sich Betti ja bei keinem der Kumpels mehr sehen lassen. *Fehlt bloß noch Arne*, dachte sie sich. Aber hier passierte Gott sei Dank nichts. Der hatte einige Zeit später nur Augen für Annett, doch da biss er auf Granit. Betti musste die Sache mit Ralf unbedingt ihrer Freundin erzählen. Wenn doch nur schon morgen wäre. Am nächsten Tag in der Schule hatte sie dann die Gelegenheit, ihr alles zu berichten. Und was machte Annett. Sie lachte. Sie kriegte sich gar nicht mehr ein. Betti hatte ein Problem und Annett lachte. Manchmal konnte man sich aber auch nicht mit Annett ernsthaft unterhalten. Doch den Spieß konnte Betti ein paar Monate später umdrehen. Denn wie heißt das schöne Sprichwort: „Wer zuletzt lacht, lacht am besten." Eines Tages kam Annett zu ihr und teilte ihr mit, dass Ralf ihr seine Liebe gestanden hat. Betti lachte mindestens genauso wie Annett damals. Sie hat es so ausgekostet. Annett hatte nur das Problem, dass Ralf sich bei ihr länger Hoffnungen machte. Er machte ihr sogar Geschenke, darunter auch eine sehr teure Armbanduhr. Dazu noch aus dem Westen. Das hatte schon einiges zu bedeuten. Aber auch hier konnte er nicht landen. Die Uhr hat Annett ihm eines Tages wiedergegeben. Sie wollte ihn nicht ausnutzen. Irgendwann war die Sache dann beendet, da Ralf sich neu verliebt hatte. Doch auch hier ist wieder nichts draus geworden. Jedenfalls hatte Annett jetzt ihre Ruhe, und sie konnten alle nur Freunde sein.

Der Sommer und der Herbst waren inzwischen vorbei, und Betti konnte sich immer noch nicht entscheiden. Jeden Abend die gleiche Prozedur. Anton brachte sie vor die Tür und fragte wieder und wieder. Bis Betti sich eines Tages dachte, was solls. Mit Timo wird es eh nichts mehr und Gefühle für Anton hatte sie auch. Nur ob sie in ihn richtig verliebt war, konnte sie zu dem Zeitpunkt noch nicht sagen. Dass Anton die große Liebe für Betti werden sollte, und er für immer einen Platz in ihrem Herzen haben würde, konnte sie damals noch nicht wissen. Das Jahr ging zu Ende und der besagte Silvesterabend stand vor der Tür. Annett und Betti wollten – wie bereits im Sommer besprochen – ebenfalls dorthin. Doch Annett ihre Mutter kannte Anton und hat ihr dies verboten. Eigentlich war ihre Mutter immer ganz cool, Annett konnte immer machen, was sie wollte. Doch ihre Mutter wusste, dass er kein Kind von Traurigkeit war und auch schon einiges angestellt hatte und immerhin schon 18 war. Im Frühjahr würde er schon 19 werden. So hat er mit 12 Jahren mit Pyrotechnik gespielt bzw. experimentiert, was ihm zwei Finger der linken Hand gekostet hatte. Er schleppte sich unter Schock zu einem Nachbarn, der ihn dann eiligst in ein Krankenhaus fuhr. Die Diabilder haben Annett und Betti mal gesehen, das sah vielleicht schrecklich aus. Überall war Blut, und die Hand war total zerfetzt. Dass die Ärzte die Hand ganz gut wieder hinbekommen haben, grenzt an ein Wunder. Die beiden Finger waren zwar weg, doch mit den restlichen Fingern kam er gut aus, und es sah auch nicht schlimm aus. Das war auch der Grund, warum Anton nicht zur Armee eingezogen wurde. Eigentlich war es so, dass man recht früh zur Nationalen Volksarmee musste. Sobald man ausgelernt hatte, das war meistens mit 18, wurde man auch schon eingezogen. Ab 18 Jahren bis zum 26. Lebensjahr fanden die Einberufungen statt. Der Grundwehrdienst dauerte 18 Monate. Und diese 18 Monate waren kein Spaziergang.

Jedenfalls war es nun ein Problem, dass Annett nicht dorthin durfte. Damit hatten die beiden Mädchen nun gar nicht gerechnet. Wieder gab es ein Problem zu lösen. Betti hatte die Erlaubnis, ihre Eltern wussten nicht, was für ein „verkorkster" Typ er war. Sie schmiedeten also wieder einen Plan. Beide beschlossen, Annetts Mutter einfach zu sagen, dass sie bei Betti feiern. Diese nahm ihnen das ab, und der Silvesterabend war gerettet. Betti weiß noch, dass ihre Mutter einen Kartoffelsalat vorbereitete, wie Mütter eben so sind. Betti machte sich also am Silvesterabend fertig, und da sie zu Weihnachten neue Turnschuhe bekommen hatte, musste sie diese natürlich anziehen. Dumm nur, dass diese aus viel Textil bestanden, denn draußen lag hoch Schnee, und als Betti mit ihrem Kartoffelsalat bei Anton ankam, waren ihre Füße nass. Denn bei diesem Wetter war es unmöglich, mit dem Fahrrad zu fahren. Wie hätte Betti auch die große Schüssel mit dem Kartoffelsalat transportieren sollen. Die Füße waren nun nass, doch egal, die Hauptsache war, dass sie gut aussah. Und sie hoffte, dass Annett denn auch bald kommen würde, denn Betti war so nervös. Erstens, weil sie das erste Mal Silvester woanders feierte, dann auch noch bei Anton, der auch noch ein paar Kumpels eingeladen hatte. Gott sei Dank kam Annett kurz nach Betti, sie war mal pünktlich, was viel bedeutete. Betti konnte Annett von Hause ja nicht abholen, sonst hätte sich ihre Mutter gewundert, da sie doch bei Betti feierte. Ohne Annett hätte Betti nicht gewusst, wie sie sich zwischen all den Freunden von Anton verhalten sollte. Sie kannte ja nur Arne und Ralf. Und alle waren bereits über 18 Jahre alt. Es war immerhin ihre erste Silvesterfeier woanders. Bis zu diesem Tag hatte sie Silvester immer zu Hause verbracht und ihre Oma passte auf sie auf. Diese wohnte gleich nebenan, und war am Silvesterabend immer zu Hause. Bei ihrer Oma war dann der Drehsessel ihr Lieblingsstück. Dort pflanzte sie sich rein und schaute Silvester abends immer „Maxe Baumann" im Fernsehen. Das war ein Bühnenstück, und hier wurde der Silvesterabend auch immer in den Vordergrund gestellt. Diese Sendung hat Betti geliebt. Dazu gab es immer noch selbst gebackene Schürzkuchen, die Betti zwar nicht mochte, aber so war der Abend perfekt. Und wenn Betti müde wurde, ging sie einfach in ihre Wohnung rüber. Bis sie eben 14 Jahre alt war, und das erste Mal ausging. Die Oma von Anton hatte nun zu Silvester Buchteln gebacken, und die Mädels wurden beauftragt, diese aus der Küche abzuholen. Jetzt verstand Betti erst, warum Anton sein Geschirr oben im Bad hatte. Betti betrat die Küche und blieb abrupt stehen, so dass Annett ihr fast in den Rücken fiel. Die Küche glich einem Schlachtfeld. Überall stand etwas rum, Küchenmöbel waren kaum noch zu erkennen. Antons Oma entschuldigte sich für die Unordnung und meinte: „Ich bin lieber draußen und mache dort etwas." Die Küche hat Betty vielleicht noch ein- oder zweimal betreten. Sie hätte ja gern dort aufgeräumt, wusste jedoch nicht, wo man hier anfangen sollte. Also blieb alles so wie gehabt. Jedenfalls waren die Buchteln total lecker, zum Kartoffelsalat von Bettis Mutter gab es noch Fisch. Im Fernsehen gab es eine Silvestersendung, da wurde dann die Musik ordentlich aufgedreht, und alle hatten Spaß. Es war ein schöner Silvesterabend, auch wenn die Jungs zur späteren Stunde ganz schön einen intus hatten. Ein bisschen befremdlich und peinlich war es den beiden Mädchen schon, denn diese tranken zu dem Zeitpunkt noch keinen Alkohol. Sie waren ja auch erst 14 Jahre alt. Zwischendurch ging es immer mal wieder raus, um zu knallen. Betti hatte natürlich das erste Mal auch Knaller gekauft. Sie teilte sich diese gut ein, da es ungefähr nur so um die zwanzig Blitzknaller waren. Die Mädchen fanden, dass der Silvesterabend total cool war, und irgendwann nach Mitternacht sind sie dann nach Hause gegangen. Betti brachte erst Annett nach Hause, sie hatte es zwar nicht weit, doch es war so üblich, und so konnten sie schon mal kurz den Abend auswerten. Betti achtete auch darauf, dass sie nicht zu spät nach Hause kam, denn sie wollte es sich nicht mit ihren Eltern verscherzen und nach ihnen nach Hause kommen. Ihre Eltern feierten seit Jahren immer in der gleichen Gaststätte in einem Dorf ungefähr drei Kilometer von zu Hause entfernt. Und Betti wusste auch so einigermaßen, wann sie nach Hause kamen. Bereits zwei Jahre später haben Annett und Betti dann ebenfalls dort den Silvesterabend verbracht. Anton und seine Kumpels feierten an diesem Silvesterabend jedenfalls noch weiter. Und Annetts Mutter hat nach einiger Zeit doch noch rausbekommen, dass die Mädchen bei

Anton gefeiert haben. Wie gesagt, Anton wohnte ja auch nur einige Häuser weiter, und irgendjemand sah einen immer, zumal sie ja auch des Öfteren draußen waren und geknallt haben. Das hätten sich die Freundinnen auch denken können, egal, Silvester war vorbei, sie haben wie geplant bei Anton gefeiert. Punkt. Es gab zwar ein wenig Zoff, den Annett gern in Kauf nahm, und ihre Mutter beruhigte sich auch sehr schnell wieder.

Neues Jahr – eine Entscheidung

Das neue Jahr hatte nun begonnen, Annett war über den „Verlust" von Anton hinweg, sie hatte sich mit Betti ausgesprochen und gab ihr grünes Licht. Sie meinte, wenn Betti ihn auch haben will, dann soll sie ihn nehmen. Die Freundschaft war also gerettet. Betti brauchte nun auch keine Geheimnisse mehr vor Annett zu haben, sie konnte ihr nun endlich wieder von ihren Gefühlen erzählen, obwohl sie sich doch sehr bemühte, nicht allzu viel Annett preiszugeben. Selbst wenn Annett ihr sagte, dass sie über Anton hinweg ist, war Betti noch ein wenig vorsichtig. Bald stand Bettis Geburtstag vor der Tür. Sie nahm sich fest vor, an diesem Tag Anton zu sagen, dass sie mit ihm zusammen sein wollte, obwohl sie wohl sowieso schon irgendwie verbandelt waren. Aber es sollte ja alles seine Ordnung haben. Damals hat man eben noch gesagt oder auch gefragt: „Sind wir jetzt eigentlich zusammen?" Sonst wusste man ja nicht, woran man ist. So einen aufregenden Geburtstag hatte Betti jedenfalls noch nie. Sie wurde 15 Jahre alt und lud ihre beste Freundin, einige Mitschüler sowie Ralf und auch Anton ein. Anton war noch nie bei ihr zu Hause in der Wohnung gewesen. Er holte sie zwar des Öfteren von zu Hause ab, kam aber nie zu ihr hoch. Bettis Mutter ärgerte sich hierüber immer ein bisschen, war sie doch neugierig und wollte auch mal sehen, wie er aussah. Sie sah ihn ja immer nur auf dem Motorrad sitzen, und dort hatte er seinen Helm auf. Nur die blonden Haare schauten unter dem Helm hervor. Und daran konnte Bettis Mutter ja nicht erkennen, wie er aussieht. Also sagte sie des Öfteren zu ihr: „Warum kommt er denn nicht mal hoch?" Ja, Mütter können ganz schön neugierig sein. Betti stand immer am Fenster, wenn sie wusste, dass er kam. Von dort aus konnte sie sehen, wie er mit seinem Motorrad um die Ecke bog. Jedes Mal bekam sie dann dieses Kribbeln im Bauch.

Er machte eine gute Figur auf seinem Motorrad, so mit dem Helm und der Brille und dazu noch eine abgewetzte Lederjacke an. Und eben die besagten Haare. Betti fand das schick, denn sie stand auf lange Haare. Helme mit Visier waren früher selten zu haben, und wenn es diese gab, waren sie unglaublich teuer. Bettis Helm sah sehr lustig aus. Wie ein Pisspott eigentlich. Dadurch, dass eine Art Schirm vorne dran gebaut wurde, ging es dann mit dem Aussehen. Ihr Onkel hatte ihr später noch aus der Tschechei eine super Skibrille mitgebracht. Ab da war der Kopfschmuck perfekt. Als Betti am Morgen ihres Geburtstages aufwachte, war sie schon total aufgeregt. Erstens, weil sie Geburtstag hatte und Geschenke bekam, und zweitens nahm sie sich fest vor, Anton heute mitzuteilen, dass sie mit ihm so richtig zusammen sein will. Doch bis es so weit war, vergingen noch einige Stunden und die auch nicht gerade schnell. Betti bekam von ihrer Mutter ihre Geschenke überreicht, sie aßen gemütlich Frühstück. Der Geburtstag fiel auf einen Sonntag, sodass Betti nicht zur Schule musste. Betti machte ihr Zimmer noch klar für ihre Party und vertrieb sich die Zeit bis zum Eintreffen der Gäste irgendwie. Natürlich stylte sie sich so gut es ging. Mit den Haaren hatte sie immer am längsten zu tun, weil diese ja nicht so üppig waren, und diese dann in Form zu bekommen, war gar nicht so einfach. Zumal es damals keinen Schaumfestiger gab, und nur mit Haarspray war auch nicht viel zu machen. Doch auch dies war irgendwann geschafft, und die Zeit rückte näher bis zum Beginn der Party. Gut nur, dass ihre Feier schon am Nachmittag anfing, sonst wäre die Zeit wohl ewig lang geworden. So nach und nach trudelten dann auch alle ein, bis auf Ralf und Anton. Betti merkte, dass sie von Minute zu Minute nervöser wurde, hoffte, dass ihre Mitschüler nichts davon mitbekamen. Sie wollte ja schließlich cool sein. Im Stillen fragte sich Betti immer wieder, was, wenn Anton nicht kommt. Ralf war ihr zwar auch wichtig, doch wenn Anton nicht käme, wäre ihr ganzer Geburtstag dahin. Und so hoffte sie noch eine ganze Weile, bis es wieder an der Tür klingelte. Sofort flitzte Betti los und machte diese auf. Es konnten jetzt nur noch Anton und Ralf sein. Natürlich wollte sie sich ihre Aufgeregtheit nicht anmerken lassen, was ihr nicht so recht gelang. Sie überlegte schon die ganze Zeit, wie sie ihm nun sagen sollte, dass sie mit ihm zusammen sein wollte. Sie konnte ihm ja schlecht sagen: „Du, übrigens, ich möchte dann doch mit dir gehen." Sie musste sich noch etwas Schlaueres einfallen lassen. Als Betti die Tür öffnete, waren es – wie gesagt – die beiden. Ralf gratulierte ihr zuerst, und dann hatte Anton freie Bahn. Er gratulierte ihr ebenso, schenkte ihr ein Küsschen und gab ihr das Geschenk. Sie bekam von ihm einen kleinen Schminkkasten, der einen Lippenstift, Rouge und Lidschatten enthielt. Auch wenn Betti sich nie schminkte, fand sie das Geschenk supertoll, es war schließlich von Anton. Es ist auch das einzige Geschenk, an das sie sich noch so gut erinnern kann. Diesen Schminkkasten hat sie viele Jahre gehabt. Hin und wieder hat sie ihn dann doch mal benutzt. Nun endlich kam auch Bettis Mutter in den Genuss, Anton endlich mal kennenzulernen. Sie hatte das Klingeln ja ebenso gehört und war natürlich auch gleich zur Tür gekommen. Sie tat zwar so, als sei sie nicht neugierig, doch Betti sah ihr ihre Neugierde selbstverständlich an. Sie bekam schon mit, dass ihre Mutter Anton begutachtete. Betti stellte Ralf und Anton noch vor, denn beide kannte ihre Mutter nur vom Erzählen ihrer Tochter. Sie schien mit ihm zufrieden zu sein. Einen Vergleich mit irgendeinem früheren Freund gab es ja auch nicht, er war nun mal Bettis allererster Freund. Jetzt waren alle beisammen und die Party konnte losgehen. Sie hörten Musik und feierten. Wie man als 15-Jährige ebenso feiert. Ohne Alkohol. Für Anton und Ralf gab es jedoch Bier. Das hatte ihr Vater noch besorgt. Sie hätten sich wohl mit alkoholfreien Getränken auf einem Geburtstag nicht zufriedengegeben. Zur späteren Stunde setzte sich Betti auf die Lehne des Sessels, in welchem Anton Platz genommen hatte. Sie schmiegte sich ein wenig an ihn, und sie machten auch kein Geheimnis mehr daraus, dass sie Gefühle füreinander hatten. Betti fand sich plötzlich so erwachsen. Sie war so stolz darauf, einen Freund zu haben, denn ihre Mitschülerinnen, bis auf eine, hatten noch keinen Freund. So insgeheim dachte Betti, dass nun so langsam mal alle loskönnten, denn es war ja schon spät und am nächsten Tag war Schule angesagt. Sie wollte unbedingt noch mit Anton wenigstens ein paar Minuten für sich haben, damit sie ihm ihre Entscheidung mitteilen konnte. Als es dann wirklich so weit war und alle gegangen waren, sagte sie ihm, dass sie dann nun mit ihm richtig zusammen sein will. Wie toll sie dies nun rüberbrachte, weiß Betti heute nicht mehr, doch es war gesagt, und das war die Hauptsache. Dieses „Geständnis" überraschte Anton jetzt doch ein wenig, auch wenn er es sich so gewünscht hatte, und als er dann ihre Worte für voll genommen hatte, küsste er sie leidenschaftlich. Er war so glücklich und Betti ebenso, endlich hatte sie sich entschieden. Sein Warten hatte sich also gelohnt. Damals hatte Betti noch gedacht, warum ist er so hartnäckig, sie will doch nichts von ihm. Er verschwendet nur seine Zeit. Und sie hatte ja gesehen, dass es nichts bringt, auf Timo hatte sie ebenfalls lange gewartet. Sie hatte sich also geirrt, und nun war sie mit Anton zusammen. Ihre Eltern wussten ebenfalls Bescheid, sie mochten ihn aber, egal welche Streiche er gemacht hatte oder was noch kommen sollte. Dieser Geburtstag war der schönste überhaupt. Schade, dass sie am nächsten Tag zur Schule musste, denn sie hätte jetzt mit Anton die ganze Nacht zusammen sein wollen. Doch irgendwann war der Zeitpunkt gekommen, da kam Bettis Mutter ins Zimmer und teilte beiden mit, dass dann jetzt mal Schluss sei. Der Abschied an diesem Abend fiel Betti besonders schwer, weil nicht sie es war, die diesmal nach Hause fuhr, sondern Anton, und sie allein zurückblieb. Am nächsten Tag in der Schule wurde sie natürlich von ihren Mitschülern, welche bei ihrem Geburtstag waren, gefragt, ob dies ihr Freund sei. Denn am Tag vorher konnten sie Betti ja noch nicht ausfragen, da Anton ja dabei war. Sie schwärmte natürlich von ihrem Freund und fand sich selbst auch toll. Sie war halt stolz, sagen zu können, dass sie einen Freund hat. Und spätestens ab jetzt spielte die Schule auch nur noch die zweite Geige. Nach einigen Wochen des richtigen Zusammenseins wollte Anton seine Freundin nun auch seinen Eltern vorstellen. Betti versuchte dies immer noch hinauszuzögern. Sie war doch noch etwas schüchtern und wusste nicht so recht, was sie dort sagen sollte. Schließlich hatte sie in ihrem Leben noch keine Schwiegereltern gehabt. Doch irgendwann kam sie um eine Vorstellung bei diesen nicht mehr herum. Es war an einem warmen Frühlingstag. Seine Eltern hatten in der Nähe ihrer Wohnung einen Garten mit Bungalow. Viele, die in den Neubaublöcken wohnten, besaßen einen Garten oder eine Garage. Dort fuhren beide mit dem Motorrad hin. Als sie dort ankamen, kam seine Mutter ihnen schon entgegen. Sie war sehr nett und eine fröhliche, kleine Frau, so klein wie die Oma. Sie war ja auch die Tochter. Sein Vater war dagegen etwas schwer einzuschätzen. Er sagte nicht viel, war aber auch nicht unsympathisch, aber Betti war etwas unsicher. An diesem Nachmittag bzw. Abend haben sie dann zusammen gegrillt, und Betti wurden natürlich etliche Fragen gestellt. Sie antwortete immer höflich, vermied es aber ansonsten, von sich aus etwas zu sagen. Was sollte sie auch sagen. Ihr wäre sowieso nichts Gescheites eingefallen. Und so richtig Hunger hatte sie ebenso nicht. Aus Höflichkeit hat sie dann aber ein Stück Fleisch gegessen mit Toastbrot und Ketchup. So wurde das erste Treffen dann nach gefühlten 100 Stunden beendet, und Betti war sehr froh darüber. An diesem Abend fühlte sie sich wieder wie in der Grundschule, als sie noch so schüchtern war und kaum sprach. Aber der Anfang war gemacht, Betti wusste nun ungefähr, mit wem sie es zu tun hatte, und von da an besuchten sie seine Eltern des Öfteren, und Betti wurde von Zeit zu Zeit lockerer. Jedes Mal, wenn Anton und sie wieder wegfuhren, sagte seine Mutter: „Fahr schön vorsichtig!" Anton fand dies immer ein wenig lästig, doch Betti kann aus heutiger Sicht dies voll verstehen. Welche Mutter hat schon Ruhe, wenn sein Kind mit dem Motorrad oder dem Auto unterwegs ist? Betti fuhr gern bei Anton auf dem Motorrad mit. Damals machte sie sich keine Sorgen, dass sie vielleicht einen Unfall haben könnten. Wenn man jung ist, sieht man die Dinge eben anders. Doch die Kurven waren nicht so ihr Ding. Am Anfang hat sie sich immer in die entgegengesetzte Richtung gebeugt, bis er ihr klarmachte, dass dies so nicht geht. Sie müsse sich schon mit in die Kurve legen, sonst könnten sie auch mal ganz schnell stürzen. Ab da ging es dann.

Betti hat sogar mal versucht, selbst Motorrad zu fahren. Anton hatte sie dazu überredet. Die Maschine war ganz schön schwer. Sie fuhren heimlich am Waldweg lang, und es kam, wie es kommen musste. Der Weg war plötzlich so sandig, und Betti fuhr zu langsam da durch, sodass sie stürzten. Es ist Gott sei Dank nichts passiert. Anton hat auch nicht geschimpft, ihr bloß erklärt, was sie falsch gemacht hat. Das war ihr vielleicht peinlich, und ab da hat sie die Nase vom selber fahren voll gehabt und war nur noch Sozius. Das war eh schöner, so konnte sie sich immer an Anton kuscheln, sich bei ihm schön festhalten und die Fahrt einfach nur genießen. Betti verbrachte jetzt mit Anton natürlich noch mehr Zeit. Aber Annett kam auch nicht zu kurz, denn da Anton eh später von der Arbeit kam, war Betti am Nachmittag bei ihr und abends bei Anton. Das Verbot von Bettis Mutter „entweder nachmittags oder abends" war seit geraumer Zeit aufgehoben. An den Wochenenden waren alle fünf, also Ralf, Arne, Anton, Annett und Betti nun häufig zusammen im Club. Da Anton gerne nach Schlagermusik tanzte, brachte er Betti irgendwann den Discofox bei. Sie haben sogar bei ihm zu Hause geübt. Musik laut an und dann gings los. Betti war dies schon ziemlich unangenehm, und es war auch eine Herausforderung für sie, zumal sie zu diesem Zeitpunkt auf solche Musik nicht stand. Hinzu kam noch, dass es ziemlich dämlich aussah, wenn beide in Antons Zimmer übten. In einer Diskothek, wo mehrere Leute tanzen, ist es natürlich etwas ganz anderes. Da es eine ganze Weile dauerte, bis sie die einfachen Schritte draufhatte, musste sie eben in Antons Zimmer üben. An Drehungen war jedoch noch lange nicht zu denken. Doch mit der Zeit gefiel Betti der Tanzstil, und irgendwann fand sie die Musik auch gar nicht so schlecht. Als sie dann immer sicherer wurde und die Schritte bald wunderbar beherrschte, hat es ihr so viel Spaß bereitet, mit Anton die Tanzfläche unsicher zu machen. Und weil sie so begeistert davon war, brachte sie Annett das Tanzen nach dieser Musik bei. Es war ja auch nicht ganz uneigennützig, denn wenn Anton mal nicht mit im Club war, dann konnte sie mit Annett tanzen. Da Betti ihr jedoch das Tanzen beigebracht hatte, war das Problem bei Annett natürlich, dass sie immer den Part des Mannes übernahm, und so konnte sie später nicht mit einem Mann nach Schlagermusik tanzen. Noch heute, wenn Betti nach Schlagern tanzt, denkt sie manchmal an die alte Zeit zurück, in der sie die Schritte gelernt hat und natürlich auch, wie viel Spaß sie mit Annett hatte. Denn irgendwann probierten sie die Drehungen aus. Wenn sie dazu noch etwas getrunken hatten, waren sie Drehungen des Öfteren sehr heftig, und sie mussten aufpassen, dass sie nicht lang hinfielen. Zum Glück ist dies nie geschehen. Der Sonntag war immer zum Ausruhen da, da man ja am Freitag und am Samstag sehr lang im Club ausgehalten hatte. Betti schlief dann immer bis zum Mittagessen, danach machte sie sich fertig und fuhr meistens zu Annett, da Anton den Sonntag wiederum gern mit Arne verbrachte. Betti war auch nicht traurig darüber, so hatte sie mit Annett Zeit, die Abende auszuwerten und natürlich rumzualbern, Musik zu hören oder einfach ihrer Langenweile zu trotzen. Einen eigenen Fernseher besaß man zu dieser Zeit noch nicht, doch das fand damals keiner schlimm, man kannte es ja nicht anders. Und Fernsehen wurde eh immer erst am Abend geschaut – zusammen mit den Eltern. Am Sonntag jedoch trafen sich die vier immer im Kulturhaus und aßen dort Abendbrot. An manchen Abenden kam auch Ralf noch hinzu. Da am Sonntag ja nirgends wirklich etwas los war, war der Kneipengang ein guter Zeitvertreib. Der Saal war noch nicht offen, hier wurde noch fleißig umgebaut, nur die Gaststätte war in Betrieb. Und diese war immer gut gefüllt, meistens von denselben Leuten. In Bettis Heimatort gab es ein Internat für Bankkaufleute, und da diese immer am Sonntagabend anreisten, hatten sie die Kneipe ebenfalls schnell für sich entdeckt. Mit der Zeit kannten sie auch die Kellner, und es hatte so etwas von familiärer Atmosphäre. Die Mädchen bestellten sich jedes Mal das Gleiche. Schweinesteak mit Pommes. Das war eine Rarität. Pommes gab es nicht überall. Anton und Arne tranken ihre Biere, Betti und Annett immer ihre Cola. Diese Abende wären eigentlich schön gewesen, doch wenn Anton und Arne erst mal beim Biertrinken waren, bekam man die Jungs nicht mehr aus der Kneipe. So kam es dann mit der Zeit, dass Betti und Anton anfingen, sich häufiger zu streiten. Meistens war der Alkohol schuld. In der ersten Zeit machte Betti sich darüber noch keine Gedanken, doch manchmal wollte sie eben dort nur Abendbrot essen, sollte er vielleicht zwei, drei Biere trinken, und dann hätte sie gern noch ein paar Stunden mit ihm allein verbracht, denn bis zu seinem Haus waren es nur ein paar Schritte. Doch Anton verstand die ganze Aufregung nicht, und so kam es, dass Betti immer mal wieder aus der Kneipe im Streit mit Anton nach Hause fuhr. Am nächsten Abend fuhr sie zwar wieder zu Anton, doch auch hier trank er seine Biere. Sie konnte hiermit nicht gut umgehen, ihrer Meinung nach trank er zu viel. Von zu Hause kannte sie dies nicht, ihr Vater trank jeden Abend seine Kakaomilch. Es kam nun immer öfter vor, dass Betti nach einem Streit nach Hause fuhr. Sie war so wütend, auch über sich, dass sie wieder abgehauen war und über Anton, der so stur war und sie nicht davon abhielt, zu gehen. Immer wenn Betti mal wieder im Streit abhaute und mit dem Fahrrad nach Hause fuhr, fuhr sie so langsam, in der Hoffnung, Anton würde ihr hinterherfahren. Sie stellte sich dann vor, wie er so neben ihr mit dem Moped herfährt und sie bittet zurückzukommen. Er tat es jedoch nicht ein einziges Mal. Ging ja auch nicht, denn wenn er Bier trank, fuhr er nicht mehr. Diese Momente waren immer schwer für Betti, sie heulte sich die Augen aus, aber letzten Endes versöhnten sie sich wieder. Betti hielt es nicht lange aus, wenn sie sich stritten, Anton war dagegen ein richtiger Sturkopf. Sie ärgerte sich immer wieder, dass sie bei ihm wieder angekrochen kam, aber sonst hätte sie wohl lange warten können. So lieb wie er sein konnte, so stur konnte er aber auch sein, und Betti konnte zur richtigen Zicke werden. Ein einziges Mal kam Anton nach einem Streit zu ihr nach Hause. Dort war er sonst nie, vom Geburtstag mal abgesehen, weil Betti immer zu ihm radelte. Sie fand dies auch besser, denn bei ihr zu Hause waren immerhin noch ihre Eltern, und Anton war erwachsen, da passte keiner mehr auf, was er machte. Seine Oma hatte mit sich und dem Onkel zu tun. Jedenfalls hatten sie sich mal wieder gestritten und ein paar Tage nicht mehr gesehen, vielleicht war es auch nur ein Tag und Betti kam es wie eine Ewigkeit vor, da kam Anton sehr spät abends noch zu ihr. Betti lag schon im Bett und wollte schlafen, aber ihre Mutter hatte ihn reingelassen. Und so stand er da an ihrem Bett, kniete sich dann hin und bat um Verzeihung. Er war so süß, doch nun hatte Betti mal die Gelegenheit, ihn zappeln zu lassen. Sie konnte es zwar kaum abwarten, ihm zu verzeihen, aber sie ließ sich doch noch Zeit, bis sie wirklich nicht mehr konnte und sie sich versöhnten. Auch wenn die Versöhnungen immer sehr schön waren, auf die Streitigkeiten im Vorfeld hätte sie verzichten können. Abgesehen von ihren Streitereien war Betti jetzt in Anton so richtig verliebt und wollte jeden Tag mit ihm verbringen. Sie freute sich schon auf den Sommer, da sie dann ganze acht Wochen Ferien hatte, und Anton Urlaub nehmen würde. Er bekam zwar nur zwei Wochen Urlaub, doch diese Zeit, so stellte es sich Betti vor, würde die Schönste der ganzen Ferien werden. Dann wären sie das erste Mal den ganzen Tag zusammen und konnten machen, wonach ihnen gerade der Sinn stand. Denn in der Schul- bzw. Arbeitszeit sahen sie sich in der Woche nur abends und an den Wochenenden meistens ab Nachmittag. Sie malte sich schon aus, wie sie mit Anton auf dem Motorrad zum Baden zu verschiedenen Seen oder Eis essen fuhr, und an nicht so schönen Tagen einfach auf der Couch rumlagen oder ins Kino gingen. Denn im Kino war sie mit Anton bis dato noch nicht gewesen. Doch eines Tages kam ihr Vater von der Arbeit nach Hause und teilte mit, dass er eine Auszeichnung erhalten hat in Form einer Urlaubsreise für zwei Wochen in den Harz. Betti freute sich für ihn. Denn dann hatte sie zwei Wochen sturmfrei. Besser ging es nicht. Und wenn Anton zu der Zeit auch noch seinen Urlaub nehmen würde, wäre das perfekt, dachte sich Betti. Und da ein Jahr schon vorher abgemacht war, dass Betti im nächsten Jahr nicht mehr in den Familienurlaub mitmuss, da sie dann ja 15 Jahre alt ist, und ihr Bruder auch mit 15 Jahren nicht mehr in den Urlaub mitmusste, war klar, sie bleibt zu Hause und könnte auch dann mal bei Anton übernachten oder er bei ihr. Sie hatte schließlich Ferien und ihre Eltern müssten davon ja nichts wissen. Sie freute sich schon insgeheim über die bevorstehende schöne Zeit, malte sich noch mehr wundervolle Dinge aus, sie konnte in der Zeit alles machen, ja die Euphorie war groß. Doch da hatte sie die Rechnung ohne den spendablen Arbeitgeber ihres Vaters gemacht. Die Reise war für drei Personen. Als ihr Vater dies verkündete, dämmerte es Betti noch nicht. Selbst wenn die Reise für drei war, wenn nur zwei fuhren, ist es ja auch nicht schlimm. Sie dachte mit keiner Silbe daran, dass sie die dritte Person sein sollte. Manchmal stand sie eben auf dem Schlauch. Ihr Vater hat ihr dies ganz schnell beigebracht, dass sie doch mitkommt, denn so eine Auszeichnung muss man auch anerkennen. Doch Betti hatte keine Auszeichnung verdient. Sie hat heftig diskutiert, warum sie denn mitmuss, und dann noch in den Harz, wo es ihr eh nie gefallen hat und sie jedes Mal krank wurde. Dies konnte er doch nun wirklich nicht wollen, wieder eine kranke Tochter im Urlaub zu haben. Sie würde ihm und ihrer Mutter nur den Urlaub vermiesen. Sie könnten doch auch Remo mitnehmen, vielleicht hatte der ja Lust. Natürlich wollte der auch seine Freiheit und seinen Spaß allein haben. Alle Argumente zählten nicht, sie musste mit. Betti war stinkesauer und ihre gute Laune war dahin. Sie war so wütend, dass sie die Tür ins Schloss schmiss und sich verdrückte. Nichts mehr mit Anton gemeinsam die Ferien bzw. seinen Urlaub verbringen. Wie konnten ihre Eltern nur so uncool sein. Es half jedoch alles nichts. Diese Neuigkeit musste sie, aufgebracht wie sie war, gleich Anton mitteilen. Sie musste ihm beibringen, dass er seinen Urlaub wohl allein verbringen musste, wenn dieser dann in die Zeit der Auszeichnungsreise ihres Vaters fiel. Also schwang sie sich aufs Fahrrad und fuhr mit einer Wut im Bauch und so schnell sie konnte zu Anton. Als sie endlich bei ihm ankam, war sie immer noch so aufgebracht von dieser super Reise, dass sie kaum Worte fand, es Anton zu erklären. Dieser beruhigte sie erst mal und fragte dann nach, was denn los sein. So schnappte Betti noch mal nach Luft und dann erzählte ihm von der Auszeichnung ihres Vaters, und dass sie mit in den Urlaub müsse. Sie fragte Anton, was er denn dazu sagt, doch dieser sah es ganz schön gelassen, er hatte nicht so das große Problem, denn zwei Wochen gehen schnell vorbei, versuchte er Betti zu überzeugen. Sicherlich hätte er auch gern etwas mehr Zeit mit ihr verbracht, doch das sei noch kein Weltuntergang. Die Zeit geht schneller vorüber und sie können sich ja schreiben, war Antons Meinung. Natürlich würde Betti ihm schreiben. Für Anton mag das ja auch gestimmt haben, dass die Zeit schnell vergeht, denn wenn man seine gewohnte Umgebung hat und selbst nicht wegmuss, ist das ganz anders, als wenn man in eine Gegend fährt, die man dazu noch nicht einmal leiden kann. Für Betti war dies die Hölle. Zwei lange Wochen ohne Anton. Das würde sie ihrem Vater nie verzeihen. Warum musste der auch ausgezeichnet werden? An diesem Abend hatte Betti kein anderes Thema mehr, sie jammerte Anton die Ohren voll, wie sie zwei lange Wochen ohne ihn aushalten sollte. Anton versuchte natürlich, Betti nach wie vor davon zu überzeugen, dass es schon nicht so schlimm werden würde, er jeden Tag an sie denkt, und er natürlich ihr auch Briefe schreibt. Im Laufe des Abends stimmte es Betti ein bisschen milder. Die nächsten Wochen versuchte Betti dann nicht mehr daran zu denken, und wenn diese Gedanken an den Urlaub doch mal hochkamen, schob sie diese gleich wieder beiseite. Ein wenig Zeit war ja noch bis zum Sommer. Sie wollte wenigstens bis zum Abschied noch glücklich und gut gelaunt sein. Doch die Urlaubzeit kam schneller als gedacht, und Betti musste sich am Abend vorher von Anton verabschieden, da es am nächsten Morgen gleich losgehen sollte, denn bis in den Harz fuhr man schon einige Stunden. Das einzig Gute an der Fahrt war, dass sie mit ihrem eigenen Auto, dem hässlichen Wartburg, fuhren. So brauchten sie keine Koffer zum Bahnhof schleppen. Betti und Anton standen nun wie immer im Flur, der Abschied nahte, aber Betti konnte sich einfach nicht von ihm losreißen. Der Gedanke, zwei Wochen von Anton getrennt zu sein, war entsetzlich. Betti nahm immer mal wieder Anlauf, sich von Anton zu trennen, sie ging dann schon aus der Tür raus und wieder rein. Dann küssten sie sich wieder, umarmten sich, und so ging dies eine ganze Weile. Nach etwa einer Stunde – gefühlt vielleicht fünf Minuten – hat Betti es geschafft, sich von ihm zu verabschieden, sie drehte sich auch nicht mehr um, denn dann wäre sie wahrscheinlich gar nicht mehr weggekommen, und ist nach Hause geradelt – natürlich nicht ohne Tränen. Sie hat ja versucht, sich einzureden, dass die zwei Wochen schnell vergehen würden, aber es ist ihr nicht gelungen. Die Nacht hat sie auch mehr schlecht als recht verbracht. Und zu allem Übel hatte Anton natürlich ebenfalls in der Zeit Urlaub. Am nächsten Morgen ging die Reise los. Vorher wurde noch der gute alte Wartburg geputzt. Den Wartburg hat Bettis Vater übrigens damals gebraucht gekauft. Er war wohl schon so um die 10 Jahre alt und hat noch stolze 23.000 Mark der DDR gekostet. Er ist mit dem Zug und dem vielen Geld nach Magdeburg gefahren, das waren schon einige Hundert Kilometer von Bettis zu Hause entfernt. Wenn man sich vorstellt, was hätte alles passieren können. Aber damals war dies eben so. Auf ein neues Auto hätte die Familie noch viel länger warten müssen. Nun zurück zum geputzten Wartburg. Die Scheiben glänzten und der Lack war wie neu. Das Putzen war üblich, bevor die Familie in den Urlaub fuhr. Es war so weit, und die Fahrt konnte beginnen. Unterwegs wurde immer noch mal darüber nachgedacht, ob man auch nichts vergessen hätte, es gab Urlaube, da fiel einem so manchmal etwas ein. Dann wurde auch noch gestritten, wer daran hätte denken bzw. es einpacken müssen. Und wenn es nur die Bestecktaschen waren. Diese waren notwendig, wenn sie Urlaub an der Ostsee machten, da hatte jeder sein Besteck mitzubringen. Dieses wurde dann in ein Geschirrhandtuch gehüllt und in der Tasche verstaut. Denn man musste ja nach dem Mittagessen sein Besteck abwaschen und natürlich auch abtrocknen.

Betti hatte jedenfalls schlechte Laune, die Fahrt dauerte ewig, und den Harz mochte sie sowieso nicht. Sie waren dort bereits zweimal im Urlaub. Beide Male wurde Betti dort krank. Es war ja auch kein Wunder, es wurde eh immer nur gewandert. Viele Möglichkeiten hatte man da nicht. Aber selbst, wenn man Betti das Paradies zu Füßen gelegt hätte, sie hätte an allem etwas auszusetzen gehabt. Ihre Mutter versuchte vergebens mit ihr ein Gespräch anzufangen, ihr Vater war gut gelaunt, er verstand ohnehin nichts von Bettis Problem. Er hatte ja auch keinen Liebeskummer. Wenn Betti hätte Anton mitnehmen können, ja das wäre dann eine ganz andere Geschichte gewesen. Aber so. Die Fahrt über schwieg sie bzw. antwortete auf Fragen ihrer Mutter sehr verhalten, nur mit ja oder nein. Als Betti mit ihren Eltern schließlich im Harz angekommen war, und sie ihr Zimmer betraten, gab es schon mal den ersten Schock. Das war ein Dreibettzimmer. *Auch das noch*, dachte Betti. Mit ihren Eltern in einem Zimmer schlafen, schlimmer geht's nicht. Um ihren Frust loszuwerden, machte sie sich gleich daran, Anton einen Brief zu schreiben. Sie hatte nicht einmal Zeit, ihre Sachen auszupacken. Das konnte sie auch später noch tun, doch die Briefkästen wurden am Nachmittag noch geleert, da war es schon wichtig, erst den Brief zu schreiben, damit dieser sehr zeitig bei Anton ankam. Er sollte wissen, wie schlecht es ihr hier geht, und dass sie ihn jetzt schon nach ein paar Stunden vermisst. So schrieb sie gleich von ihrer Fahrt und dem tollen Hotelzimmer und jammerte noch ein wenig im Brief. Da sie wusste, dass sie ihm jeden Tag schreiben würde, nummerierte sie gleich den ersten Brief, damit er auch nicht durcheinanderkam. Und wer wusste schon, ob die Briefe auch nacheinander ankamen. Der letzte Satz war jedenfalls immer der gleiche – Ich liebe dich. Leider war Anton nicht so schreibwillig, und so wartete Betti jeden Tag auf Post. Jeden Tag fragte sie bei der Rezeption nach, ob Post für sie da ist. Bis sie am Ende der ersten Woche endlich einen Brief von Anton erhielt. Diesen las sie immer und immer wieder, bis in der zweiten Woche noch ein Brief kam. Betti freute sich riesig, nun hatte sie zwei Briefe zum Lesen. Die beiden Briefe waren für Anton schon eine Leistung. Es stand zwar nichts Aufregendes drin, doch auch sein letzter Satz endete mit den Worten: „Ich liebe dich." Das war natürlich das Wichtigste am ganzen Brief, und Betti wusste: Er hat an mich gedacht. Es ist ja allgemein bekannt, dass Jungs doch eher schreibfaul sind, und so hat Betti es Anton auch nicht übelgenommen, dass nicht mehr Post für sie ankam. Übrigens hat Betti an Ralf auch eine Postkarte geschickt. Das Kuriose war, er hat sich ein Jahr später bei Betti für die Urlaubskarte bedankt. Sie verstand erst nicht, was er wollte, denn Betti war doch gar nicht in dem Jahr im Urlaub, und als er ihr dann erklärte, dass sie ihm eine Karte aus dem Harz geschickt hat, musste sie herzhaft lachen. Ein Jahr hatte die Post gebraucht, aber immerhin, die Karte kam an. Gut, dass die Briefe an Anton nummeriert waren. Gar nicht auszudenken, wenn die Post von Anton an Betti so lange gebraucht hätte. Sie hätte doch gedacht, dass er gar nicht an sie denkt, und dann wäre sie erst mal wütend gewesen. Betti konnte der Urlaub nicht schnell genug zu Ende gehen. Sicherlich wurde sie hin und wieder abgelenkt, einige Unternehmungen im Urlaub fand sie ganz annehmbar, z.B. in der Stadt bummeln gehen und shoppen. Das Wandern war natürlich nicht ihr Ding, doch immer noch besser, als gar nichts zu machen und sich zu langweilen. Dann wären die zwei Wochen zu einer Ewigkeit geworden. Ein weiterer Vorteil im Harz war, dass sie Westfernsehen empfingen. Egal, was da lief, es war irgendwie alles spannend und toll, selbst die Werbung war zu diesem Zeitpunkt noch etwas ganz Besonderes. Und irgendwann ist auch mal der blödeste Urlaub zu Ende, und so war Bettis Laune fast schon wieder auf dem Höhepunkt. Nur noch einmal hier schlafen, frühstücken, und dann sollte es nach Hause gehen. So schlecht ihre Laune bei der Hinfahrt war, so gut war sie jetzt bei der Abreise. Im Auto schwieg sie auch nicht mehr, sie wertete den Urlaub mit ihren Eltern noch mal aus, ihrem Vater hatte sie inzwischen auch verziehen. Das Schöne an einer Rückfahrt ist immer, dass die Zeit schneller vergeht als bei der Hinfahrt. Zumindest empfindet es Betti so, wenn sie auf Reisen ist. Zu Hause endlich angekommen, wäre sie am liebsten gleich zu Anton geradelt, doch vorher musste sie ihre Koffer rasch auspacken, die Wäsche gleich sortieren, damit ihre Mutter die Waschmaschine bestücken konnte, und dann durfte sie endlich los. Ihre Mutter hatte doch ein wenig Mitleid mit ihr. Sie konnte nachfühlen, wie es ist, wenn man sich lange nicht gesehen hat und so meinte sie dann: „Nun hau schon endlich ab.“ Dies ließ sich Betti nicht zweimal sagen und rannte die Treppe hinunter, schwang sich auf ihr Fahrrad und war in null Komma nichts bei Anton. Sie klingelte, die Oma machte wie immer die Tür auf und ließ Betti nach oben. Anton wusste ja nicht, dass Betti kommt, denn er hatte kein Telefon, und so war die Überraschung natürlich umso größer. Wie hatte sie ihn vermisst und umgekehrt. Was er alles in der Zwischenzeit angestellt hatte, wollte Betti nicht so genau wissen, denn wenn er mit Arne unterwegs war, kam nichts Gutes heraus. Und bevor sich Betti wieder aufregte, und sie sich gleich wieder stritten, fragte sie nicht viel, sondern genoss die Zweisamkeit mit Anton. Als sie bei ihm ankam, war es Nachmittag, und so hatten sie noch ein paar schöne Stunden vor sich. Doch der Abend war schneller da, als Betti es sich gewünscht hätte, und so tat sie sich sehr schwer damit, wieder nach Hause zu müssen. Ach, wenn sie doch schon bei Anton übernachten dürfte. Aber daran war noch nicht zu denken. Nach dieser langen Zeit der Trennung wollte sie ihm einfach nah sein und nicht nach Hause müssen.

Inzwischen war Betti schon einige Monate mit ihm zusammen, und es kam, dass er das erste Mal bei ihr übernachten durfte. Das hatte sich eigentlich nur ergeben, weil Bettis Vater Geburtstag und Anton schon ein paar Bier getrunken hatte. So bot Bettis Vater Anton diese Übernachtung an. Selbst wenn Anton nicht mehr fahren konnte, so weit war es ja zu Fuß nun auch wieder nicht. Doch Betti sollte es recht sein. Sie war total erstaunt, dass ihr Vater so locker war, doch dann kam es – natürlich in einem separaten Zimmer sollte Anton schlafen. Das Zimmer lag aber vor Bettis Zimmer. Also, wenn sie gewollt hätten. Anton hätte bestimmt, Betti war aber noch nicht so weit. Doch er schlich sich trotzdem in Bettis Zimmer, denn zusammen einzuschlafen ist einfach schöner. Das „erste Mal" hat dann noch eine Weile gedauert. Insgeheim hat sie Anton dafür bewundert, doch gesagt hat sie es ihm nie. Irgendwann wollte Betti auch mal bei Anton übernachten, schließlich waren sie ja nun schon „lange" zusammen, doch ihre Mutter hat dies strikt abgelehnt und gesagt: „Solange du zur Schule gehst, schläfst du zu Hause." Betti war über diese Aussage natürlich gar nicht erfreut und hat ihrer Mutter geantwortet: „Denkst du, das kann man nur nachts machen?" Ihre Mutter war wie vor den Kopf gestoßen, hat ihren Standpunkt noch mal klargestellt, und damit war die Sache erledigt. Doch Betti ist auch hin und wieder bei Anton eingeschlafen, denn wenn sie zusammen Fernsehen geschaut haben, machten sie es sich manchmal im Bett gemütlich, das Licht war meistens aus, nur der Fernseher lief, und da kam es dann schon mal vor, dass Betti einschlief und mitten in der Nacht erst wieder aufwachte. Sie ist dann schleunigst nach Hause gefahren, der Ärger war vorprogrammiert. Bettis Mutter hat immer genau mitbekommen, wann sie nach Hause kam, da Betti durch das Schlafzimmer ihrer Eltern zu ihrem Zimmer gelangte. Die totale Fehlplanung. Nun war es eben so, und ihre Mutter hat dann ein Fass aufgemacht. Selbst wenn Betti versucht hat, ihr zu erklären, dass sie bei Anton doch nur eingeschlafen ist, ihre Mutter hat ihr dies nicht geglaubt. Solche Situationen gab es noch des Öfteren, dass ihr die simpelsten Dinge nicht geglaubt wurden. Eine ausgedachte Geschichte dagegen kam meistens gut an.

Die erste Trennung

Betti und Anton waren inzwischen ein halbes Jahr zusammen und verbrachten sehr viel Zeit miteinander. Doch irgendwann merkte Betti, dass sich was veränderte. Irgendwie ging Anton ihr auf die Nerven. Sie konnte es sich nicht erklären. Es war einfach so. Manchmal hat sie es nicht ertragen, in seiner Nähe zu sein. Dieses Problem hat sie natürlich mit Annett besprochen, doch diese konnte ihr auch nicht helfen. So etwas hatte sie noch nicht erlebt. Wenn Betti dann bei Annett war und nicht zu Anton ging, kam dieser manchmal dorthin und fragte, ob Betti bei ihr ist. Da er hin und wieder mit dem Motorrad bei ihr vorbeikam, hörte Betti ihn schon und hat sich einige Male sogar versteckt und Annett vorher Bescheid gesagt, sie solle Anton sagen, sie sei nicht da. Er tat ihr zwar in gewisser Weise leid, aber sie konnte es nicht ändern. Sie verstand es selbst nicht, hatte sie doch noch vor wenigen Wochen sonst etwas darum gegeben, nicht mit in den Urlaub zu müssen und die ganzen Liebesbriefe, welche sie Anton geschrieben hat. Wie sollte sie ihm jetzt erklären, dass sie von ihm genervt ist und keine Schmetterlinge mehr im Bauch hat? Was war bloß mit Betti los? Sie konnte Anton nichts sagen, und außerdem hoffte sie, dass es vorüberging. Vielleicht war es nur eine Phase. Vielleicht waren sie in den letzten Wochen zu viel zusammen und haben zu wenig mit den anderen unternommen. Betti versuchte, eine Antwort zu finden. Wie kann Liebe nur so schwer sein? Sie brauchte auf alle Fälle erst mal Abstand. Und so sagte sie Anton, dass sie auch mal wieder etwas mit Annett allein unternehmen wolle, er könne ja mit Arne dann losziehen. Sie erklärte ihm, dass sie Annett in der letzten Zeit etwas alleingelassen hat, und da sie ihre beste Freundin ist, muss sie sich ein bisschen mehr um sie kümmern. So blöd Betti es vorher fand, dass Anton mehr mit Arne machen wollte, so recht war es ihr jetzt. Anton schien dies zu schlucken, und so hatte Betti dann Abstand zu ihm und konnte mit Annett an manchen Wochenenden wieder allein in den Club gehen, ohne dass sie den beiden Jungs begegneten. Denn Anton und Arne waren oft in der näheren Umgebung in den Clubs oder wie gesagt in Kneipen unterwegs. Doch wenn beide allein loszogen, kam nie etwas Gutes heraus. Meistens schlugen sie sich mit irgendwelchen Leuten, was Betti manchmal auch herausbekam, da Antons Sachen blutverschmiert waren. Diese hat sie dann für ihn gewaschen, er konnte die Klamotten schlecht zu seiner Mutter bringen, was er sonst immer tat. Das war ebenfalls ein Streitthema, dass er sich immer prügeln musste, wenn er angetrunken oder betrunken war. So war Betti einmal fast live dabei. Es war Herrentag, und Arne und Anton sowie Annett und Betti waren zusammen unterwegs. Die Männer tranken schon seit Vormittag, und am Abend sind sie zusammen in die nahe gelegene Gaststätte des Kulturhauses gegangen. Dort waren natürlich noch viele andere Männer, es war wie gesagt Herrentag. Betti und Annett waren wohl die einzigen Frauen bzw. Mädels. Dementsprechend fühlten sie sich auch nicht wirklich wohl. Einer von diesen jungen Männern schlich irgendwann um Bettis Tisch herum. Sie hatte vorher schon gemerkt, dass er sie seit geraumer Zeit beobachtete. Er war ein wenig aufdringlich. Anton war gerade nicht da. Vielleicht war er auf der Toilette, Betti weiß es nicht mehr so genau. Als Anton an den Tisch zurückkam, der andere war inzwischen wieder zu seinem Platz gegangen, hat Betti ihm den Typen gezeigt und gesagt, dass dieser total aufdringlich war. Hätte sie mal besser nichts gesagt. „Das kriegen wir hin", waren Antons Worte. Als der Typ sich von seinem Platz erhob und Richtung Ausgang (dort waren die Toiletten) ging, eilte ihm Anton hinterher. Kurze Zeit später war er wieder bei Betti und sagte mit einem Grinsen im Gesicht: „So, erledigt." Betti ahnte schon etwas und fragte ihn: „Was hast du denn mit ihm gemacht?" Er antwortete: „Alles o.k." Doch das konnte Betti ihm nicht glauben. Sie ging ebenfalls in Richtung Ausgang, und da kam der Typ gerade von der Toilette raus. Er wischte sich noch das Blut aus dem Gesicht. Er tat Betti mit einmal total leid, auch wenn er sie vorhin angemacht hatte. *Aber das hatte er nicht verdient*, dachte sie. Sie fragte ihn, ob alles in Ordnung sei und bot ihm ihre Hilfe an. Sie ging mit ihm nach draußen, wo er sich erst mal hinsetzte. Betti hockte sich zu ihm und versuchte, tröstende Worte zu finden, bis er plötzlich zu ihr sagte: „Ich wollte doch nur mit dir …" und machte so eine Geste. Betti war entsetzt. Was hatte der Typ gesagt? Jetzt hatte auch Betti kein Mitleid mehr mit ihm und ließ ihn einfach dort sitzen und ging eilig wieder in die Gaststätte zurück. Dies hat sie aber nicht Anton erzählt, der wäre sonst nach draußen gegangen und hätte dem anderen noch eine aufs Maul gegeben und diesmal bestimmt noch heftiger. Ja, wenn Anton in Aktion war, konnte ihn kaum einer bremsen. So hat er sogar mal einen Verwandten von Annett zusammengeschlagen. Der lag am Boden und konnte nicht mehr aufstehen. Warum er dies tat, weiß Betti nicht, sie war bei der Auseinandersetzung nicht dabei, hat es nur einen Tag später von Annett gehört. Es war ihr so peinlich und entschuldigte sich natürlich für das Verhalten von Anton. Manchmal konnten es Kleinigkeiten sein, die ihn dann auf die Palme brachten, wobei man dazu sagen muss, dass dann aber auch Alkohol im Spiel war.

Jedenfalls hatten nun alle ihre kleinen Freiheiten, Betti bekam nichts mit, was Arne und Anton so trieben. Für die beiden Mädels waren die Abende zu zweit im Club immer schön, die Freundinnen verbrachten wieder mehr Zeit miteinander, lästerten über andere Leute im Club, und Betti brauchte sich keine Gedanken um Anton zu machen, dass er mal wieder zu viel trinkt oder sich prügelt. Sie machten sich auch gern einen Spaß daraus, den Armisten, welche ja auch immer im alten Club waren, zu erzählen, dass sie Geschwister seien. Sie sahen beide so unterschiedlich aus, aber die meisten von denen haben es wohl geglaubt. Und wenn sie nach ihrem Alter gefragt wurden, haben sie die Leute immer schätzen lassen. Diese waren dann ganz erstaunt, wenn sie das wahre Alter erfahren haben. Beide wurden meistens zwei Jahre älter geschätzt. Zu diesem Zeitpunkt schon eine Menge. Es ist schon ein Unterschied, ob man 15 oder 17 Jahre alt ist. Da Annett noch immer Single war, sahen sie sich natürlich immer die Jungs mit den langen Haaren genauer an, denn Annett stand ebenfalls auf lange Haare. Aber so richtig war keiner für sie dabei. Jedenfalls zu diesem Zeitpunkt nicht. Eines Abends gingen die Freundinnen mal wieder in den alten Club. Beide machten erst mal den Check, wer so alles da ist, und da sah Betti auch schon Timo. Eigentlich hatte sie ja mit ihm abgeschlossen, doch sie merkte schon, dass er ihr nicht egal war und schielte auch immer mal wieder zu ihm rüber und hatte wieder ein flaues Gefühl im Magen. Betti glaubte, dass er sie ebenso anschaute. Vielleicht sah er sie nur an, weil sie sich lange nicht gesehen hatten, oder Betti bildete sich dies sogar nur ein. Oder ihm fiel ein, wie Betti sich zur damaligen Zeit verhalten hat und dachte vielleicht, oje, die schon wieder. Auf alle Fälle hatte sie plötzlich Schmetterlinge im Bauch. Doch das wollte sie nicht, sie wollte nicht schon wieder Probleme haben, die sie nicht lösen konnte. Von Anton war sie genervt, da wusste sie schon nicht, warum, und nun wieder dieses Kribbeln im Bauch beim Anblick von Timo. Er sah immer noch so gut aus wie damals. Wohin sollte dies nur führen. Damit nicht genug, es kam irgendwann die sogenannte Schmuserunde, wo eine ganze Zeit lang nur langsame Titel für die Verliebten gespielt wurden. War man verliebt, war diese Runde super, ansonsten war sie nur nervend und man hoffte, dass die langsamen Songs schnell vorbei sind, denn man zerfloss vor lauter Liebeskummer. So kam auch der Titel von Black „Wonderful Life". Betti wusste, dass dies der Lieblingstitel von Timo war. Da sie ja, wie gesagt, von Anton die Nase voll hatte, und ihre Gefühle für Timo wieder hochkamen, machte sie etwas, woran sie vor einer Minute noch nicht gedacht hätte, dass sie dies tun würde. Man muss dazu sagen, dass Betti zu dieser Zeit noch keinen Alkohol trank, also konnte man nicht sagen, sie trank sich Mut an. Sie forderte Timo zum Tanzen auf, obwohl sie ihn noch nie hatte tanzen sehen, und auch wusste, dass er ein Tanzmuffel war. Und außerdem hatte er Betti damals so kaltherzig abblitzen lassen. In dem Moment, als sie fragte, bereute sie es schon, war sie das gerade, die gefragt hatte? Sie stellte sich schon darauf ein, einen Korb zu kriegen, überlegte noch kurz, wie sie den Abgang dann hinzulegen hatte, diesmal natürlich ohne Tränen und mit Selbstbewusstsein, doch nein, er sagte ja, und plötzlich standen sie beide auf der Tanzfläche – engumschlungen. Betti glaubte selber nicht, wie das passieren konnte. Ihr Herz machte Freudensprünge und klopfte so laut, dass sie dachte, Timo könnte es hören oder spüren, so eng, wie sie zusammen getanzt haben. Sie sah ihm so tief in seine blauen Augen und wäre fast dahingeschmolzen. Das Lied hätte ewig dauern können, doch nach etwa drei Minuten war alles vorbei. Timo ging zwar zu seinen Kumpels zurück und Betti zu ihrer Freundin, doch sie bildete sich ein, dass bei ihm nun endlich der Funke übergesprungen sei und war superhappy. Sie hat an diesem Abend zwar nicht mehr mit ihm getanzt, geschweige denn sich mit ihm unterhalten, und doch war sie auf Wolke sieben. Sie beobachtete ihn noch den Rest des Abends, träumte insgeheim, wie es wäre, wenn sie noch mal tanzen würden oder vielleicht zusammen wären. Annett war über diese ganze Situation eher schockiert, als dass sie sich für Betti gefreut hätte. Sie ahnte wohl schon, dass das nicht gutgehen würde. Als Außerstehender betrachtet man die Dinge eben objektiver. Als die Disco zu Ende war, ging sie zwar allein nach Hause, doch das störte sie nicht. Timo hatte mit ihr getanzt, zu seinem Lieblingslied und dann auch noch engumschlungen. Das musste doch was werden. So hing sie beim Nachhausegehen ihren Gedanken nach und malte sich aus, dass sie und Timo bald ein Paar wären. An Anton dachte sie in diesem Moment so gar nicht. Betti konnte kaum schlafen, in ihrem Kopf herrschte Verwirrung. Wieder und wieder dachte sie an den Tanz mit Timo, sah immer seine blauen Augen vor sich und überlegte, was jetzt zu tun sei. Ihr blieb keine andere Wahl, als mit Anton Schluss zu machen, damit sie freie Bahn bei Timo hat. Die Nacht ging irgendwie vorüber. Betti hatte wohl nur ein paar Stunden geschlafen bzw. war immer nur in eine Art Dämmerschlaf gefallen. Am Morgen sieht man ja einige Dinge wieder klarer und Betti wusste, was zu tun ist. Sie blieb bei ihrer Meinung, sie musste mit

Anton Schluss machen. Es würde so oder so nicht mehr lange funktionieren. Und jetzt, nachdem sie mit Timo getanzt hatte und fest davon überzeugt war, auch in Timo etwas ausgelöst zu haben, wusste sie, dass sie mit Anton nicht mehr zusammen sein wollte. Nein, sie konnte ihn einfach nicht mehr ertragen. Timo war jetzt der sogenannte Auslöser, um mit Anton reinen Tisch zu machen. Sie überlegte noch, wie sie dies am besten anstellt und so radelte sie am Nachmittag zu Anton. Sie wollte ihn nicht mehr länger hinhalten, ihre Gefühle für ihn waren eh nicht mehr so stark und nach dieser Nacht eigentlich ganz verschwunden. Sie dachte sich: *Augen zu und durch.* Sie klingelte, und die Oma rief wie jedes Mal: „Wer is?", und machte, nachdem Betti geantwortet hatte, die Tür auf. Betti ging die Treppe zu Anton hinauf, und ihr war richtig schlecht. Sie wusste, dass sie ihm gleich sehr wehtun würde, und egal war ihr dies mit Sicherheit nicht. Sie überlegte immer noch, wie sie es am besten sagt, zumal Anton keine Ahnung hatte, wie es in Bettis Innerem aussah und was auf ihn zukommen würde. Als Betti die Tür aufmachte, lag Anton auf der Couch und beachtete Betti gar nicht recht, als sie in sein Zimmer kam. Er schaute fern und drehte sich nicht mal zu ihr um. Darüber war sie ein wenig verwundert. Sie nahm an, dass er noch müde war von seiner gestrigen Tour mit Arne. Betti wusste nicht wirklich, wie sie es Anton sagen sollte. Sie setzte sich auf den Stuhl gegenüber von Anton und begann zu erzählen, dass sie Timo letzten Abend im Club getroffen hat und sie zusammen getanzt haben, und dass ihre Gefühle für Anton nicht mehr so sind, wie sie mal waren. Nachdem sie Anton alles erzählt hatte, wusste sie nun auch, warum er so schlecht gelaunt war. Er hatte schon von der Tanzaktion gehört, es waren ja immerhin genug Leute am Abend vorher da, die wussten, dass Betti mit Anton zusammen war. Und Anton wusste auch, dass Betti damals vor seiner Zeit in Timo verliebt war. Deswegen hatte es ja ewig gedauert, bis Betti sich für Anton entschied. Betti versuchte nun so schonend wie möglich, ihm beizubringen, dass Schluss ist. Es tat ihr sehr leid, und die Freude, jetzt mit Timo richtig zusammenzukommen, war in dem Moment natürlich auch nicht vorhanden. Doch sie ahnte wohl nicht im Entferntesten, wie sehr sie Anton wehtat und kränkte. Dass sie selbst einmal von Anton so gekränkt werden würde, davon ahnte Betti zu diesem Zeitpunkt noch nichts. Sie suchte ihre Sachen, welche sich im Laufe der Zeit bei Anton angehäuft hatten, zusammen, wollte von ihm sogar ihr Passbild zurück (was für ein Blödsinn). Anton sagte so gut wie nichts, er diskutierte nicht mal mit Betti oder bat sie zu bleiben. Nein, in diesem Punkt war er stur. Das war auch das einzige Mal, dass dieser Charakterzug Betti zugutekam. Anton lag immer noch auf der Couch und schaute Fernsehen, jedenfalls tat er so. Es hätte eh nichts gebracht, wenn Anton diskutiert hätte, vielleicht wäre alles aus dem Ruder gelaufen und sie hätten sich angeschrien, oder es wäre zu Handgreiflichkeiten gekommen. So war Betti froh, dass er ihr keine Szene machte. Als sie alles zusammen hatte, ging sie wortlos. Es war alles gesagt. Das hätte sie geschafft. Sie schloss die Tür hinter sich, ging die Treppe hinunter und verließ das Haus. In diesem Moment glaubte sie wirklich, dass es das letzte Mal sein würde, dass sie hier war. Ein bisschen Wehmut kam auf, als sie an Antons Oma. Sie wusste ja nicht, dass sie nicht mehr kommen würde. Doch als sie endlich wieder auf der Straße war, atmete sie tief durch. Der erste Schritt war gemacht, jetzt musste sie das Ganze nur noch ihrer Mutter beichten, damit diese auch Bescheid wusste. Wie sie reagieren würde, wusste Betti nicht, immerhin mochte sie Anton. Es war ihr schon ein wenig unangenehm. So gut, wie sie sich mit ihrer Mutter auch verstand, doch alles, was mit Liebesdingen oder Ähnlichem zu tun hatte, darüber konnte sie nicht mit ihr reden. Sie war immerhin ihre Mutter und nicht ihre beste Freundin. Also erwähnte sie so nebenbei, als ihre Mutter gerade im Bad die Wäsche aus der Waschmaschine holte: „Ich bin mit Anton nicht mehr zusammen, ich habe jetzt einen anderen", und spannte ihre Mutter auf die Folter. Wie bereits erwähnt, fand ihre Mutter Anton gut, und an ihrer Reaktion konnte Betti erkennen, dass es ihr nicht so recht war. Sie fragte dann aber: „Wen hast du denn jetzt?" Betti antwortete stolz: „Timo." Bettis Mutter wusste ja, wie sehr sie damals in Timo verliebt war.

Sie sagte zwar: „Na, das ist ja schön", hat es aber wohl nicht so gemeint. Sie erkundigte sich auch gleichzeitig nach Anton, was der denn dazu gesagt hätte, doch Betti wollte hierauf nicht genauer eingehen. Sie sagte nur: „Was soll er gesagt haben, nicht viel." Betti ging wirklich davon aus, dass es mit Timo etwas werden würde. In diesem Alter ist man eben doch noch ganz schön naiv. Es hat jedoch nicht lang gedauert, da hat Betti gemerkt, dass es ein Trugschluss war. Sie traf ihn eine Woche später im alten Club wieder und merkte sofort, dass sie sich nach diesem Tanz in etwas reingesteigert hatte. So, wie er sich benahm, war klar, da läuft nichts. Betti musste an die Zeit von damals denken. Timo war ab jetzt wieder das größte Arschloch der Welt. Doch diesmal gab sie sich nicht die Blöße und heulte. Sie stand drüber, auch wenn sie in Wirklichkeit am Boden zerstört war. Sie konnte sich nur nicht erklären, warum Timo überhaupt mit ihr getanzt hatte. Vielleicht brauchte er es für sein Ego, Betti weiß es nicht. Ihre Mutter hat natürlich den Ernst der Lage erkannt und wollte Timo zur Rede stellen bzw. hat dies auch getan. Irgendwann hat sie ihn mal getroffen und ihm klipp und klar gesagt, dass er ihrer Tochter nicht weh zu tun hat. Als Betti davon erfuhr, wäre sie am liebsten im Erdboden versunken. Denn Timo sollte doch gar nicht wissen, wie schlecht es ihr nach dieser Ablehnung ging. Aber aus heutiger Muttersicht kann sie dies verstehen und findet es schon ein wenig amüsant.

Die wahre große Liebe

Wahrscheinlich brauchte Betty diese Auszeit von Anton und das Verarschen von Timo, damit sie überhaupt merkte, was sie eigentlich getan hat. Die Sache mit Timo war nun endgültig erledigt, jetzt wollte sie auch wirklich nichts mehr von ihm. Aber mit Anton war jetzt auch Schluss. Nach ein paar Tagen fing Betti an zu begreifen, wen sie nun wirklich liebte. Sie war so ein Idiot gewesen. An Timo hat sie gar nicht mehr gedacht, jetzt drehten sich die Gedanken wieder um Anton. Doch wie sollte sie dies rückgängig machen? Sie konnte nicht einfach zu Anton gehen und ihm sagen: „Entschuldige, ich habe mich geirrt." So, wie sie ihn hat abblitzen lassen, würde er sich doch auf Betti nicht mehr einlassen. Er hatte ja keine Sicherheit, dass dies nicht noch einmal passiert. Selbst Annett konnte ihr keinen Ratschlag geben. Jetzt waren eben beide solo und hatten wieder mehr Zeit für sich. Die Ablenkung mit Annett konnte sie echt gut gebrauchen. Sie wollte sich schon mit dem Gedanken abfinden, nicht mehr mit Anton zusammen zu kommen, doch Betti hatte mehr Glück als Verstand. Denn Anton liebte sie noch immer, was Betti ja nicht ahnen konnte, und hat erfahren, dass sie nun allein war. Betti und Annett waren jetzt häufiger bei Ralf. Dieser hatte übrigens auch ein Motorrad, welches Betti total begeisterte. Dies war kein gewöhnliches Motorrad. Ralf hatte sich dies wieder aufgebaut. Es sah so „westlich" aus, war aber eine AWO. Diese wurden in der DDR in Suhl in der Zeit von 1950 bis 1961 hergestellt. Ab und zu drehte Ralf dann mit den Mädels eine Runde. Also immer im Wechsel. Es saß sich sehr gut auf diesem Ding. Und wenn Betty auf dem Motorrad saß, musste sie an ihre Zeit mit Anton denken, denn mit ihm war sie ja auch viel mit dem Motorrad oder dem Moped unterwegs gewesen und konnte sich immer so gut bei ihm festhalten. Anton blieb dies natürlich nicht verborgen, da er ja auch oft bei Ralf war, und der ihm dann wohl mal erzählte, dass er mit den Mädels hin und wieder mit dem Motorrad fährt. Und so sagte Anton, als er sie bei Ralf mal getroffen hat: „Wenn du willst, können wir ja mal eine Runde mit dem Motorrad fahren." Damit hatte sie jetzt nicht gerechnet. Warum wollte er das? Betti sagte ganz gelassen: „Können wir mal machen", und hätte am liebsten Freudensprünge gemacht, obwohl sie da noch nicht ahnte, dass Anton bereits versuchte, mit ihr wieder in „Kontakt" zu kommen. Es dauerte nicht lange, bis Anton sie dann wirklich fragte, und so drehten beide dann mit Ralfs Motorrad einige Runden durch die Stadt und durch den Wald. Betti hielt sich gut an Anton fest und genoss es. Seine Nähe und die alte Lederjacke zu spüren, welche er immer trug, tat einfach gut. Sie dachte sich, wer weiß, wann ich mich wieder so eng an ihn schmiegen kann. Sie hätten stundenlang fahren können. Natürlich ließ sie sich nicht anmerken, dass sie ihn zurückhaben wollte. Nachdem sie mit dem Motorrad wieder bei Ralf ankamen, sprachen sie noch über den bevorstehenden Abend, wer wie was vorhatte. Natürlich wollte Anton rausfinden, wohin Betti und Annett abends gehen würden, in den alten oder neuen Club. Und so stimmten sich alle vier ab, dass sie am Abend in den neuen Club gehen könnten. Betti war insgeheim hellauf begeistert. An diesem Abend machte sie sich besonders zurecht, da sie Anton selbstverständlich gefallen wollte. Sie trafen sich also im neuen Club und saßen zusammen am Tisch. Das war für Anton schon etwas ungewöhnlich, da er eigentlich lieber an der Bar stand und sich von da auch nur wegbewegte, wenn er denn tanzen wollte. So saß Anton jedenfalls am Tisch, der Platz neben ihm noch frei. Es war klar, dass Betti sich neben ihn setzte. Dass die Luft zwischen Anton und Betti knisterte, konnte man förmlich spüren, doch Betti hat sich nicht getraut, zu fragen, ob sie es noch einmal miteinander versuchen möchten. Erst gibt sie ihm den Laufpass und dann will sie ihn zurück? Das ging gar nicht, auch wenn sie merkte, dass sie ihm nicht egal war. Doch mit ihm tanzen konnte sie, das hatte ja schließlich nichts zu bedeuten. Zumal sie ja von Anton aufgefordert wurde. Beide haben nach Schlagermusik getanzt, und dann kam der Titel von Roger Whittaker „Lass mich bei dir sein". Der Refrain dazu war ja wohl ganz passend. Es ging darum, dass der eine bei dem anderen sein wollte, dass das Leben allein keinen Sinn hätte, dass man sich wiedersehen muss, und dass man sich den anderen immerzu in jeder Sekunde zurückwünscht. Beide schauten sich in die Augen, dachten wohl dasselbe und hätten wohl gern dazu ja gesagt. Dieser Text passte ja wie die Faust aufs Auge. Das nennt man wohl Schicksal. Irgendwann, als der Abend schon etwas fortgeschrittener war, nahm Anton allen Mut zusammen und fragte Betti, als beide allein am Tisch waren: „Wollen wir es noch einmal miteinander probieren?" Im ersten Moment glaubte Betti nicht richtig zu hören, hatte er ihr gerade diese Frage gestellt? Sie wäre ihm am liebsten um den Hals gefallen, doch sie hielt sich zurück und sagte etwas schüchtern: „Ja, können wir, ja." Doch sie war so glücklich darüber, dass Anton nicht nachtragend war und sie tatsächlich wiederhaben wollte. Denn wenn man bedenkt, wie stur er sein konnte, war dies ein großer Schritt für Anton. Und sie wären nicht mehr zusammengekommen, wenn er nicht den ersten Schritt gemacht hätte. Betti hätte bestimmt nicht gefragt. Ab jetzt, so schwor sie sich, wollte sie ihn nie wieder hergeben. Beide rutschen auf ihren Stühlen enger zusammen, eigentlich hätten sie nur noch einen Stuhl gebraucht, er nahm sie in die Arme, und sie küssten sich voller Leidenschaft. So einen gelungenen Abend hatte Betti nicht erwartet. Dass sie mit Anton am Nachmittag schon Motorrad gefahren ist, das war schon klasse, aber dies übertraf alle ihre Erwartungen. Und spätestens jetzt wusste sie, was sie an ihm hatte, und dass sie ihn wirklich liebte. Das Kribbeln im Bauch war wieder da, als wäre es nicht weg gewesen. Als die anderen an den Tisch zurückkamen, staunten sie nicht schlecht, als sie beide so innig miteinander sahen. Doch sie freuten sich für beide, denn für Annett und zumindest für Ralf gehörten beide zusammen. Arne hatte da wohl so seine Probleme. Und Betti hätte Anton wahrscheinlich auch nicht wieder hergegeben, wenn nicht alles anders gekommen wäre …

Anton hat Betti in dieser Nacht noch nach Hause bis vor die Tür gebracht, sie gingen engumschlungen und sehr langsam, blieben natürlich zwischendurch stehen, um noch viel Zeit miteinander verbringen zu können. Sie redeten auch nicht über die Trennung, denn Anton wollte bestimmt nichts über Timo hören. Für ihn war es wichtig, dass er Betti wiederhatte. Und für Betti war das Kapitel Timo ein für alle Mal abgeschlossen. Als sie nach einer Ewigkeit bei Betti vor dem Haus ankamen, konnten sie sich gar nicht voneinander trennen. Die Situation war so ungefähr die gleiche, wie es damals war, als Betti sich von Anton verabschieden musste, da sie mit ihren Eltern in den Urlaub fuhr. So standen sie bestimmt noch eine ganze Stunde draußen. Die Nächte waren ja immer noch nicht kalt, und selbst wenn es so gewesen wäre, hätten sie wohl die Kälte nicht mitbekommen. Sie standen so engumschlungen, hielten sich gegenseitig im Arm und waren so verliebt, dass sie die Zeit nicht bemerkten. Betti war so glücklich, endlich wieder mit Anton vereint zu sein, dass sie sogar vor Glück ein paar Tränen weinte. Und sie versicherte Anton, dass so etwas nie wieder passieren würde. Sie hoffte, dass Anton ihr Glauben schenkte. Er konnte Betti auch nicht oft genug sagen, dass er sie liebte. Betti hätte Anton so gern mit nach oben in ihr Zimmer mitgenommen, doch dies ging nicht, denn wie bereits erwähnt, musste sie durch das Schlafzimmer ihrer Eltern. Also blieben sie draußen in der Nacht stehen und vergaßen Raum und Zeit. Als Betti dann endlich in ihrem Zimmer ankam, fiel sie müde, aber glücklich in ihr Bett. Diese Nacht hat sie so gut geschlafen wie schon lange nicht mehr. Sie träumte von Anton und wachte am nächsten Morgen bzw. zur Mittagszeit glücklich auf. Im ersten Moment musste sie sich darüber klar werden, ob dies alles nur ein Traum war oder doch Realität. Nach dem Mittagessen beim Abwaschen, damals gab es noch keinen Geschirrspüler, erzählte sie ihrer Mutter davon, dass Anton und sie wieder ein Paar waren, und erzählte natürlich auch, dass Anton diese entscheidende Frage stellte. Ihre Mutter war ebenso glücklich darüber, war sie doch von Timo enttäuscht. Bettis Mutter hoffte nun auch, dass sich das mit Timo endgültig erledigt haben mochte und ihre

Tochter nun endlich wusste, mit wem sie wirklich zusammen sein wollte. Nach dem Abwasch konnte Betti nicht schnell genug zu Annett kommen, um ihr von ihrem Nachhauseweg zu berichten. Betti hatte ja noch keine Gelegenheit gehabt, ihrer Freundin davon zu erzählen, dass Anton sie gefragt hatte, ob sie es noch mal miteinander versuchen wollen. Annett war zwar an diesem Abend mit in der Disco und merkte auch, dass die Luft zwischen beiden knisterte, doch als Anton Betti fragte, waren beide allein am Tisch. Sie hatte auch den Kuss nicht mitbekommen. Nur, dass beide plötzlich so eng beieinandersaßen. Annett freute sich ebenso für Betti. Von nun an pendelte sie jetzt wieder zwischen Anton und Annett. Doch es störte sie nicht, und Annett war auch nicht traurig, dass Betti jetzt wieder etwas weniger Zeit für sie hatte. Betti fand es ein wenig schade, dass Annett keinen Freund hatte, so hätte man doch mehr zu viert unternehmen können, und Annett würde sich nicht des Öfteren wie das fünfte Rad am Wagen fühlen. Sie sagte dies zwar nie, doch man weiß ja selbst, wie es ist, wenn man bei zwei Verliebten oft mit dabei ist. Und eines Tages erfüllte sich dann der Wunsch von Betti. Annett hatte einen Freund. Sie lernte ihn im Jugendclub kennen, an einem Abend, als sie allein im Club war. Der Freund war jedoch nicht aus ihrem Heimatort, er kam aus Thüringen und war hier bei der Nationalen Volksarmee stationiert. Erst freute sich Betti für ihre Freundin, Annett erzählte von ihm und schien nun endlich verliebt und glücklich zu sein. Sie beschrieb ihn ganz genau und schwärmte geradezu von ihm. Der Erzählung nach dachte Betti noch, dass es ein toller Typ sei, bis sie ihn kennenlernte. Eines Nachmittages fuhr sie wieder zu Annett, und er war schon da. Er saß bei Annett auf der Couch und sah so ordentlich aus. Der erste Eindruck von Betti war gleich: Der passt doch gar nicht zu ihr. Das war doch in keinster Weise der Typ von ihrer Freundin. Betti war leicht geschockt und als sie sich dann mit ihm unterhielt, fand sie sich in ihrer Meinung nur noch bestätigt. Vom Dialekt mal abgesehen, er war einfach zu glatt, und zudem fand sie ihn auch ein wenig merkwürdig. Wie er so da saß mit seiner kurzen Turnhose. Wer kommt denn bitte schön in Turnhose zu einem Date? Doch das hatte seinen Grund. Da er ja nun mal bei der Volksarmee war, verband er das Notwendige mit dem Nützlichen, er kam zu Annett immer gejoggt. Wie kann man bitte zu seiner Freundin joggen, die man gerade erst kennengelernt hat, und dann da verschwitzt ankommen? Geht gar nicht, fand Betti. Und seine Disziplin ging ihr total auf die Nerven. Doch so musste man wohl sein, wenn man bei der Armee war. Denn dort hatte unter anderem die Ordnung und die Disziplin äußerste Priorität. Irgendwie konnte sich Betti nicht an ihn gewöhnen. Umso öfter sie ihn sah, fragte Betti sich, was Annett mit dem wohl wollte. Sie fand zu diesem Typen keinen Draht. Selbst beim Pinkeln setzte er sich hin. So etwas Unmännliches. Heute würde Betti ihren drei Männern was erzählen, wenn diese im Stehen pinkeln würden. Doch damals fand sie das total verweichlicht. Betti sollte Recht behalten, dass der Typ nicht zu Annett passte, und so ging diese Beziehung dann bald in die Brüche. Immerhin hat es Annett irgendwann selbst eingesehen, dass dieser Kerl nichts für sie war. Es war nicht die große Liebe für Annett. Betti war darüber sehr froh, und Annett tat dieser Entschluss auch nicht weh. Auch wenn Annett jetzt wieder allein war, immer noch besser, als solch einen Looser zu haben. Ihre erste große Liebe hatte sie erst mit 17. Obwohl Betti da nun auch wieder nicht wusste, was Annett mit diesem Typen wollte. Er passte zwar in das Beuteschema der beiden, lange Haare und sah schon sehr verwegen aus, aber ansonsten war er doch sehr dem Alkohol zugesprochen. Wenn Betti ihn sah, war er immer im „Kleister". Aber Annett ließ sich davon nicht abbringen, sie fand ihn gut, doch für Bettis Begriffe war dieser Typ gar nichts für Annett. Betti weiß auch gar nicht, ob sie wirklich zusammen waren, denn bis auf ein paarmal, die Annett bei ihm war, sahen sie sich eigentlich nur in den Clubs und unternahmen auch nichts weiter zusammen. Betti hoffte, dass es schnell zu Ende geht, denn für Annett stellte sie sich was anderes vor. Er musste schon intelligent, jedoch nicht ordentlich sein und lange Haare haben. Aber so ein Mann musste erst noch gebacken werden. Der erste Freund war schon nicht der richtige, und dieser hier war auch nicht das Gelbe vom Ei. Und auch diesmal hatte Betti Glück, es dauerte nicht lange, da waren die beiden wieder „getrennt". Schuld hatte wohl Betti. Jedenfalls sah das der Typ so. Betti und Annett waren im Schwimmbad bei einer Sommerparty, saßen an einem Tisch und beobachten gerade so die Leute, als der Typ plötzlich mit einer Bratwurst in der Hand auftauchte, natürlich betrunken, und Betti beschuldigte, ihn und Annett auseinandergebracht zu haben. Zum Abschluss warf er noch die Bratwurst in ihre Richtung. Annett war genauso erstaunt wie Betti über diesen Auftritt gerade und konnten mit der Beschuldigung gar nichts anfangen. Aber da begriff auch Annett, dass er nicht der Richtige war. Die Mädchen ließen sich von diesem Vorfall dann nicht weiter verunsichern und machten sich einen schönen Abend bzw. eine schöne Nacht. Denn nach Hause gingen sie meist erst im Morgengrauen.

Anton und Betti unternahmen jetzt auch wieder viel zusammen, so waren sie des Öfteren angeln, d. h., Anton hat geangelt und Betti sich gelangweilt. Es war jedoch sein Hobby und deshalb fuhr Betti einige Male mit. Für sie war die Motorradfahrt dann immer am schönsten. Auf den Rest hätte sie gern verzichtet, zumal sie hin und wieder Mäuse im Gras rascheln hörte und eben auch sah. Diese bereiteten ihr schon etwas Unbehagen. Da Anton jedoch beim Angeln immer sehr vertieft war, wollte sie auch kein Spielverderber sein und wartete geduldig, immer wachsam, ob wieder Mäuse um sie rum sind, oder nicht. Einmal waren beide sogar zum Nachtangeln. Sie hatten ein Zelt dabei, und es war sternenklarer Himmel. Einfach nur romantisch. Anton machte seine Angel fest, sodass beide es sich unter freiem Himmel gemütlich machten und zu den Sternen hochschauten. Sie genossen diesen Augenblick, fantasierten so vor sich hin, bis Anton einfiel, dass er etwas vergessen hatte. Er musste noch mal los. Betti verstand erst nicht. Wie noch mal los? Sollte sie hier in dieser Nacht allein zurückbleiben? Ja. Was hatte Betti da für Angst? So ganz allein am Wasser und dann noch in der Nacht. Anton beruhigte sie, er wäre doch gleich wieder da. Was tat sie nicht alles für ihn? Gott sei Dank, es hat wirklich nicht lange gedauert, bis er zurück war. Sie blieben dann auch nicht mehr so lange, denn Betti musste ja irgendwann nach Hause, denn noch durfte sie nicht bei Anton schlafen. Es war das einzige Mal, dass Betti mit ihm nachts geangelt hat. So ein Erlebnis brauchte sie nicht noch einmal, von der Romantik mal abgesehen. Eines Abends fand sogar ein Anglerball statt. Und da Anton im Angelverein war, bekam er eine Einladung. Betti sollte mitkommen, doch sie war total aufgeregt, was zog man zu so einem Ball an? Bisher kannte sie nur die Clubs. Sie wusste ja auch gar nicht, wie solch ein Ball vonstattengeht. Alle Leute waren älter als sie, na ja sie war ja noch nicht mal 16 Jahre alt. Sie durchwühlte ihren Kleiderschrank und fand dann etwas Passendes. An diesem Abend ließen sie sich hinfahren, da die Veranstaltung etwas außerhalb war. Als sie ankamen, war Betti ein wenig mulmig zumute. Sie kannte dort keinen Menschen. Einen hatte sie mal bei Anton gesehen, aber ansonsten waren sie alle unbekannt. Sie hatte auch das Gefühl, dass sie alle anstarrten. Sie war eben noch sehr jung, dadurch zog sie wohl auch viele Blicke auf sich. Anton und Betti saßen an einem Vierertisch. Das war ganz in Ordnung. Der Abend war sehr schön, und dadurch, dass Anton ihr den Discofox schon beigebracht hatte, tanzten sie fast den ganzen Abend nach Schlagermusik. Bei der Altersgruppe gab es wohl auch keine andere Musik. Betti wurde sogar von einem jungen Mann zum Tanzen aufgefordert. Sie hätte ihm am liebsten einen Korb gegeben, doch sie wollte nicht unhöflich sein oder arrogant rüberkommen. Anton hatte nichts dagegen, er kannte den Typen, denn mit diesem hatte er auch schon des Öfteren geangelt. Das war der, den Betti schon mal gesehen hatte. So ging Betti mit ihm auf die Tanzfläche, doch der junge Mann konnte überhaupt nicht tanzen. Betti wusste nicht, wie sie sich ihm anpassen sollte. Einige Male trat er ihr sogar auf die Füße. Wenn doch bloß das Lied zu Ende gehen würde, dachte Betti so insgeheim. Die Zeit wurde ewig lang. Als das erste Lied dann endlich zu Ende war und das zweite anfing, tat Betti so, als gefiel ihr dieses Lied nicht, nur um nicht noch mal mit ihm tanzen zu müssen. Doch der Typ wusste wohl nicht, dass er nicht tanzen kann, und so kam er nach einiger Zeit wieder und forderte Betti erneut auf. Doch nun gab Betti ihm einen Korb, und ab da kam er dann auch nicht mehr. Aber alles in allem hat Betti der Abend sehr gut gefallen, und mit Anton gab es ebenfalls keine Vorkommnisse. Die letzten Wochen bis zum Jahresende vergingen wie im Fluge. Es hatte sich inzwischen eine Routine bzw. ein gewisser Alltag eingestellt, das bedeutet jedoch nicht, dass Betti dies schlecht fand. Doch wenn sich der Alltag so einstellt, vergeht die Zeit eben irgendwie schneller. Und so stand Weihnachten vor der Tür. Anton feierte bei sich zu Hause und Betti mit ihrer Familie. Da man an Heiligabend nicht woanders hinging, sahen sich Anton und Betti nicht. Erst am 1. Weihnachtsfeiertag konnten sie sich sehen und gingen natürlich wieder in einen der Clubs. Und eine Woche später gab es wieder die Silvesterparty bei Anton. Diesmal durfte auch Annett zu Antons Party gehen, ihre Mutter hatte sich damit abgefunden, und außerdem war ja auch nicht ihre Tochter mit Anton zusammen, sondern die Freundin. Dass am Neujahrstag nichts mehr so sein wird, wie es mal war, konnte Betti am Silvesterabend noch nicht wissen. Anton hatte wieder ein paar Freunde eingeladen, die Betti inzwischen alle kannte, die Oma machte ihre berühmten Buchteln, und es gab diesmal sogar einen Karpfen. Um Getränke hatte sich Anton gekümmert. Betti und Annett haben sogar ein Mixgetränk probiert, die sogenannte „grüne Wiese". Diese bestand aus Blue Curacao und Orangensaft. Es hat ihnen sogar geschmeckt, doch so richtig Alkohol haben sie immer noch nicht getrunken. Zwischendurch gingen die Getränke zur Neige und Anton sowie noch ein Kumpel sind losgezogen, um Nachschub zu organisieren. Es hat nicht allzu lang gedauert, da waren sie wieder da. Wie sich kurze Zeit später – als alle zu Mitternacht nach draußen gingen – herausstellte, hatten sich beide ein Fahrrad „ausgeliehen". Für so etwas hatte Betti gar kein Verständnis. So stellte sie Anton zur Rede, doch dieser wiegelte nur ab. Er wolle das Fahrrad ja wieder zurückbringen, beruhigte er Betti. Und da es ja, wie gesagt, kurz vor Mitternacht war, und das neue Jahr begrüßt werden sollte, wollte Betti sich nicht weiter mit Anton streiten, und so vereinbarte sie mit ihm, dass er das Fahrrad am nächsten Tag zurückbringen sollte. So war alles geklärt, und nun wurde geballert. Betti ging mit ihren Blitzknallern immer sehr sorgsam um, meistens verknallte sie nicht alle. Sie fand es immer gut, wenn sie noch welche für das nächste Jahr übrighatte. Denn einfach in einen Laden gehen und Böller kaufen war damals nicht. Am Silvestertag bzw. schon ein bis zwei Tage vorher konnte man das Zeug kaufen. Wie immer, wenn es etwas Besonderes zu erwerben gab, standen die Leute bis draußen. Und man bekam immer eine Tüte, welche verschiedene Dinge enthielt, z. B. Raketen, Blitzknaller, Tischfeuerwerk und andere Dinge. Ja, auch das Feuerwerk gab es nur in Maßen. Jedenfalls war die ganze Knallerei lustig, bis Betti mit einmal bemerkte, dass Anton und Annett so dicht beieinanderstanden. Betti ging in Windeseile auf sie zu und fragte: „Was macht ihr denn da?" Beide sahen sie verdutzt an und Annett antwortete: „Ich habe einen Blitzknaller abgekommen." Oh Gott, was hatte Betti da bloß gedacht. Sie vermutete, dass beide etwas miteinander haben. Sie entschuldigte sich bei ihrer Freundin. Das war das erste Mal, dass Betti eifersüchtig war. Bisher hatte Anton ihr hierzu auch keinen Grund gegeben, und den gab es auch während der gesamten Beziehung nicht. Betti schaute sich nun Annett ebenfalls genauer an, doch Gott sei Dank ist nicht wirklich etwas passiert. Das war jedoch nicht das Einzige, was passierte. Ein Kumpel von Anton fiel noch die Treppe herunter, aber auch da blieb es ohne Verletzungen. Es sah schlimmer aus, als es war. Wie sagt man so schön: „Besoffenen und kleinen Kindern passiert nichts." Die Silvesterparty ging dann wieder im Morgengrauen zu Ende und Betti fuhr mit dem Fahrrad nach Hause. Sie wäre so gern bei Anton geblieben, doch in dieser Angelegenheit war ihre Mutter wirklich sehr konsequent. Wenn sie doch bloß erst aus der Schule käme, dann könnte sie bei Anton übernachten. Am nächsten Tag, als Betti dann so gegen Mittag ausgeschlafen und Mittag gegessen hatte, ist sie gleich wieder zu Anton geradelt. Es musste ja schließlich aufgeräumt werden. Das Zimmer von Anton hatte ziemlich gelitten, überall die leeren

Flaschen und Gläser und dazu der ganze Konfettikram. Als Betti bei Anton ankam, war er auch „schon" wach, womit sie nicht wirklich gerechnet hatte, denn die Jungs hatten eine ganze Menge getrunken. Beide begannen nicht sofort mit dem Aufräumen. Anton musste erst noch so richtig zu sich kommen, und so schaltete sich Betti den Fernseher ein, bis Anton sich endlich aufraffte, um mit dem Aufräumen zu beginnen. Sie legten eine Kassette in den Recorder und drehten die Musik ordentlich auf, damit ihnen das Aufräumen leichter von der Hand ging. Als dann alles erledigt war, machten es sich Anton und Betti im Bett gemütlich, kuschelten, und dann passierte es. Sie schliefen miteinander. Es hatte sich plötzlich ergeben, obwohl, so plötzlich kam es nun auch wieder nicht. Anton hatte zu diesem Zeitpunkt schon etliche Monate gewartet. Das erste Mal hatte Betti also nun hinter sich. Es war ein seltsames Gefühl, aber dass es schön war, davon konnte keine Rede sein. *So ist das nun*, dachte sie. Doch sie fühlte sich erwachsener. Ihr war auch, als ob man es ihr ansehen könnte, dass sie das erste Mal mit einem Jungen, bzw. Anton war ja schon ein Mann, geschlafen hatte. Und da Betti noch nicht die Pille nahm, musste sich ab jetzt Anton um die Verhütung kümmern. Betti wäre dies unangenehm gewesen, in die Drogerie zu gehen und Kondome zu verlangen. Nein, das sollte Anton mal schön selbst machen. Außerdem arbeitete er auch mal außerhalb, und da kannte ihn sowieso keiner. Und da es immer so gut klappte, dache Betti auch nicht im Geringsten daran, mal zum Frauenarzt zu gehen und sich die Pille verschreiben zu lassen. Schließlich hatte sie schon von anderen Mädchen gehört, dass diese Appetit macht und man zunimmt. Das wollte Betti auf gar keinen Fall. Sie war zwar normal gebaut, aber mehr Kilos hätte sie auch nicht haben wollen. So ging es dann ein paar Monate. Doch eines Tages bekam Betti ihre Tage nicht. Erst dachte sie sich nicht viel dabei, sie verhüteten ja, und da sie nicht die Pille nahm, bekam sie ihre Regel auch nicht immer so pünktlich. Doch nach einiger Zeit wurde ihr immer unwohler. Nicht genug, dass Betti dieses Problem hatte, sie stand auch mitten in den Prüfungsvorbereitungen für den Schulabschluss. Es wurden bereits die ersten Prüfungen geschrieben. Sie konnte sich nicht konzentrieren. Ständig gingen ihr die gleichen Gedanken durch den Kopf. Wie sollte sie dies mit einem Kind machen, ihre Lehre fing im September an, wie sollte sie es ihren Eltern beibringen, und was würde Anton dazu sagen. In jeder Schulpause rannte sie zur Toilette, um nachzusehen, ob vielleicht doch die Regel kam. Nichts passierte. Irgendwann blieb ihr keine andere Wahl, als ihrer Mutter dies zu sagen. Mit Anton konnte sie zu diesem Zeitpunkt nicht reden, denn er war mit seinen Eltern für eine Woche an die Ostsee gefahren. Doch bevor sie ihrer Mutter davon erzählte, vertraute sie ihr Geheimnis Annett an.

Diese war ebenso überfordert wie Betti selbst und hatte genauso wenig einen Plan wie Betti. Doch schon bald war sie wieder ganz die Alte und blödelte, sobald sie einen Kinderwagen sahen, herum. „So schiebst du auch bald", sagte sie belustigend. Betti konnte darüber natürlich nicht lachen, und irgendwie kam es ihr auch vor, als sähen sie fortan nur noch Kinderwagen. Kurze Zeit später fasste Betti sich ein Herz und sagte es ihrer Mutter. Und weil ihr dies so peinlich war, sagte sie dies wieder so nebenbei: „Du, ich glaube, ich bin schwanger." Ihre Mutter fiel aus allen Wolken. „Wie kann denn dies passieren?", fragte sie. Blöde Frage. Der Storch kam bestimmt nicht vorbei. Das sagte Betti selbstverständlich nicht, sie wollte ja keinen Streit vom Zaun brechen. Sie gab ihr jedoch auch keine Antwort auf diese Frage, denn wie wird man schwanger? Sollte sie jetzt sagen: „Na, weil ich mit Anton in die Kiste gegangen bin." Dann wäre Betti vor Scham im Erdboden versunken. Sie merkte so schon, wie ihr die Röte ins Gesicht stieg. So ein Thema mit der Mutter zu besprechen, ist schon anstrengend und peinlich genug. Doch dann hat sich ihre Mutter besonnen und fragte: „Und was machen wir jetzt?" Betti antwortete: „Dann wirst du eben frühzeitig Oma." Für Betti stand von vornherein fest, dass eine Abtreibung für sie nie in Frage käme. Dafür liebte sie Kinder einfach zu sehr, wollte sie ja auch eigentlich Krippenerzieherin werden, die Noten ließen es jedoch nicht zu. Der verlangte Durchschnitt lag unter 1,5 und ein Instrument spielen sollte man auch können. Von diesem Notendurchschnitt war Betti weit entfernt. Kein Wunder, denn Schule war ab der 8. Klasse, zweites Halbjahr, nicht mehr interessant. Sie tat nur das Nötigste. Doch nun bald selbst schon Mutter zu sein, mit diesem Gedanken konnte sie sich nicht anfreunden. Sie wäre zum Zeitpunkt der Entbindung gerade 17 Jahre alt. Ihre Mutter hatte wohl auch nicht an eine Abtreibung gedacht, sie machte sich darüber Gedanken, wo sie das Kinderbett hinstellen sollten. Und dann meinte sie noch: „Papa sagen wir erst mal nichts." Übrigens, dem Papa wurde so manches nicht erzählt. Betti war nun froh, dass dies geklärt war. Und so ist von ihr eine große Last abgefallen. Und diese Erleichterung wird es wohl gewesen sein, dass sich dann mit ca. vier Wochen Verspätung die Regel einstellte. Betti war in ihrem ganzen Leben noch nie so froh über die Regel. Sie rief durch das ganze Haus: „Ich hab sie, ich hab sie." Ihre Mutter war leicht irritiert und fragte: „Was hast du?" „Na die Regel, ich bin nicht schwanger", antwortete Betti. „Gut", meinte ihre Mutter, „dann können wir über die Pille reden", und war ebenfalls sichtlich erleichtert. Gut nur, dass sie dem Papa noch nichts gesagt hatten. Jetzt musste Betti dieses Gespräch mit der Pille noch über sich ergehen lassen, und ihre Mutter machte ihr den Vorschlag, einen Termin zu vereinbaren. Wenn sie wolle, so ihre Mutter, würde sie auch mit Betti dorthin gehen. *Bloß nicht*, dachte sich Betti, da will ich doch lieber alleine durch. Einige Tage später war auch Anton aus seinem Urlaub zurück, der ja von der ganzen Sache noch nichts wusste. Betti erzählte ihm alles, und Anton reagierte total gelassen. Er meinte: „Dann hätte ich das Babyjahr genommen." Ob dies nun ernst gemeint war oder nur so dahingesagt, weiß Betti nicht. Das Babyjahr gab es wirklich in der DDR seit 1976. Erst konnten die Mütter 6 Monate zu Hause bleiben, später dann sogar 12 Monate bei immerhin 80-prozentiger Lohnfortzahlung. Doch es war auch den Müttern zugedacht. Und Betti und Anton waren ja auch nicht verheiratet, sodass Anton eh keinen Anspruch gehabt hätte. Betti fand die Reaktion gut, er hat ihr keine Vorwürfe gemacht, so wie es einige Männer an sich haben und so tun, als ob sie nicht daran beteiligt gewesen wären. Und Betti war sich auch sicher, dass Anton sie nicht verlassen hätte, bloß weil sie schwanger war. Nur kurze Zeit später war Betti das erste Mal beim Frauenarzt. Sie war so aufgeregt, damals war dies noch in einer Poliklinik, und es gab wenigstens vier Kabinen, in welche die Frauen aufgerufen wurden. Dort wartete man noch mal bestimmt eine Viertelstunde, bevor es dann in den Untersuchungsraum ging. Gleich beim ersten Mal traf Betti eine Mitschülerin aus der Parallelklasse, diese wartete ebenso schon vor den Kabinen und wurde vor Betti aufgerufen. Da sie doch sehr jung aussah, und auch nicht besonders groß war, unterhielten sich die neben ihr stehenden Frauen über Bettis Mitschülerin und waren entsetzt, dass jetzt schon Kinder zum Frauenarzt gehen. Betti hat die Frauen dann aufgeklärt, dass dieses Kind fast 17 Jahre alt ist, und da sagte dann keine mehr etwas. Endlich wurde Betti aufgerufen, die Zeit in der Kabine schien auch nicht vorüberzugehen, doch dann war sie plötzlich im Untersuchungsraum und alles ging ganz schnell. Betti bekam ihr Rezept und ein paar gute Ratschläge der Ärztin mit auf den Weg, und kurz darauf war sie stolze Besitzerin der Pille. Betti war froh, dass es eine Frauenärztin war, zu einem Mann wäre sie gewiss nicht gegangen. Nun lag es an Betti, die Pille auch regelmäßig zu nehmen, denn mit den Kondomen war nun Schluss. Was für eine Verantwortung.

Das Ende der Schulzeit

Betti konnte sich nun wieder ganz ihren Prüfungen widmen. Sie bekam fünf mündliche Prüfungen ab. Das war nun die Quittung dafür, dass sie für die Schule nie Zeit hatte, da sie ja immer abends unterwegs war – bei Anton. So stand sie in den meisten Fächern Kippe. Nun hieß es, doch noch zu lernen. Der letzte Schultag war vorbei. Der letzte Schultag lief natürlich nicht normal ab. Alle Schüler der beiden 10. Klassen haben sich verkleidet, ihre Mappen aus der Grundschule wieder rausgesucht und getragen, und viele Mädchen hatten noch ein Kuscheltier mit. Die Mädchen hatte sich alle Zöpfe gemacht und trugen kurze Röcke, die Jungs trugen abgeschnittene Jeans und T-Shirt. Einige der Schüler hatten auch noch Trillerpfeifen mit, sodass man sie keinesfalls überhören konnte. Nach der Schule liefen alle noch durch die Stadt und trafen sich dann am Kulturhaus. Es wurde ein wenig Party gemacht, und so endete dann auch irgendwann der letzte Schultag. Ein bisschen Wehmut war schon dabei, obwohl sich alle freuten, endlich die Schule verlassen zu können und mit dem Berufsleben zu beginnen. Nun mussten die Schüler nur noch zu den Konsultationen in die Schule kommen. So hatte Betti tagsüber recht viel Zeit zum Lernen. Anton musste eh arbeiten, sodass Betti dann am Tag nicht abgelenkt wurde und abends Zeit für Anton hatte. Die Wochen vor der Prüfung waren schon sehr anstrengend, wusste ja keiner, was in den einzelnen Fächern so rankommen könnte. Also musste man wirklich sehr umfangreich lernen. Da Betti, wie gesagt, mit fünf mündlichen Prüfungen dabei war, zogen sich diese natürlich hin. So war sie in Deutsch, Mathematik, Russisch, Geografie und Chemie dran. Manchmal lag ein Tag Pause zwischen den Prüfungen, sodass sie etwa zwei Wochen mit ihren Prüfungen zu tun hatte. Die Angst vor jeder Prüfung war enorm, erst, als sie dann ihr Thema bekam, fiel eine Last von ihr. Sie hatte Glück, dass in den meisten Fächern ein Thema rankam, mit welchem sie sich beschäftigt hat. Nur in Deutsch bekam sie da Buch „Die Gewehre der Frau Carrar" von Bertold Brecht. Hierzu wurden ihr aus einzelnen Kapiteln Fragen gestellt, doch Betti wusste nicht so recht die richtigen Antworten. Die Deutschprüfung ist dadurch nicht gut gelaufen, obwohl Betti der Meinung war, die Zensur gibt ihre realen Deutschkenntnisse nicht wieder. Doch so war es nun mal. Wäre Betti zwei Jahre später zur Schule gekommen, wäre sie den Prüfungen entgangen, denn als die Wende kam, da fielen Prüfungen in der 10. Klasse erstmals aus. Von der Deutschprüfung mal abgesehen, hat sie dann alles gut gemeistert, und sie konnte ihre letzten Sommerferien genießen. Alle anderen aus ihrer Klasse haben die Prüfungen ebenso bestanden. Annett war natürlich Klassenbeste. Sie brauchte auch nicht so viele Prüfungen machen wie Betti, da sie ja in keinem Fach Kippe stand. Und lernen musste sie auch nicht. Ja, Annett war eben ein Naturtalent. Jetzt stand nur noch die Abschlussfeier an. Darauf freuten sich natürlich alle riesig. Endlich 10 Jahre Schule hinter sich lassen und in eine ganz neue Welt eintreten. Die Feier fand im Kulturhaus statt. Der Saal war inzwischen neu hergerichtet und vor wenigen Wochen erst eröffnet worden. Und so sah Betti auch an diesem Tag das erste Mal den Saal vom Kulturhaus. Betti und ihre Klassenkameraden konnten zu dieser Feier noch einige Leute einladen. So kamen natürlich ihre Eltern und ihr Bruder mit. Anton hatte sie ebenfalls eingeladen, doch dieser musste an diesem Tag noch arbeiten, obwohl die Feier an einem Samstag stattfand, und wollte dann abends nachkommen. Betti war so stolz, war sie doch die Zweite in der Klasse, die einen Freund hatte und der dazu noch erwachsen war. Er war zu diesem Zeitpunkt immerhin schon 20 Jahre. Betti zog zu dieser Feier sogar ein Kleid an. Dieses kaufte sie wieder in der Boutique, wo sie sich auch schon ihr Jugendweiheoutfit zugelegt hatte. Es war ein pinkfarbenes Kleid mit einem silbernen Schmetterling drauf. Hört sich schei… an, war aber todschick. Annett, Betti und noch eine Klassenkameradin hatten sogar eine Abschlusszeitung erstellt. Das war damals so üblich, und so trafen sich die drei etliche Wochen vor der Abschlussfeier und vor den Prüfungsvorbereitungen ein paarmal in der Woche und bastelten an ihrer Zeitung. Sie hatten unglaublich viel Spaß. Sie reimten Texte für jeden Schüler und jeden Lehrer, verwarfen wieder einige Ideen und fingen von vorne an. Selbst oder gerade im Unterricht hatten sie so manche Idee, wenn sie sich die Mitschüler und die Lehrer betrachteten und schrieben dies natürlich gleich auf, bevor die geniale Idee wieder verschwand. Irgendwann war alles fertig, die drei waren stolz auf ihre Zeitung. Es sollte jeder ein Exemplar bekommen. Da es früher noch keine Kopierer gab, mussten sie sich etwas einfallen lassen, wie jeder ein Exemplar bekommen könnte. Gut, dass es im Betrieb von Bettis Mutter so eine Art Vervielfältigungsmaschine gab. Dies wurde irgendwie gepaust, hat teuflisch gestunken, aber es hat funktioniert. Bettis Mutter bekam den Auftrag, sich um die Vervielfältigung zu kümmern. Immerhin mussten so an die 30 Exemplare für die Schüler und Lehrer gefertigt werden. Doch es klappte alles wie am Schnürchen. Als die Zeitung fertig war, setzten sich die drei Initiatoren nochmals zusammen und besprachen, was aus dieser vorgelesen werden sollte und wer welchen Passus übernahm. Der Tag der Abschlussfeier rückte immer näher, und die Aufregung bei Betti wuchs ebenso. Einmal, weil es ja einen offiziellen Teil gab, zum anderen, weil sie das erste Mal auf einer Bühne mit einem Mikrofon stand und etwas vorlesen sollte. Wie hätte sie dies im Vorfeld üben sollen? Sicherlich sprach sie zu Hause immer wieder den Text vor sich hin, prägte sich auch ihre Passagen gut ein, doch es waren keine Leute dabei. Und das war ja gerade die große Herausforderung. Sie wusste, dass vor der Bühne bestimmt an die 100 Menschen saßen und nach oben schauen würden. Nachdem der offizielle Teil erledigt war, kam ihr großer Auftritt. Als sie auf der Bühne stand, sah Betti erst mal, wie viele Leute da unten wirklich saßen und alle schienen sie anzustarren. So hatte sie sich die Situation auch vorgestellt, doch es machte die ganze Sache nicht besser. Betti versuchte, die Menschen da unten aus ihrem Gedächtnis auszulöschen und sich nur auf ihren Text zu konzentrieren. Die Mädels stellten sich noch das Mikrofon in die richtige Höhe ein, noch gab es ein bisschen Gemurmel im Saal, doch plötzlich war alles ruhig. Jetzt also ging es los. Betti war dazu noch die erste, welche aus der Zeitung vorlesen musste. Doch am Anfang musste sie die Leute begrüßen. Gut, dass sie sich den Text aufgeschrieben und gelernt hatte, so kam sie nicht ins Stolpern. Trotzdem war sie in diesem Moment froh, dass Anton noch nicht da war, es wäre ihr unangenehm gewesen. Was, wenn sie patzte? Doch schon nach ein paar Zeilen merkte Betti, dass die Aufgeregtheit nachließ, und es machte ihr zusehends mehr und mehr Spaß, das Ganze vorzutragen. Und die Mädels wechselten sich ja auch ab, sodass jede mal eine kurze Atempause hatte. Da ja zu jedem Schüler etwas gedichtet wurde, lasen sie diese Zeilen natürlich vor, und so manchen Eltern stand ein wenig das Entsetzen im Gesicht, was sie da über ihre Kinder hören mussten. Bei Betti stand Folgendes: „Bettis Liebe galt nicht so sehr der Schule, wo sie nur sitzen musste auf dem Stuhle. Sie wollte Besseres erleben und nicht nur nach Einsen streben." Bei Annett stand: „Über Annett kann man lobend sagen, sie vertrat die Klasse jährlich bei den Mathematikolympiaden. Zur Schule kam sie leider des Öfteren zu spät, weil sie morgens lieber etwas länger schläft." Bei Annett und Betti zusammen stand:

„Manchmal ist es zum Verzweifeln, wie der Lehrer uns verkennt, wenn er den Gedankenaustausch beispielsweise quatschen nennt." Anzeigen wurden ebenfalls „geschaltet". Hier stand bei Betti z. B. *Suche jemanden, der meinen endlosen Gesprächen geduldig zuhört.* Sie kann sich das heute gar nicht mehr erklären, hat sie wirklich so viel erzählt? Bei Annett stand: *Suche Weckinstrument, das mich mit 100%iger Sicherheit aus dem Traumland in die erste Schulstunde befördert.*

Als die drei mit ihrer Zeitung fertig waren, hätte Betti noch mehr vorlesen können, so einen Spaß hatte es ihr bereitet. An den Reaktionen der Zuhörer erkannten sie auch, dass die Zeitung gut ankam, es gab zwischendurch immer mal wieder Gelächter, und so wurde die Zeitung ein großer Erfolg. Der Applaus war ihr Lohn. Gut, dass sie viele Exemplare gepaust haben. Selbst einige Lehrer wollten die Zeitung haben. Nach dem Vortragen der Zeitung konnte dann so richtig gefeiert werden. Betti amüsierte sich prächtig, doch sie hielt immer nach Anton Ausschau, bis er endlich sehr spät, es war wohl schon kurz vor Mitternacht, kam. Sie war darüber ganz schön verärgert, zumal sie merkte, dass er schon etwas getrunken hatte. Er war wohl vorher schon mit Arne losgezogen. Die Feier war bis zu diesem Zeitpunkt wirklich toll gewesen, doch Anton versaute mal wieder alles. Er nahm gleich an der Bar Platz und bestellte sich noch was zu trinken. Betti ging zu ihm hin, um ihn zu begrüßen, merkte jedoch, dass es besser war, ihm aus dem Weg zu gehen. Sie sagte ihm zwar noch, dass sie es nicht toll fand, dass er so spät gekommen war, doch dabei beließ sie es, denn sie hatte keine Lust, sich mit ihm in diesem Zustand zu streiten, schon gar nicht vor den ganzen Mitschülern und Lehrern, und außerdem wollte sie sich ihre Feier nicht verderben lassen. Sie wusste genau, wie es ablaufen würde. Sie hätte ihm Vorwürfe gemacht, warum er schon etwas getrunken hat, und Anton hätte das Ganze wieder abgewiegelt und Betti wenig Beachtung geschenkt, wie er es meistens tat. Um sich hiervon abzulenken und sich nicht zu ärgern, unterhielt sie sich mit Timo 2, der zur späteren Stunde auch noch aufgekreuzt war. So saß sie mit Timo 2 ebenfalls an der Bar, Anton in ihrer Nähe, und Betti genoss es, ihn so richtig eifersüchtig zu machen. Sie trank mit Timo 2 Cocktails, und unterhielt sich wirklich toll mit ihm. Betti trank selbstverständlich alkoholfreie Drinks. Da Timo 2 vor Kurzem Vater geworden war, redeten sie natürlich auch lange über Kinder. Betti merkte schon, dass Anton sie beobachtete. Irgendwann wurde es Anton wohl zu viel, und er ist wütend abgehauen. Betti war nur froh, dass er sich nicht prügelte, und dass er diesmal derjenige war, der wütend davongerannt ist. Doch in dem Moment, als Anton nach Hause gegangen ist, hatte Betti irgendwie auch keine Lust mehr zu feiern. Sie dachte sich zwar, jetzt kann er mal sehen, wie das ist, wenn man wütend abhaut, doch sie musste trotzdem nachsehen, ob er wirklich gegangen oder einfach nur von der Bar in den Saal zurückgekehrt war. Sie sagte Timo 2, dass sie mal für kleine Mädchen müsse. Sie wollte ihm nichts von Anton vorheulen, denn er hat ihr schon so oft zur Seite gestanden, wenn sie mal wieder Krach mit ihm hatte und es ihr nicht gut ging. Er war auch derjenige, der mal zu ihr sagte, ob sie wirklich Anton heiraten wolle, Kinder bekommen, und dann das ganze Leben mit ihm verbringen möchte. Sie hätte doch was Besseres verdient. In dem Moment wusste Betti gar nicht, was sie sagen sollte. Ja, ihr Plan war, ihn zu heiraten usw. Sie ahnte zu diesem Zeitpunkt nicht, dass Timo 2 sie gut fand und was von ihr wollte. Na ja, das war ja bei Betti normal. So was bemerkte sie meistens nicht. So ging sie jetzt zur Toilette, doch nur, um nachzusehen, ob Anton sich dort noch irgendwo rumtrieb. Da Anton schräg gegenüber vom Kulturhaus wohnte, ging Betti schnell über die Straße und schaute nach, ob in seinem Zimmer Licht brannte. Er war also wirklich nach Hause gegangen. Doch Betti machte diesmal keine Anstalten, zu ihm zu gehen, um mit ihm über den Abend zu diskutieren. Es war immerhin ihre Abschlussfeier, und da hätte er sich ja mal zurücknehmen bzw. benehmen können. So ging sie wieder zurück zum Saal. Sie überlegte zwar, ob es wirklich so gut war, Anton so eifersüchtig zu machen. Doch es war jetzt so wie es war und ließ sich nicht ändern. Timo 2 saß natürlich immer noch an der Bar und wartete. Sie dachte: *Ach, wäre Anton doch so wie Timo 2.* Da nach dieser Aktion ihre Feierlaune *da*hin war, erklärte sie ihm, dass sie müde wäre und nach Hause möchte. Doch dieser ließ sie nicht einfach so gehen, er sagte ihr, dass er sie nach Hause bringen würde, es lag eh auf seinem Weg und so konnte er mit Betti noch ein wenig allein sein. Er war wirklich ein guter Freund, er hat gemerkt, was da mit Anton vor sich ging und fragte sie danach. Betti hat dann doch wieder ihr Herz ausgeschüttet. Timo 2 redete nicht um den heißen Brei, und so gab er ihr wieder zu verstehen, dass er nicht nachvollziehen kann, wie sie das mit Anton so aushält. Sicherlich hatte sie es ebenso bemerkt, dass sie sich mehr stritten als vertrugen, aber sie wäre nicht auf die Idee gekommen, ihn zu verlassen, zumal sie es bereits einmal getan und bitter bereut hatte. Er war ihre große Liebe. Sie war immer noch der Meinung, wenn sie 18 ist, dann wird sie Anton heiraten und Kinder bekommen. Betti war aber froh, dass Timo 2 jetzt an ihrer Seite war, der sie dann aber doch noch tröstete. Dies sollte auch nicht das letzte Mal sein. Als Betti dann im Morgengrauen zu Hause ankam, verabschiedete sie sich von Timo 2, dankte ihm noch für seine Geduld, dann ging sie todmüde ins Bett und dachte noch immer an die Worte von Timo 2, ob sie dies ein Leben lang so machen wollte. Doch über diese Gedanken schlief sie ein, und am nächsten Tag sah die Welt schon wieder besser aus. Am Morgen dachte sie nicht gleich an Anton, sondern wie schön der Abend war. Trotz allem hat sie den Abend genossen. Sie hat viel mit Annett und ihren Mitschülern und Mitschülerinnen getanzt und sogar mit ihrem Klassenlehrer. Sie hatten sich ja nach der 9. Klasse wieder vertragen, und irgendwann fragte er sie, ob sie denn ein Tänzchen mit ihm zur Abschlussfeier wagen würde. Natürlich hat sie zugesagt, und so wollte sie nun auch ihr Versprechen einhalten und forderte den Lehrer zum Tanz auf. Auch wenn es nur ein Lied war, es war sehr schön. Und dass mit Anton würde sich ebenfalls wieder fügen. Und Betti sollte Recht behalten. Am Nachmittag radelte sie zu ihm hin. Sie diskutierten zwar noch über den gestrigen Abend. Anton verstand Betti nicht so richtig, er war doch schließlich bei ihrer Feier gewesen, und so viel getrunken hatte er ja seiner Meinung nach nicht. Sie sah dies ein wenig anders, doch er schaffte es immer wieder, dass sie ihm verzieh. Außerdem hatte Betti nun die letzten Ferien vor sich, diese Zeit wollte sie so gut es ging mit Anton verbringen, bevor ihre Lehre begann, und sie die Woche über nicht zu Hause sein würde. Wenn sie daran dachte, bekam sie schon jetzt Heimweh und dachte, wie sie eine Woche, genauer gesagt, fünf Tage, ohne ihn aushalten sollte.

Urlaub an der Ostsee

Betti hatte nun also ihre letzten acht Wochen Ferien, und so kam es, dass ihre Mutter ihr erlaubte, mit Anton für eine Woche an die Ostsee zu fahren, um zu zelten. Denn damals bestand Bettis Mutter darauf, dass sie, solange sie zur Schule geht, nicht bei Anton übernachten durfte, geschweige denn mit ihm über Nacht wegfahren durfte. Betti freute sich so darauf, mit Anton allein und das erste Mal in den Urlaub zu fahren. Kein Arne dabei, der ihn vielleicht wieder verführen könnte, durch die Kneipen und Clubs zu ziehen, bis es wieder in eine Schlägerei endete. Denn wenn die beiden unterwegs waren, passierte es des Öfteren. *Aber ohne Arne konnte es eigentlich nur schön werden*, dachte Betti noch ganz zuversichtlich. Anton nahm Urlaub. Dieses Mal kam auch keine Auszeichnungsreise ihres Vaters dazwischen. Ihre Eltern wollten dieses Jahr mit Verwandten für zwei Wochen Ende August, Anfang September in den Urlaub nach Ungarn fahren. Fand Betti gut, denn sie musste ja nicht mit. Wäre auch nicht gegangen, da sie ja schon Anfang September ihre Lehre begann. Und so packte Betti einen Tag vor der Abreise mit Anton ihre Sachen in einen Rucksack. Viel konnten sie nicht mitnehmen, da sie ja mit dem Motorrad fahren wollten, und das Zelt ebenfalls noch seinen Platz finden musste. Da das Wetter schön war, und der Wetterbericht für die Woche nichts anderen voraussagte, brauchten sie eh nur leichte Bekleidung, sodass sie alles gut verstauen konnten. Anton kannte den Zeltplatz schon, und so brachen sie eines Vormittags auf, natürlich nicht ohne, dass ihre Mutter beiden noch gute Ratschläge mit auf den Weg gab. Sie sollten schön vorsichtig fahren usw. Bei Antons Eltern verabschiedeten sie sich ebenso, und von dort kamen dann noch mal die gut gemeinten Ratschläge. Die Ostsee war schon etwas weit entfernt, und so lange war Betti noch nie auf dem Motorrad mitgefahren. So anstrengend es war, so schön war es doch. Sie konnte sich an ihn schmiegen und sich bei ihm festhalten. Und in die Kurven legte sie sich ebenfalls mit rein, so wie Anton ihr diesmal erklärt hatte. Von der Natur ringsherum bekam Betti jedoch nicht viel mit, da sie ihren Superhelm und die Skibrille aufhatte. Doch das war ihr eh egal, die Hauptsache war, dass sie sich an Anton festhalten konnte. Als sie ankamen, meldeten sie sich beim Zeltplatzwart an. Freie Plätze gab es zwar noch, doch die meisten waren ungünstig gelegen. Ein guter Platz fand sich auch für die beiden nicht mehr, so blieb ihnen nur noch ein Plätzchen nahe der Straße. Viel Raum benötigen sie nicht, da ihr Zelt nicht groß war, ein Zweimannzelt halt. Hier konnte man auch nicht stehen, es ging nur im Kriechen rein und wieder raus. Dadurch, dass dieses Zelt klein und handlich war, ging das Aufbauen ziemlich fix. Rings um sie hatten vielen junge Leute ihre Zelte aufgebaut, sodass es nicht schwer war, hier Anschluss zu finden. Sie verstauten nach dem Aufbauen des Zeltes ihre wenigen Sachen und gingen kurzerhand auf Erkundungstour. Das Motorrad wurde an diesem Tag nicht mehr benutzt, beiden tat dann doch der Hintern weh. Für Betti war dies Abenteuer und Aufregung zugleich. Anton zeigte Betti ein bisschen die Gegend. Sie gingen zu Fuß, und Betti genoss die Zweisamkeit. Erst am späten Abend kamen sie zurück auf den Zeltplatz. Unterwegs aßen sie noch eine Kleinigkeit, denn Lebensmittel hatten sie nicht eingepackt. Gerade mal einen kleinen Campingkocher, wo Anton seinen Kaffee morgens zubereiten konnte. Betti trank solch Zeug noch nicht. So ging der erste Tag vorbei, Betti fand es wunderbar, auch dass sie sich mit Anton noch nicht gestritten hatte. So verbrachten beide ihre erste gemeinsame offizielle Nacht zusammen. *Schön*, dachte sich Betti, *dass das Zelt so klein ist.* Irgendwann sind sie dann eingeschlafen und mit den ersten Sonnenstrahlen und dem Vogelgezwitscher und natürlich mit dem Straßenlärm wieder erwacht. Nach der Morgentoilette und dem Frühstück, welches sie sich in dem Konsum auf dem Campingplatz holten, machten sie sich auf dem Weg zur Ostsee. Da das Wetter nicht schöner sein konnte, fuhren sie jeden Tag mit dem Motorrad zur Ostsee, zu

Fuß wäre es zu weit gewesen, aber so waren sie schnell da. Sie lagen am Strand, faulenzten, badeten zusammen und alberten herum. Anton zeigte Betti auch einen abgelegenen See, wo wirklich keiner hinkam. Er lag etwas tiefer gelegen mitten im Wald, und es sah einfach nur schön aus. Dort waren sie total ungestört, sie genossen die Ruhe und badeten so ganz allein im See und freuten sich über ihre Zweisamkeit. Die Tage waren wirklich sehr schön, nur an den Abenden fingen sie meistens wieder an, sich zu streiten. Anton hätte sich gar nicht mit Betti gestritten, wenn diese ihn nicht immerzu mit der blöden Trinkerei genervt hätte. Abends gingen beide immer zum Essen in die nahe gelegene Gaststätte. Anton trank dann seine Biere, Betti ihre Cola. Auf dem Nachhauseweg zum Zeltplatz war die Stimmung meist schon dahin. Und auf dem Zeltplatz gab es noch genug Leute, die dort noch feierten und ihr Lager unweit von den beiden aufgeschlagen hatten. Da es auf den Zeltplätzen im Allgemeinen sehr locker zuging, wurden sie natürlich abends noch eingeladen, einen mitzutrinken. Dies passte Betti ganz und gar nicht. Sie konnte nicht mal so tun, als ob sie sich über die Einladung freuen würde. Man merkte ihr sofort an, dass es ihr gegen den Strich ging. Einige hielten sie dann eben für eine Zicke und Anton feierte noch mit. Vielleicht war Betti auch zu überempfindlich, aber aus damaliger Sicht konnte sie damit nicht umgehen. Anton machte wiederum keine Anstalten, Betti nur ein bisschen zu verstehen, er war dann wieder der Sturkopf und ignorierte sie einfach. Selbst, wenn sie ihm gesagt hätte, dass sie jetzt nach Hause fährt, es wäre ihm wohl egal gewesen. Über diese Sturheit ärgerte Betti sich nur noch mehr. Doch sie konnte nicht auf heile Welt machen, wenn sie sauer war. Sie kroch dann in das Zelt und stellte sich schlafend. In Wirklichkeit konnte sie gar nicht schlafen, so wütend war sie. Vom Lärm um sie herum mal ganz abgesehen. Am liebsten wäre sie wieder abgereist. Aber wie denn? Sie war nun mal auf Anton angewiesen. Selbst wenn sie die Möglichkeit zur Abreise gehabt hätte, sie wusste, dass sie sich weiterhin ärgerte, und Anton würde die Zeit auch ohne sie verbringen und hätte seine Ruhe. Und außerdem redete Betti sich ein, dass die Tage ja immer schön und lustig waren. Betti versuchte Tag für Tag das Beste aus diesem Urlaub zu machen, doch als dieser zu Ende ging, war Betti auf der einen Seite froh, dass es endlich wieder heimwärts ging, doch auf der anderen Seite war sie schon ein wenig traurig. Immerhin war ihre Zweisamkeit jetzt vorüber und eine weitere Woche Ferien ebenso. Doch die Lehrzeit schob Betti noch weit von sich. Jetzt hieß es erst mal Sachen packen, Zelt abbauen und den ganzen Weg wieder nach Hause fahren. Zu Hause wieder angekommen, schmiss sie ihre Sachen in ihr Zimmer und radelte schnellstens zu Annett, um ihr von ihrem Urlaub zu berichten und natürlich, um auch zu hören, was es zu Hause Neues gab. Denn immerhin hatten sie sich eine Woche nicht gesehen oder gehört. Die beiden Mädchen konnten sich wirklich stundenlang unterhalten. Ihnen gingen die Themen nie aus. Tagsüber verbrachte Betti viel Zeit mit Annett, denn sie hatten, wie gesagt, ihre letzten Ferien. In dieser Zeit fotografierten sie viel, meistens sich gegenseitig. Es machte ungeheuren Spaß. Eines Tages machten sie wieder wunderbare Fotos von sich, sie suchten immer nach neuen Motiven, hatten wirklich schöne Hintergründe gefunden. Der Film war voll, und sie wollten diesen aus dem Fotoapparat entfernen und einen neuen Film einlegen. Doch es klemmte. Sie hantierten so lange mit diesem Film herum, bis er rausfiel und der ganze Film hinüber war. Das war natürlich sehr ärgerlich. Gut, dass sie oft Fotos machten, so hatten sie noch genug davon. Manchmal waren sie auch einfach nur in der Stadt unterwegs, bummelten durch den Park, saßen auf einer Parkbank, schauten den vorübergehenden Leuten hinterher und aßen Eis. Viel konnte man eh nicht machen. Es gab zwar noch ein Kino, doch so wirklich tolle Filme kamen hier selten. Aber das Kino hatte ein Flair von einer anderen Welt. Im vorderen Bereich des Kinos war die Kasse, dann ging man einen Flur entlang, der hinab zum Kinosaal führte. Es war immer ein tolles Gefühl, im Dunkeln dort zu sitzen und zu warten, bis der Film gezeigt wurde. Als Kind war Betti öfter dort, doch im jugendlichen Alter gab es nicht viele Filme, die sie interessierten.

Eines Abends, es war unter der Woche, und Anton wollte nicht mit, da er nächsten Tag arbeiten musste, waren beide dann allein im neuen Jugendclub, und so bestellten sie das erste Mal eine Flasche Wein – lieblich. Damals wussten sie noch nicht, dass einem vom lieblichen Wein ganz schön der Schädel brummen konnte. Nachdem jede ein Glas getrunken hatte, merkten sie schon, dass etwas anders war. Annett meinte zu Betti: „Du schielst ja." Diese eine Flasche Wein hat jedenfalls gereicht. Sie haben sie nicht mal komplett leer gemacht. Beim Tanzen haben sie dann gemerkt, dass sie einen intus hatten. Als beide dann noch nach Schlagermusik getanzt haben und ordentlich drehen wollten, ging das voll in die Hose. Sie schlugen fast hin. An diesem Abend konnten sie sagen, dass sie das erste Mal betrunken waren. Am nächsten Tag hatten sie natürlich Kopfschmerzen. So schworen sie sich, dass sie solch Zeug nicht mehr trinken wollten. Doch bei diesem einen Mal ist es nicht geblieben. An einem Abend hatten beide so viel getrunken, dass Betti sich zu Hause übergeben musste. Ihre Mutter musste ihr den Kopf über der Toilette festhalten. Dann rief auch noch zu allem Unglück Annetts Mutter in der Nacht an und fragte Bettis Mutter, ob diese schon zu Hause sei. Annett war noch nicht da. Bettis Mutter hat versucht, etwas von ihr zu erfahren, doch Betti war zu betrunken, sie hat kein Wort rausgebracht. Am nächsten Tag zur Mittagszeit klingelte es bei Betti an der Tür. Vor ihr stand Annett. Sie bat Betti, mit ihr nach Hause zu kommen, da sie über Nacht nicht zu Hause war. Und wenn Betti mitkäme, dann würde Annetts Mutter nicht so doll schimpfen, dachte sie. Annett hatte die Nacht bei irgendeinem Typen verbracht, in den sie gerade verliebt war. Betti war ja ihre Freundin und für sie selbstverständlich, dass sie mitkam. Unterwegs überlegten sie noch, was sie Annetts Mutter erzählen wollten. Die Ausrede, dass sie bei Betti geschlafen hatte, fiel aus, da Annetts Mutter in der Nacht bei Betti ja angerufen hatte, und Bettis Mutter ihr gesagt hat, dass Annett nicht bei ihnen ist. Ihnen fiel bis nach Hause jedoch nichts Gescheites ein. Sie hätte sich ihre Überlegungen sowieso sparen können, denn als sie bei Annett zu Hause ankamen, war ihre Mutter im Flur und hat Annett wie Luft behandelt und zu Betti gesagt: „Na, hast du wieder ausgenüchtert?" Betti hatte also ihr Fett weg und Annett war fein raus. Da Annetts Mutter ja ansonsten wirklich eine tolle Frau war, war die Geschichte nach ein paar Tagen schon wieder vergessen. Annett und Betti wollten auch mal das Rauchen ausprobieren. Das haben sie dann bei Annett zu Hause gemacht. Ihr Vater war Raucher, und so war es kein Problem, an Zigaretten zu kommen. Sie probierten in Annetts Zimmer. Sie zündeten sich eine Zigarette an, und jede zog mal dran immer im Wechsel. Zu sagen, es schmeckte nicht, wäre untertrieben gewesen, es war einfach nur eklig. Und sie haben nicht mal auf Lunge geraucht, sondern nur „gepafft". Als sie beide die Zigarette probierten, hörten sie, wie Annetts Mutter die Treppe nach oben kam. Da diese doch sehr füllig war, dauerte es eine Weile, bis sie oben ankam und das Zimmer betrat, und so hatten beide noch Zeit, die Zigarette verschwinden zu lassen. Diese flog in einen Blumentopf. Das Fenster hatten sie vorsorglich schon aufgemacht. Als ihre Mutter dann in das Zimmer sah, fragte sie, ob alles in Ordnung ist. Sie Mädchen antworten knapp: „Alles gut." Die Mutter tat so, als bemerkte sie nichts, aber sie hat es wohl gerochen. Betti hat nie angefangen zu rauchen, Annett mit 17 Jahren so richtig. Betti hat immer gedacht, mit 17 muss man ja nun auch nicht mehr damit anfangen, das hätte sie dann schon mit 14 machen müssen, wie alle anderen auch. Betti bedauerte dies sehr, dass ihre Freundin nun rauchte. Doch sie konnte Annett davon nicht abhalten.

Der letzte Sommer

Es war jetzt der dritte Sommer, welchen Betti mit Anton verbrachte und wie erwähnt, waren es Bettis letzte Ferien. Was sie zu diesem Zeitpunkt noch nicht wusste, es sollte auch der letzte Sommer sein. Bettis Eltern waren für zwei Wochen in den Urlaub nach Ungarn gefahren, das erste Mal, dass sie ins Ausland fuhren. Die Idee hierzu hatte der Onkel von Bettis Mutter. Er und seine Frau waren schon des Öfteren in Ungarn und hatten auch immer die gleiche Unterkunft. Denn in das sozialistische Ausland durfte man als DDR-Bürger ja reisen. Die Begeisterung bei Bettis Eltern war groß, verbrachten sie doch seit Jahren den Urlaub an der Ostsee oder im Harz. Und jetzt, wo die Kinder groß sind, dachten sich die zwei, gönnen wir uns doch diesen Urlaub in Ungarn. Sie bereiteten alles vor, packten auch Lebensmittel ein und organisierten alles sehr vorbildlich. Die Route wurde vorher auf der Landkarte einstudiert. Bei Reisen war es immer so, dass Bettis Vater fuhr, ihre Mutter hatte zwar auch den Führerschein, doch nachdem ihr Vater ihre Mutter mal so angebrüllt hatte beim Fahren, entschied sie sich, nur noch Beifahrerin zu sein. Und als Beifahrerin hatte man immer die Landkarte auf dem Schoß, wenn es weiter weg ging und die Strecke nicht bekannt war. Manchmal kam es auch vor, dass sie sich verfuhren, dann hielt Bettis Vater an, kurbelte das Fenster runter und fragte den nächstbesten Passanten nach dem Weg. Bettis Mutter hat dies nie getan, ihr war das zu peinlich. Ihr Vater sagte dann immer, wenn er Männer ansprach: „Sag mal Meister, wo geht es denn nach …" Nun traten sie ihre Reise mit dem Wartburg nach Ungarn an, der Onkel und die Tante wurden abgeholt, und sie fuhren erst bis Tschechien. Dort übernachteten sie in einem vorher ausgewählten Hotel, und am nächsten Tag ging es weiter nach Ungarn, genauer gesagt nach Boglárlelle an den

Balaton. Sie nahmen noch einen Kanister Benzin mit, da der Spritpreis in Ungarn enorm hoch war. Betti und ihr Bruder konnten es kaum erwarten, dass sie sturmfrei hatten. Und Betti war froh darüber, dass sie dieses Jahr tatsächlich nicht mehr mitmusste. Einige Freunde von ihr hätten es sich nicht nehmen lassen, mal nach Ungarn zu fahren. Sie konnten es gar nicht verstehen, dass Betti dies ablehnte. Doch Betti fand es spannender, mit Anton mal ein paar Tage so ganz unbeaufsichtigt zu verbringen. Sie war eben nicht sonderlich erpicht darauf, ins Ausland zu kommen. Das war bei der Reise in die Sowjetunion schon so. Sie konnte jetzt machen, wonach ihr der Sinn stand, und dies war für Betti Freiheit pur, keine Reise nach Ungarn. Betti konnte endlich bei Anton übernachten, und Remo gab so einige Partys zu Hause. Da ging die Post ab. Remo feierte sehr gern, er hatte viele Kumpels, die dies ebenso gerne taten, und da bot sich das Zuhause von Remo und Betti wunderbar an. Was da des Öfteren los war. Betti staunte manchmal nicht schlecht, wenn sie sah, was für ein Chaos herrschte, so lag einer mal im Wohnzimmer, das Bier auf den guten Teppich ausgegossen. Der Typ ist im Sessel eingeschlafen, die Bierflasche noch in der Hand, doch leider verkehrt herum, sodass das Bier auf den kuscheligen beigefarbenen Teppich auslief. Wie sollte der Fleck denn je wieder rausgehen? Das war der erste Gedanke, welcher Betti durch den Kopf schoss, als sie dies sah. Der nächste lag im Ehebett, ein anderer machte es sich in ihrem Bett gemütlich und meinte noch zu Betti: „Kannst dich doch mit reinlegen, Platz ist hier genug." Von wegen Platz. Das war eine Liege mit einer Fläche von ca. 90 cm x 2 m groß. Da passten ja nun wirklich keine zwei Mann rein, es sei denn, es wäre Anton gewesen. Aber so war Betti dafür nicht zu haben. Nur gut, dass sie genug Schlafgelegenheiten hatten und Betti ausweichen konnte. Ein anderes Mal schlief Betti bereits, als sie im Nebenzimmer ein komisches Geräusch hörte. Da die Tür zu diesem Zimmer immer aufstand, konnte sie so rüber blicken, was dies wohl für ein Geräusch war. In der Ecke des Zimmers stand Timo, in welchem sie mal sehr verliebt war und, sie glaubte ihren Augen nicht zu trauen, er pinkelte in die Ecke auf den guten Dielenboden. Er war so betrunken, dass er wohl annahm, er sei auf Toilette. Betti konnte in diesem Moment sowieso nichts mehr ändern, also ließ sie ihn zu Ende pinkeln und dachte nur, dass sie ihm dies am nächsten Morgen zeigen würde, und er diese Schweinerei mal gleich wegmachen kann. Und sie hoffte inständig, dass er nicht noch in das Zimmer kotzte. Das blieb jedoch aus. Doch mit Wegmachen des Urins am nächsten Morgen bzw. Mittag war nichts mehr. Die Flüssigkeit wurde von den Holzdielen aufgesogen. Man sah rein gar nichts mehr. Betti hat es ihm aber trotzdem unter die Nase gehalten, was er in der Nacht angestellt hatte. Sie hoffte, dass es ihm peinlich war, was jedoch nicht der Fall zu sein schien. Denn Timo konnte sich daran nicht mehr erinnern, also was sollte ihm da peinlich sein. Nur gut, dass von alledem die Eltern nichts mitbekamen. Denn es wurde – so gut es ging – im Nachhinein ordentlich aufgeräumt, der Fleck im Teppich ging jedoch wirklich nicht mehr komplett heraus. Da ließ sich Bettis Bruder eine Ausrede einfallen, schließlich waren es ja seine Kumpels. Betti war bei den Feiern immer nur anwesend bzw. stieß erst zu einem späteren Zeitpunkt dazu. Und als Mädchen machte man sich doch schon mehr Gedanken darüber, wie man das Ganze wohl wieder in Ordnung bekäme, ohne dass etwas bemerkt wird. Ihr Bruder war da etwas entspannter. Zum Partymachen bot sich im Sommer ebenfalls die Dachterrasse wunderbar an. Diese war groß, und es stand eine selbstgebaute Hollywoodschaukel drauf. So eine Schaukel hatte kein anderer. Diese wurde selbstverständlich von Bettis Vater gebaut, der ja beim Konsum Tischler war, und dort alles reparierte, was so anfiel. Das einzige Manko war jedoch, dass es von der Wohnung bis auf die Dachterrasse außerordentlich weit war. Denn zwischen Wohnung und Terrasse ging es noch über einen nicht ausgebauten Dachboden. Aber egal, ansonsten war es dort super zum Feiern. Der Blick fiel in den Garten. Was noch nicht wirklich gut war, es gab hier kein Geländer. So mussten die Jungs schon ordentlich aufpassen, dass sie nicht von der Dachterrasse fielen, wenn sie einen zu viel intus hatten. Gott sei Dank ist hier nie etwas passiert. Die Partys auf der Terrasse waren to-

tal hipp. Eines Abends lud Remo wieder alle Kumpels ein, und
Betti und Anton sollten diesmal ebenfalls kommen. Das Blöde
war nur, dass Anton und Betti schon zu Mittag in der Gaststätte, in welcher ihre andere Oma arbeitete, zum Essen waren. Die
Oma hatte beide eingeladen. Da begann Anton schon das erste
Bier zu trinken. Bis zum Abend waren es dann schon einige. Da
es an diesem Tag auch noch sehr warm war, brauchte er gar nicht
so viel Alkohol, um schnell betrunken zu werden. Betti passte
dies natürlich gar nicht. An diesem Abend konnte sie die Party
nicht wirklich genießen, da sie sah, wie viel Anton trank. Und
sie wusste, wie das Ganze wieder enden würde. So hatte sie immer den Blick zu Anton gerichtet und merkte immer mehr, wie
es in ihr „kochte". Der merkte dies natürlich und wurde dann
nur noch sturer, und auf dieser Party gab er sich dann ordentlich
die Kante. Zwischendurch ist er sogar eingeschlafen, was Betti
zwar nicht toll fand, aber so konnte er wenigstens nichts mehr
trinken. Betti war inzwischen schon wieder so sauer auf Anton,
zumal sie sah, wie er den Kopf so auf dem Tisch hatte, und sagte dann zu den anderen: „Wenn er aufwacht, bekommt er nichts
mehr zu trinken." Und just in diesem Moment ist er aus seinem
Schlaf erwacht, hat den Satz sogar mitbekommen, gegrinst und
geantwortet: „Das werden wir ja sehen." Und forderte sich gleich
ein Bier. Betti konnte sich jetzt nicht mehr zurückhalten und
sagte sehr zornig und resolut zu ihm: „Wenn du jetzt noch etwas trinkst, dann kannst du gehen." Anton war überrascht von
Bettis Aussage, damit hatte er wohl nicht gerechnet, doch dieser
Satz war für Anton zu viel. Vor allen Leuten hatte sie ihn bloß-
gestellt, so sah er es jedenfalls. Er stand ganz langsam von seinem
Stuhl auf und verließ torkelnd die Party. Betti war darüber so
erschrocken, denn das kannte sie von Anton nicht. Normalerweise ignorierte er sie, und eigentlich hätte sie auch jetzt damit
gerechnet, dass er wieder einen dummen Spruch abläss und dann
weitertrinkt. Dies war das erste Mal, dass Anton wirklich das
machte, was sie sagte. Doch es dauerte nicht lange, da kamen ihr
die ersten Zweifel. Hätte sie lieber nichts sagen sollen? Die anderen schauten genauso entgeistert und fragten sie, was sie denn

da getan hätte. Doch das konnte Betti jetzt nicht auch noch gebrauchen, dass die anderen sie in ihrem Zweifel stärkten. Für Betti war die Party nun ebenso gelaufen, davon mal abgesehen, dass ihr ohnehin schon den ganzen Abend über nicht nach feiern war. Ihr war mit einem Mal so flau in der Magengegend. Und so verließ sie die Party, bis zu ihrem Zimmer war es ja nicht so weit. Sie schaute sich noch in der Wohnung um, ob Anton sich vielleicht dort irgendwo hingelegt hatte, doch die Wohnung war leer. Er war tatsächlich fort. Zurück in ihrem Zimmer schmiss sie sich aufs Bett und dachte immerzu an das Geschehene. Die Tränen kullerten nur so über ihre Wangen, sie war wütend auf Anton und auf sich selbst. An Schlaf war nicht zu denken, sie hoffte, dass es schnellstmöglich morgen werden würde, und sie mit Anton im nüchternen Zustand noch mal die Sache klarstellen konnte. Dass es wirklich so schlimm werden würde, ahnte Betti nicht, obwohl sie ein mulmiges Gefühl hatte. Sie wusste nur, dass es schwierig wird, die Sache wieder in Ordnung zu bringen. Am nächsten Tag fuhr Betti zu ihm, die Oma machte wie immer die Tür auf und sagte ihr, dass Anton nicht da sei. Sie wisse auch nicht, wohin er gegangen ist. Betti konnte es sich schon denken, bestimmt war er bei Arne, doch zu ihm wollte sie nicht gehen, denn dort konnte sie mit Anton nicht über die vergangene Nacht ungestört reden. Und Arne würde sich einmischen und Anton eh Recht geben. Also radelte Betti wieder nach Hause, in der Hoffnung, dass Anton sich melden würde. Doch er ließ nichts von sich hören, es vergingen weitere drei Tage, ohne dass Betti mit ihm etwas klären konnte. Betti hatte nicht mal die Chance, irgendwie an ihn heranzukommen. Er war einfach nicht zu Hause, wenn sie zu ihm fuhr. Selbst der Oma ist es aufgefallen, dass mit beiden etwas nicht stimmte. Sie konnte ihr leider nur sagen, dass Anton nicht zu Hause sei und schaute dann Betti mit einem traurigen Gesicht an. Betti ging es in diesen Tagen sehr schlecht. Sie war so ohnmächtig, da sie nichts machen konnte, und sie ahnte irgendwie, dass es vielleicht das Ende sein kann. Doch diesen Gedanken schob sie immer wieder schnell beiseite, sobald sich dieser in ihr Gehirn grub. Also blieb ihr nur die Hoffnung, dass Anton noch zur Besinnung kommt. Als er dann plötzlich nach Tagen bei ihr zu Hause auftauchte, dachte Betti, jetzt würde alles wieder in Ordnung kommen. Er brauchte die Tage, um sich zu beruhigen und sein angekratztes Ego aufzupolieren. Und dieses Mal würde er Betti verzeihen, so, wie sie ihm immer verziehen hatte. Doch Irrtum. Als es an der Tür klingelte, Betti diese öffnete und Anton vor ihr stand, sah sie seinen versteinerten Gesichtsausdruck. Er war Betti gegenüber eiskalt. Kein Anflug von Versöhnung. Er gab ihr zu verstehen, dass er nur seine Jeansjacke und sein Schlüsselbund holen wolle, doch die Sachen waren nicht da.

Die Dachterrasse war längst aufgeräumt, und es waren keine Jacke und kein Schlüsselbund übriggeblieben. Er beschuldigte Betti, dass sie die Jacke und den Schlüssel hätte und ihm diese nicht geben wolle. Sie war total verwundert über seine Äußerung. Und wenn Betti seine Jacke und seinen Schlüssel gefunden hätte, dann wäre sie doch daran interessiert gewesen, ihm diese zu bringen, schon allein aus dem Grund, dass sie sich mit ihm aussprechen und versöhnen wollte. Und mit dem Schlüssel wäre sie wenigstens in sein Haus gekommen, und hätte mit ihm ein Gespräch führen können. Also was sollte diese blöde Anschuldigung? Und so fuhr Anton unverrichteter Dinge wieder ab. Er hatte kein Interesse daran, mit Betti zu reden. Einige Tage später stellte sich heraus, dass ein Bekannter von Bettis Vater die Jeansjacke zusammen mit dem Schlüssel versteckt hatte. Dieser war des Öfteren bei ihnen zu Hause bzw. auf dem Hof und hat die Sachen versteckt. Nur durch Zufall hat Remo die Sachen in der Waschküche, welche unter der Dachterrasse war, im großen Kessel gefunden. Warum auch immer, ob der Bekannte sich einen Scherz erlauben wollte, oder dies im Suff passierte, weiß keiner. Remo setzte Anton darüber in Kenntnis, dass die Sachen sich wieder angefunden hatten, und dieser holte sich die Jacke und den Schlüsselbund, ohne dass Betti dies bemerkte. Anton konnte ihr nicht verzeihen und Betti konnte an nichts anderes mehr denken, nur noch, wie verzeiht er mir? Den Mut, zu ihm zu fahren und nochmal ein Gespräch mit ihm zu führen, fand sie eines Abends, nachdem sie einen tollen Liebesfilm gesehen hatte. Es war der Film „La Boom, die Fete" mit Sophie Marceau. Eigentlich wollte Betti sich mit dem Film etwas ablenken, doch nachdem dieser zu Ende war, es für Sophie Marceau ein Happy End in der Liebe gab, da konnte Betti eh nicht mehr an etwas anderes denken als an Anton, und wie sie beide wieder zusammenkommen könnten, obwohl Anton ihr nicht direkt gesagt hat, dass Schluss sei. Der Film hatte sie eigentlich ganz schön runtergezogen, ihr Liebeskummer war stärker als vorher. Sie hätte heulen können. Doch durch diesen Film keimte in ihr die Hoffnung, dass es für sie vielleicht auch ein Happy End geben könnte. So beschloss sie kurzerhand, zu Anton zu radeln, auch wenn es schon sehr spät war. Egal, es hätte sie jetzt nichts und niemand davon abhalten können. Bei Anton angekommen, überlegte Betti, ob sie überhaupt noch klingeln sollte, denn Anton wohnte ja schließlich nicht allein in dem Haus. Und Betti wollte die Oma und den Onkel nicht wecken. So entschied sie sich, sich unter dem Fenster von Anton zu stellen, und warf kleine Steinchen an dieses. Hier konnte sie auch keinen anderen stören, da Antons Zimmer auf der Giebelseite des Hauses lag, und es das einzige Fenster war. Sie sah Fernsehlicht in seinem Zimmer und wusste, dass er zu Hause war. Immer wieder suchte Betti kleine Steinchen, was sich in der Dunkelheit jedoch etwas schwierig gestaltete, auch wenn der Weg vor dem Haus mit Laternen ausgestattet war. Hatte sie so zwei oder drei Steinchen gefunden, warf sie diese wieder an das Fenster. Doch Anton ging nicht ans Fenster. Er musste es doch mitbekommen. *So laut wird er den Fernseher ja nicht haben*, dachte sich Betti. So hat sie eine halbe Ewigkeit da unten gestanden und gewartet, dass er doch noch das Fenster öffnet. Es rührte sich jedoch nichts. Und so langsam fand Betti auch keine Steinchen mehr. Es blieb ihr also nichts weiter übrig, als wieder, ohne irgendetwas erreicht zu haben, nach Hause zu fahren. Sie war todunglücklich und hat die halbe Nacht geheult, bis sie vor Erschöpfung irgendwann eingeschlafen ist. Als sie morgens aufwachte, war ihr erster Gedanke – Anton. Und wenn sie nachts schlafen ging, war es auch der letzte Gedanke. Die nächste Chance gab es erst am Wochenende wieder. Zudem war es auch das letzte Wochenende in den Ferien. Dann würde Betti die Woche über nicht da sein. Ihre Lehre fing an, und die Schule lag ca. 40 Kilometer von ihrer Stadt entfernt, sodass sie die Woche über im Internat zu verbringen hatte. Denn zum damaligen Zeitpunkt hatte man noch kein Auto, geschweige denn eine Fahrerlaubnis. Da blieb nur das Internat unter der Woche. Mit dem Bus oder dem Zug wäre sie eine halbe Ewigkeit unterwegs gewesen, wäre dann erst zum Abend zu Hause angekommen und hätte in aller Herrgottsfrüh wieder aufstehen müssen. Das lohnte sich nicht. Also musste sie es unbedingt an diesem Wochenende schaffen, Anton zu Gesicht zu bekommen. Sie wollte schließlich wissen, wie es jetzt weitergeht, die Sache musste geklärt werden, bevor sie ihre Lehre anfing. Wie sollte sie ihre Lehre beginnen, wenn nichts geregelt war. Betti fiel es ohnehin schon schwer, in dieser fremden Gegend eine Lehre zu beginnen, und dass sie gleich dort mit Liebeskummer auftauchte, machte die Sache weniger leichter. Da Betti jedoch nicht wusste, in welchen der Clubs bzw. ob er überhaupt in einen Club gehen würde, blieb ihr nichts weiter übrig, als ihr Glück zu versuchen. Sie entschied sich für den alten Jugendclub, da er dort jetzt häufiger anzutreffen war. Betti ging sehr zeitig los, sie wollte schließlich nicht ewig anstehen, um dann nicht reingelassen zu werden, weil vielleicht zu viele Leute schon drin sind. Und dann hätte sie nicht gewusst, ob Anton im Club ist. Da Betti nun schon zeitig im Club war, wusste sie, dass es noch eine ganze Weile dauern könnte, bis Anton kam. Sie positionierte sich so im Club, dass sie den Eingang voll im Blick hatte, und immer, wenn wieder ein paar Leute reinkamen, hoffte sie, dass Anton dabei sein würde. Doch es würde diesmal einige Stunden dauern, bis sich ihre Warterei gelohnt hatte – dachte Betti zu diesem Zeitpunkt jedenfalls noch. Es war wirklich schon sehr spät als er kam, aber er kam – und natürlich nicht allein, sondern mit seinem besten Kumpel Arne. Betti war bei diesem Anblick natürlich auch gleich klar, dass beide schon ein paar Bier gekippt hatten. Arne war Betti seit geraumer Zeit ein Dorn im Auge, da sie merkte, dass er Anton nicht guttat und ihrer Meinung nach ihm immer irgendwelche Flöhe ins Ohr setzte. Als Betti beide sah, ging sie in die Nähe der Bar, da sie genau wusste, dass beide diese ansteuern würden. Anton sah Betti dort stehen, ging jedoch nicht zu ihr, sondern auf die andere Seite des Raums und begrüßte andere Kumpels. Arne schickte er indes etwas zu trinken holen. Er war also immer noch eingeschnappt. *Nun gut*, dachte sich Betti, *dann kläre ich das jetzt mit ihm.* So ging sie mit einem schon unguten Gefühl zu ihm hin, die anderen Leute waren ihr in diesem Moment vollkommen egal. Doch bevor sie etwas zu ihm sagen konnte, platzte Anton mit dem Satz: „Wir bleiben Freunde, ne?" heraus. Betti verstand nicht. Was hatte er gesagt? Dies fragte sie ihn dann auch, und er antwortete genau dasselbe. Das konnte nicht sein. Doch an seinem Tonfall, er klang wieder ein wenig arrogant, und an seinem Gesichtsausdruck, der wieder versteinert war, merkte sie, dass er es wirklich ernst meinte. Nur ganz langsam verstand sie. Sie hatte wirklich keine Chance mehr bei ihm. Und nur, weil sie bei der letzten Party diesen einen Satz gesagt hatte. Für Anton war die Sache damit erledigt, er beachtete Betti nun nicht mehr. Inzwischen war auch Arne mit den Getränken zurück und scherte sich ebenso wenig um Betti wie Anton es tat. Sie wusste, Arne fand es okay, dass Anton Schluss gemacht hatte, doch warum, dass verstand sie nicht. Sie stand noch eine Weile da und glaubte nicht, was gerade vor sich ging. Betti war fix und fertig. Doch sie war so geschockt, dass ihr nicht einmal die Tränen kamen. Jetzt brauchte sie etwas zu trinken. Sie bestellte sich eine Flasche Wein und trank diese, ohne dass sie überhaupt ein Glas brauchte, aus. Nachdem sie die Flasche leer hatte, ging es ihr nur noch schlechter, und jetzt kullerten auch die Tränen. Timo 2 hat die ganze Sache wieder mal bemerkt, kam zu ihr rüber, wollte ihr die Weinflasche wegnehmen, doch Betti hielt sie ganz fest. Er versuchte sie zu trösten und überzeugte sie davon, dass er sie nach Hause bringen würde. Er wollte nicht, dass alle Leute im Club mitbekamen, wie sie sich dort zum Löffel machte. Betti wollte natürlich erst gar nicht gehen, sie konnte sich nicht vorstellen, den Club zu verlassen, ohne dass sie nochmals mit Anton gesprochen hätte. Doch Timo 2 ließ nicht locker, er erklärte ihr, dass es keinen Sinn ergeben würde, noch mal mit Anton zu diskutieren, zumal Betti ja nach der Flasche Wein auch mehr als nur angetrunken war. Und bevor die ganze Sache noch eskalierte, schaffte es Timo 2, Betti nach draußen zu bringen bzw. nach Hause. Betti heulte den ganzen Weg über nach Hause, auch Timos tröstende Worte konnten sie nicht erreichen. Seine Worte kamen bei ihr nicht an, sie jammerte immer wieder: „Ich will ihn zurückhaben." Timo 2 hatte es nicht einfach, zumal Betti nicht mehr richtig geradeaus laufen konnte. Bei Betti zu Hause angekommen, wollte Timo ihr noch Mut zusprechen und hat ihr gesagt, dass sie etwas Besseres verdient hat und küsste sie plötzlich. Da Betti ziemlich betrunken war, und mit einem Kuss auch nicht gerechnet hätte, merkte sie erst Sekunden später, was Timo mit ihr machte. Sie wies ihn dann zurück, dafür hatte sie so gar keinen Nerv. Sie wusste zwar inzwischen, dass Timo 2 von ihr etwas wollte, doch Betti liebte Anton. Und jetzt wollte sie sowieso nur noch mit ihrem Schmerz allein sein. Timo 2 nahm nun Abstand, er versuchte nicht noch mal, Betti zu küssen. Sie verabschiedete sich von ihm und taumelte hoch in ihr Zimmer. Gut, dass ihre Eltern im Urlaub waren, denn diese hätten bestimmt mitbekommen, dass etwas nicht stimmt, da Betti ja durch das Schlafzimmer in ihr Zimmer musste. Diese Nacht war für Betti die schlimmste ihres Lebens. Sie konnte nicht schlafen, heulte sich die Augen aus, und schlecht vom Wein war ihr auch noch. Sobald sie die Augen schloss, fuhr sie Karussell. Wenn sie doch mal für kurze Zeit einnickte, träumte sie nur wirres Zeug. Irgendwann im Morgengrauen muss sie richtig eingeschlafen sein, denn als sie aufwachte, dachte sie im ersten Moment, das alles war ein Traum. Doch es war die harte Realität. Sie fühlte sich so beschissen, der Kopf tat vom Alkohol weh, schlecht war ihr immer noch, und der Liebeskummer tat sein Übriges. Am liebsten hätte sie sich irgendwo verkrochen, doch dies ging nicht. An diesem Morgen fühlte sie sich so elendig wie damals, als Timo ihr einen Korb gegeben hatte. Und an diesem Tag sollte sie noch die Reise ins Internat antreten? Am nächsten Morgen begann die Lehrzeit.

Die Lehrzeit beginnt

Es war Sonntag, der 5. September 1988, und am Montag ging die Berufsschule los. Die Lehre fing am 1. September 1988 an. Da dies mitten in der Woche war, musste Betti für zwei Tage in ihrem Lehrbetrieb schon mal die praktische Ausbildung anfangen. Ab dem darauffolgenden Montag sollte sie ihre neuen Mitschüler in der Berufsschule kennenlernen. Zwei lange Jahre sollte sie im Internat bleiben, natürlich nur in der Woche. Daran mochte sie jetzt überhaupt nicht denken, sofort wurde sie von Heimweh geplagt, obwohl sie noch nicht mal weg war. Doch sie konnte sich noch gut an ihr Heimweh erinnern, als sie im Ferienlager war. Ganz furchtbar. Und deshalb fuhr Betti auch nur einmal ins Ferienlager und konnte keinen verstehen, der sich im Ferienlage wohlfühlte. Am späten Nachmittag musste Betti jedenfalls dort sein. So blieben ihr noch ein paar Stunden, um wieder auf die Füße zu kommen. Irgendwie schaffte sie es, sich aus dem Bett zu hieven, sich anzuziehen und sich einigermaßen zurechtzumachen. Zum Mittagessen war sie bei ihrer Oma, doch sie hat keinen Bissen runterbekommen und stocherte auf ihrem Teller nur rum. Ihre Oma wusste sich auch keinen Rat und hat Betti angefleht: „Mädchen, du musst doch etwas essen." Doch es ging nicht. Nach dem Mittagessen packte Betti ihre Tasche für die kommende Woche. Sie hoffte, dass sie nichts vergessen hatte, doch konzentrieren konnte sie sich nicht wirklich. Gut, dass sie einen Zettel vom Betrieb bekommen hatte, auf welchem stand, was alles mitzubringen wäre. Der Nachmittag war mit einmal da, ihr Onkel ebenfalls. Er sah, wie elendig Betti aussah, doch er sagte weiter nichts, denn er wusste von der ganzen Situation, war er doch bei der besagten Party dabei gewesen. Er nahm ihr die Tasche ab und ging schon mal zum Auto. Betti trottete kurze Zeit später hinterher, und so fuhren sie in die etwa 40 km entfernte Stadt mit einem Trabant 601. Ihre Eltern konnten sie ja nicht bringen, da sie noch im Urlaub waren. Betti hat sich so gewünscht, die Fahrt würde nie zu Ende gehen, denn sie wollte absolut nicht dahin. Sie kannte dort keine Menschenseele, die Stadt war ihr fremd, und außerdem war sie so schlecht drauf, sie wollte sich mit niemandem unterhalten. Sie versuchte zwar immer wieder mal, den Gedanken, dass zwischen ihr und Anton Schluss ist, zu vertreiben oder sich einzureden, dass es doch noch eine Chance gibt, doch diese Momente dauerten nicht länger als ein paar Sekunden an. Die Erinnerung an den letzten Abend kam immer wieder hoch, auch die Tränen schossen ihr immer wieder in die Augen. Doch Betti wollte nicht verheult im Internat ankommen, und so riss sie sich so gut es ging wieder zusammen, und die Fahrt ging ebenfalls bald zu Ende. Betti fiel es schwer, jetzt aus dem Auto zu steigen, doch es half ja nichts. Augen zu und durch. Und vor ihrem Onkel wollte sie auch nicht wie die Heulsuse dastehen. Der würde noch denken, dass sie Heimweh hat, obwohl dies ebenfalls nicht so verkehrt war. Und so stieg sie langsam aus dem Auto aus und sah sich erst einmal um. Ihr Onkel hatte an der Straße vor dem Internat gehalten, sodass Betti die Gegend ringsherum wahrnehmen konnte. Neben dem Internat stand eine Kirche, davor war der Marktplatz, schräg gegenüber gab es ein großes Kaufhaus und ringsherum waren noch Läden und Kneipen. Da es Sonntag war, kam Betti die Stadt wie ausgestorben vor. Es waren kaum Leute unterwegs. Sie wusste in Wirklichkeit auch gar nicht, wie viele Einwohner ihre zweite Heimat hatte. Sie schätzte mal, dass die Stadt vielleicht mit ihrem Heimatort zu vergleichen war. Aber eigentlich war ihr dies auch egal. Sie wollte sich gar nicht erst hieran gewöhnen. Nach dem kurzen Rundumcheck war ihr klar, hier würde sie sich nie eingewöhnen. Aus ihren Gedanken holte sie dann ihr Onkel, indem er sagte, dass es jetzt Zeit wäre, auf das Schul- bzw. Internatsgelände zu gehen, da sie schon sehr spät dran waren, denn Betti hatte die Abfahrt ein wenig hinausgeschoben. Nun gab es kein Entrinnen mehr, und so folgte Betti ihrem Onkel wortlos und schaute sich wieder um. Hier also sollte sie ab jetzt wohnen und lernen. Das Internat war mit einem Neubaublock zu vergleichen, es war jedoch nur dreigeschossig. Nebenan war der Speisesaal, welcher wiederum nur aus dem Erdgeschoss bestand, und er grenzte an das Internat an. Rechts vom Internatsgebäude stand die Schule. Dies war ein altes Haus, aber wirklich noch sehr schön erhalten, was ja in der DDR nicht selbstverständlich war. Denn alte Objekte verfielen meistens, da weder das Geld noch das Material vorhanden war. Im Erdgeschoss dieses alten Hauses waren die Klassenräume, im Obergeschoss diverse andere Räume, wo die Lehrlinge nicht hindurften, und im Dachgeschoss waren ebenfalls Zimmer für die Lehrlinge. Hier wohnten jedoch die aus dem 2. Lehrjahr. Später wurde dem 1. Lehrjahr erklärt, wenn sie sich schön an die Regeln halten, dann können sie im 2. Lehrjahr dort ebenfalls wohnen. Denn dort oben war die Kontrolle nicht so ausgeprägt wie im Internat. Im Internat ging jeden Abend der Ordnungsdienst über die Flure und schaute nach dem Rechten. Einen Keller gab es in dem alten Backsteinhaus ebenfalls. Dieser war sehr schön, hatte er doch noch Rundbögen aus Stein gemauert. In jenem Keller fanden immer die FDJ-Nachmittage statt. Diese gab es einmal die Woche, und zwar am Mittwoch. Dort wurden dann Lieder gesungen und über Politik geredet. Saulangweilig, doch im 1. Lehrjahr störte dies noch keinen, man ließ den ganzen Mist über sich ergehen, im 2. Lehrjahr war es schon problematischer, zumal die meisten aus der Klasse dann nach Hause fuhren, weil sie dort zur Disco wollten und Donnerstagfrüh erst wieder anreisten.

Doch nun begleitete sie erst einmal ihr Onkel bis zur Anmeldung, welche man gleich im Erdgeschoss vorfand. Der Heimleiter, welcher aus der kleinen Luke der Anmeldung schaute, machte zumindest schon mal einen netten Eindruck. Er fragte nach dem Namen und suchte diesen dann auf einer Liste. Er blieb mit seinem Finger auf dem Papier stehen und teilte Betti mit, mit wem sie sich ein Zimmer zu teilen hatte. Es war ein 6-Mann-Zimmer. Als Betti dies hörte, ging ihre Laune noch mehr in den Keller. Sie wollte doch einfach nur ihre Ruhe haben, und sich nicht noch mit anderen fünf Mädchen ein Zimmer teilen. Wer weiß, was das für Mädels waren, vielleicht verstand sie sich mit denen gar nicht. Und bevor Betti ihre Gedanken so richtig beendet hatte, hörte sie einen Namen, den sie kannte. Der Heimleiter las den Namen Maren Abel vor. Nein, dies ging gar nicht. Von dieser Person hatte sie nichts Gutes gehört. Sie wohnte ebenfalls in ihrem Ort, ging jedoch in eine andere Schule. Maren hatte mit 15 Jahren schon ein Kind bekommen. Das sagte ja wohl alles. Richtig gekannt hat Betti sie gar nicht, trotzdem wollte sie mit dieser Person nichts zu tun haben. *Das fängt ja gut an*, dachte sich Betti. Nicht nur, dass sie Liebeskummer hatte, jetzt sollte sie sich noch ein Zimmer mit einer teilen, die sie so gar nicht leiden konnte. Betti sprangen die Probleme nur so an. Unter keinen Umständen wollte sie in dieses Zimmer. Doch Betti hatte Glück im Unglück, ihr Onkel kannte den Heimleiter. Woher, wusste sie zwar nicht, doch dies war ihr egal, und so erklärte Betti ihrem Onkel, dass sie mit der Maren nicht in einem Zimmer wohnen könne, und er möge doch etwas unternehmen. Also redete ihr Onkel mit dem Heimleiter, erzählte ihm eine kurze Geschichte, der Heimleiter überflog noch mal seine Liste, und siehe da, das Zimmer konnte noch getauscht werden, da Betti nicht die Letzte war, welche anreiste. In diesem Moment war Betti froh, dass ihre Eltern noch im Urlaub waren, denn wenn diese sie hierhergebracht hätten, wäre ein Zimmertausch bestimmt nicht möglich gewesen. So bekam sie ein 4-Mann-Zimmer zugeteilt. Im Nachhinein findet Betti es schon lustig, dass sie sich damals so angestellt hat, denn natürlich verstanden sich beide einige Tage später schon sehr gut, und Betti hatte sich auch bald ganz prima in der Stadt und im Internat eingelebt. Betti bewunderte Maren dafür, wie sie die Lehre und die Familie unter einen Hut bekam. An den Wochenenden, wenn alle auf der Piste waren, blieb Maren selbstverständlich zu Hause und kümmerte sich um ihr Kind. Unter der Woche machte sie dann einen drauf, aber das stand ihr auch zu. Die Lehre machte sie ohnehin mit links, denn viel zu lernen gab es nicht. Einmal wurde sie von ihrer Mutter und ihrem Sohn aus dem Internat abgeholt. Die Mädchen hatten gerade Schulschluss, da stand die Mutter mit dem Kleinen vor der

Klassentür. Dieser wurde natürlich gleich in den Klassenraum gebracht und auf den Tisch gestellt. Er war so eineinhalb Jahre alt. Alle haben ihn bewundert. Er war einfach zu süß. Auch heute verstehen sich Maren und Betti immer noch super. Hin und wieder treffen sie sich oder telefonieren. Und aus dem kleinen Jungen ist inzwischen ein Mann geworden.

Jedenfalls bekam Betti nun ein Vier-Mann-Zimmer, die Mädels kannte sie nicht. Zwei der Mädchen waren schon da. Wenigstens machten diese einen sympathischen Eindruck. Eine von ihnen lernte ebenfalls in Bettis Betrieb. Das passte recht gut, dann war man im Betrieb auch nicht die Einzige, sondern hatte immer noch jemanden, mit dem man sich austauschen konnte. Denn den Betrieb kannte Betti ja noch nicht wirklich. Die zwei Tage, welche sie dort verbrachte, war sie in einer Abteilung untergebracht und hatte keine Zeit, sich den kompletten Betrieb anzusehen. Ihre Mutter arbeitete zwar dort, doch meistens wartete Betti vor der Wache auf ihre Mutter. Und wenn sie mal den Betrieb betrat, dann ging sie eh nur in die Baracke, wo ihre Mutter ihren Arbeitsplatz hatte. Und der Betrieb war riesig. Doch jetzt waren erst einmal ein paar Wochen Schule angesagt, bevor es an das Praktische ging, und die Mädchen sämtliche Abteilungen zu durchlaufen hatten. Der Onkel war inzwischen losgefahren, die Letzte im Bunde kam auch kurze Zeit später an, machte ebenfalls einen sympathischen Eindruck, sodass Betti wenigstens von normalen Leuten umgeben war. Die Zeit verging durch das Kennenlernen recht schnell, bis alle Neuankömmlinge in den Speisesaal mussten. Dort wurden sie vom Direktor der Schule und dem Heimleiter begrüßt, und es fand eine Einweisung statt, wie der Ablauf in der Schule und im Internat vonstattengehen sollte. Als der ganze Trubel vorbei und die Mädchen wieder auf ihrem Zimmer waren, hatten sie bis Abendbrot noch ein wenig Zeit, sich noch näher kennenzulernen. Jede von ihnen erzählte von sich, damit die anderen einen Eindruck bekamen. Natürlich kam auch die Frage nach einem Freund. Eine von den vieren hatte schon seit längerer Zeit einen festen Freund, die anderen beiden waren Singles. Das Thema hätte Betti in dem

Moment lieber gern vermieden, doch sie kam nicht drumherum, und so erzählte sie, dass ihr Freund gestern mit ihr Schluss gemacht hatte. Die anderen waren in diesem Moment mucksmäuschenstill und haben sie natürlich bedauert, was jedoch nicht gerade förderlich für Betti war. Die Tränen standen ihr gleich wieder in den Augen und alles kam wieder in Betti hoch. Aber so wussten die anderen jetzt Bescheid, und sie brauchte kein Versteckspiel spielen. Sie riss sich nun schnell wieder zusammen und die anderen plauderten wieder. So wurde Betti doch ein bisschen abgelenkt, und schnell war die Abendbrotzeit ran. So gingen sie los und suchten den Speisesaal, obwohl ja da schon die Rede des Direktors stattgefunden hatte. Aber ein bisschen mussten sie sich noch orientieren, und so beschlossen sie, nach den Abendbrot das Haus und vielleicht die Gegend noch zu erkunden. Der Speisesaal war sehr geräumig, und wider Erwarten hat das Abendbrot auch geschmeckt. Vielleicht aber auch, weil Betti den ganzen Tag noch nichts gegessen und einfach Hunger hatte? Als alle vier satt waren, ging es wie besprochen ein wenig auf Erkundungstour durch das Internat, und auch draußen schauten sie sich schon ein wenig um, bis um 22.00 Uhr die Nachtruhe begann. So ging der erste Tag im Internat vorbei, die Nacht verbrachte Betti sehr unruhig, die vielen Eindrücke und der unglaubliche Liebeskummer ließen sie kaum schlafen. Hinzu kam, dass es sehr ungewohnt war, sich ein Zimmer mit drei anderen Mädchen zu teilen, hatte sie zu Hause doch ihr eigenes Zimmer. Und die Umgebung war ja auch noch fremd. Im Zimmer standen zwei Doppelstockbetten, Betti schlief unten, sie wollte nicht jedes Mal nach oben klettern müssen. Sie versuchte so gut es ging, nicht an zu Hause zu denken, sonst wäre sie wieder in Tränen ausgebrochen. Die Nacht ging irgendwann und irgendwie vorbei, und es begann der erste Schultag. Nach dem Aufstehen und Waschen ging es in den Speisesaal, wo die Mädchen ordentlich frühstückten, außer Betti, die sich mit dem Essen noch schwertat, sich noch etwas einpackten, und dann ging es rüber zur Schule. Natürlich waren alle gespannt, wie die Lehrer wohl so waren und welche Unterrichtsfächer sie so haben würden. Und durch den ganzen

Trubel war Betti Gott sei Dank wieder abgelenkt. Nun trafen alle aufeinander, Betti hatte sich ja am vergangenen Tag nur mit „ihren" Mädels unterhalten. Jetzt wurden alle abgecheckt, Maren behielt sie ganz besonders im Auge. Einige Schülerinnen kamen von hier oder aus der näheren Umgebung, diese waren also nicht im Internat untergebracht, und so lernte Betti diese neuen Gesichter auch erst am ersten Schultag kennen. Sie beneidete die Klassenkameradinnen schon ein wenig, konnten sie doch nach der Schule tun und lassen, was sie wollten. Betti und ihren anderen Mitschülerinnen sollte es ja nicht schlechter gehen, im Grunde genommen konnten sie sich ebenso frei bewegen, nur dass hin und wieder die Stube kontrolliert wurde, und sie um 22.00 Uhr im Haus zu sein hatten. Doch an diesem ersten Tag konnte sie es noch nicht wissen. In der ersten Woche passierte nicht viel. Sie bekamen ihren Stundenplan, lernten nun ihre Lehrer und den gesamten Tagesablauf kennen. Im Internat hatte man hin und wieder auch mal Wache. Das kann man sich ähnlich vorstellen wie bei der Armee. Wenn man in das Internat reinkam, war gleich links ein Glaszimmer, dort drin saß dann die Wache und kontrollierte, dass kein Fremder das Objekt betrat, und jeder, der das Internat verließ, musste sich in eine Liste eintragen. Der Dienst ging nach der Schule los und endete um 22.00 Uhr. Dort wurden sogar die Hausaufgaben gemacht. Aber ansonsten war es immer langweilig. Gut nur, dass einige Leute vorbeikamen und ein wenig plauderten. Da sich im Internat viele Lehrlinge aufhielten, war man Gott sei Dank nicht so oft mit der Wache dran. Im Internat waren im ersten Obergeschoss die Jungs und im zweiten Obergeschoss die Mädchen untergebracht. Die Zimmer waren sehr primitiv eingerichtet. Es gab die Doppelstockbetten, einen Tisch mit vier Stühlen sowie für jeden einen Spind. Auch hier wie bei der Armee. Am Ende des Flures war das Waschzimmer. Hier waren die Waschbecken aneinandergereiht. Im Keller befanden sich zwar Duschen, es war aber kein Genuss, dort eine Dusche zu nehmen. Es war alles schon sehr alt. Ab und zu haben die Mädels sich hier nur geduscht, ansonsten hatten sie ja ihren Waschraum. Die Mädchen machten jedenfalls das Beste daraus. Da sie eh fast nur zum Schlafen da waren und eventuell noch Hausaufgaben machten, waren sie nicht so oft auf ihrem Zimmer. Viel lieber zogen sie durch die Stadt und eroberten die Kneipen. Davon gab es viele. Die erste Woche war endlich geschafft, Freitag ab 13.00 Uhr war Feierabend, der Zug fuhr um 15.07 Uhr, und so konnten die Mädchen in Ruhe ihre Taschen packen und zum Bahnhof schlendern. Betti konnte es kaum abwarten, endlich zum Bahnhof zu gehen und in den Zug zu steigen. Sie war so froh, dass die erste Woche geschafft war. Wie viele Wochen sie hier noch verbringen musste, darüber wollte sie jetzt nicht nachdenken. Gut nur, dass die Berufsschule sich mit der Arbeit im Betrieb nach einigen Wochen immer abwechselte. Im 2. Lehrjahr war ihnen dies jedoch zu spät, um 15.00 Uhr erst nach Hause zu fahren, so packten sie ihre Taschen schon am Donnerstagabend, damit sie gleich am Freitag nach Schulschluss loslaufen konnten. Sie aßen nicht mal mehr Mittag im Internat. Sie rannten dann zum Stadtausgang, und von dort sind sie getrampt. Ungeschriebenes Gesetz war jedoch, dass immer zu zweit getrampt wurde. Allein war untersagt. Das war ihr Kodex. So waren sie dann meist um 14.00 Uhr zu Hause. Es lief aber nicht immer alles so glatt. Betti kann sich noch erinnern, dass sie von Soldaten mitgenommen wurden, welche einen Fahrstil hatten, dass einem schlecht wurde. Betti war froh, dass diese Soldaten nur die halbe Strecke fuhren. Dort ließen sich Betti und ihre Mitfahrerin am Bahnhof absetzen und fuhren das letzte Ende mit der Bahn. Nie in ihrem Leben war sie so froh darüber, mit der Bahn fahren zu können. Denn mit der Bahn freitags zu fahren, war mehr als unbequem. Dieser Zug kam ja schon aus mehreren Städten, dadurch war er immer schon knackend voll, wenn dieser in Bettis Lehrstadt anhielt. Manchmal konnten sie sich gerade noch so in den Zug quetschen und saßen dann direkt an der Tür auf ihren Taschen. Ansonsten konnte sich Betti beim Trampen nie beklagen, alle anderen Fahrer fuhren immer ordentlich. Eine Klassenkameradin jedoch hatte die Regel mal nicht eingehalten, warum auch immer, und trampte allein. Der Fahrer, welcher sie mitnahm, fuhr jedoch nicht die reguläre Strecke, sondern wählte eine Abkürzung, und die führte über eine abgelegene staubige Straße. Der Klassenkameradin wurde ganz elend zumute, traute sich jedoch nicht, dem Fahrer zu sagen, dass er anhalten soll, geschweige denn, dass sie ihn fragte, wohin er fährt. Sie hatte jedoch Glück, es war wirklich eine Abkürzung gewesen, und sie kam zu Hause heil an. Die Geschichte hat sie den anderen dann am Montag erzählt und ihre Lehre daraus gezogen. Im 2. Lehrjahr sind die meisten erst am Montag früh angereist, mittwochs nach Hause gefahren, zur Disco gegangen, und am Donnerstag in aller Herrgottsfrühe wieder ins Internat gefahren. Betti war natürlich auch unter denen, die einmal die Woche nach Hause fuhren und den ganzen Stress auf sich nahm. Auch wenn Betti froh war, dass es endlich Freitag war, so konnte sie doch der Woche etwas Positives abgewinnen. Sie konnte sich hier ablenken und musste nicht immerzu an Anton denken. Als sie zu Hause ankam, waren ihre Eltern aus dem Urlaub zurück. Ihre Eltern erzählten noch ganz aufgeregt von ihrer Urlaubsreise, dass es super war, das Wetter war herrlich und shoppen konnten sie auch ohne Ende. Man konnte zwar nicht so viel DDR-Mark damals tauschen, doch es gab in dem Ort, wo Bettis Eltern waren, das sogenannte gelbe Haus, wo man noch ein paar DDR-Mark heimlich getauscht bekam. Das gelbe Haus war natürlich ein Geheimtipp. Und da ihre Eltern nun ein wenig mehr kaufen konnten, haben sie einen Sack voller Klamotten mitgebracht. Für Remo eine Jeanshose, Sportschuhe, T-Shirts, für Betti ebenfalls T-Shirts und einen wundervollen Jeansrock, der knielang war und vorne zwei Reißverschlüsse hatte. Eigentlich mochte Betti keine Röcke, doch diesen fand sie todschick und trug ihn nun sehr oft bei ihren Discobesuchen. Natürlich wollte sie auch Anton hiermit imponieren. Ihre Eltern erzählten natürlich auch von den „Westlern", welche mit ihrer DM in Ungarn zahlten und sich in den Gaststätten danebenbenahmen. Sie dachten wohl auch, mit ihrer DM sind sie etwas Besseres. Als Bettis Mutter irgendwann mit ihren Urlaubserinnerungen fertig war, konnte Betti nun von ihrer einen Woche Internatsleben berichten und natürlich, dass Anton Schluss gemacht hat. Ihre Mutter bedauerte dies mit Anton, doch machte ihr auch gleich Mut, dass dies wieder wird und irgendwann kommt ein anderer. Betti wusste ja insgeheim, dass ihre Mutter recht hatte, über Timo ist sie ja auch hinweggekommen, obwohl sie damals dachte, sie würde sich nie wieder verlieben und ihr Leben wäre dahin. Doch nun kreisten ihre Gedanken nur um Anton, und auch dieses Mal konnte sie sich nicht vorstellen, dass der Schmerz jemals vergeht und sie sich wieder verlieben würde. Sie horchte ihre Freundin Annett bis ins kleinste Detail aus, denn diese war immer noch vor Ort, sie besuchte ja noch die Oberschule. Und da sie in Antons Nähe wohnte, hatte sie ihn vielleicht auch mal gesehen. Betti fragte dann jedes Mal: „Hast du ihn gesehen, war er im Club, hat er irgendetwas gesagt?" Doch Annett konnte ihr keine positiven Nachrichten übermitteln. So fasste sich Betti an einem Freitagabend ein Herz und radelte zu Anton. Die Oma machte ihr die Tür auf, sie wusste wohl noch nicht, dass Anton Schluss gemacht hat und sagte: „Du warst aber lange nicht da", und freute sich, Betti zu sehen. Betti ging die Treppe zu Anton hinauf, sie hatte einen schweren Stein im Magen. Sie öffnete vorsichtig die Tür und ging hinein. Anton lag auf der Couch und schaute fern. Irgendwie war er nicht erstaunt, Betti zu sehen. Sie wollte von ihm eine Antwort haben, warum er Schluss gemacht hat. Er blieb dabei, der eine Satz sollte es gewesen sein. Er ließe sich doch nicht vor allen Leuten bloßstellen, war seine Antwort. Betti konnte es nicht verstehen, so wie er sie geliebt und Monate auf sie gewartet hatte, nicht lockerließ, sie zur Freundin zu bekommen, sie sogar, nachdem Betti mit ihm Schluss gemacht hatte, wieder zurückwollte und auch noch den ersten Schritt machte, der machte auf einmal Schluss wegen eines solchen Satzes? Da Betti dies nicht einsah, flehte sie ihn an, es noch einmal miteinander zu versuchen. Sie heulte, obwohl sie wusste, dass dies bei ihm gar nichts bringen würde. Sie machte sich mal wieder voll zum Deppen. Doch Betti war so verzweifelt, dass es ihr egal war. Sie wollte ihn eben zurückhaben. Sie machte auch keine Anstalten, nach Hause zu fahren. Sie saß auf einem Stuhl und wartete. Worauf, wusste sie selbst nicht so genau, sie wusste nur, dass sie nicht losfahren würde, solange er kein Einsehen hatte und sie die ganze Sache auch nicht verstand. Betti wollte ja verstehen, doch die ganze Geschichte war zu undurchsichtig. Nach einer ganzen Weile hatte Anton wohl doch Mitleid oder wollte nur, dass Betti mit ihrem Gejammer aufhört, jedenfalls sagte er ihr: „Na gut, wir versuchen es noch mal." Betti war erst verwundert. Damit hätte sie jetzt nicht gerechnet. Doch sie merkte schon, dass er dies nicht aus voller Überzeugung sagte. Irgendwie war er reservierter. Doch sie redete sich ein, alles wird wieder gut, er will es ja noch mal versuchen. *Er war eben immer noch schwer davon getroffen und in seinem Ego verletzt*, dachte sich Betti. Selbst, wenn er irgendwelche Bedingungen an sie gehabt hätte, die Hauptsache war, sie waren wieder zusammen. Auch wenn Anton noch keine Nähe zuließ, für Betti war erst mal entscheidend, dass es einen Lichtblick gab, alles andere würde sich schon finden. So blieb sie noch bis zum Abend bei Anton, sie schauten zusammen Fernsehen, unterhielten sich jedoch nicht wirklich. Es war irgendwie sehr steif und mühselig. Anton brachte sie auch nicht wie gewohnt bis vor die Tür, wo sie immer noch einige Zeit verbrachten, um sich zu verabschieden, doch dies war Betti an diesem Abend noch nicht so wichtig. Sie hatten sich für den nächsten Abend zur Disco verabredet, das war doch schon mal was. Auf der einen Seite war sie erleichtert, auf der anderen Seite spürte sie, dass es nicht mehr so sein wird, wie es mal war. Doch diesen Gedanken schob sie mal wieder schnell beiseite. Sie wollte einfach nur wieder mit Anton glücklich werden und wartete ganz gespannt auf den nächsten Tag bzw. Abend. Sie wollten in das Kulturhaus. Im Saal war jetzt des Öfteren am Samstag Disco. Natürlich machte Betti sich für den Abend besonders schick, sie wollte Anton gefallen, so wie damals, als er ihr sagte, dass sie aussieht wie eine Puppe. Jedenfalls ist Betti an dem verabredeten Abend zusammen mit Annett in das Kulturhaus gegangen. Da sie noch Zeit hatten und sich um Karten keinen Kopf machen mussten, gingen sie erst mal in die Gaststätte. Im Vorfeld musste man nämlich Karten kaufen. Die Veranstaltungen waren immer heiß begehrt. Doch auch zum Kulturhaus hatte Betti ihre

Kontakte, und so war es für sie kein Problem, Karten zu bekommen. Viele standen trotzdem noch an, in der Hoffnung, dass nicht alle ihre Karten abholen würden, um dann doch noch hineinzukommen. In der Gaststätte saß Anton zusammen mit Arne, und beide hatten etwas gegessen. Betti und Annett gingen zum Tisch und begrüßten sie. Arne hat erst Betti sehr komisch und dann Anton angeschaut. Er wusste noch nicht, dass Anton wieder mit Betti zusammen war. Sie haben sich unterhalten, Betti merkte immer noch, wie reserviert Anton war, doch sie dachte, er braucht eben noch ein wenig Zeit. Da die Situation für alle ein wenig unangenehm war, fiel die Unterhaltung sehr kurz aus, doch beim Weggehen hat Betti mitbekommen, dass Arne Anton zugeflüstert hat, was das jetzt soll. Anton druckste nur herum. Mehr hat Betti nicht gehört. Doch sie war schon verwundert, warum Arne absolut nicht wollte, dass die beiden wieder zusammen sind. Sie hatte ihm schließlich nichts getan, und Anton hatte immer seine Freiheit gehabt, mit Arne auch allein etwas zu unternehmen. Sicherlich hatten Anton und Betti des Öfteren Streit auch wegen Arne, doch der bekam davon überhaupt nichts mit. Den Reim auf die Reaktion von Arne konnte sie sich erst viel später machen. Anton hat sich jedenfalls von Arne belatschern lassen und Betti dann irgendwie am Abend, als sie schon im Kulturhaus zusammensaßen zu verstehen gegeben, dass es wohl doch keine gute Idee von ihm war, mit ihr wieder zusammen sein zu wollen. Betti begriff gar nichts mehr. Warum tat er ihr dies nur an. Sie war vollkommen am Boden zerstört. Sie verließ auf der Stelle die Disco, denn sie wollte nicht, dass alle im Saal mitbekamen, was da los war. Doch draußen auf der Straße konnte sie nicht mehr an sich halten. Betti ließ sich auf die Stufen vor der Tür nieder und heulte. Sie hoffte natürlich, dass Anton zu ihr rauskam, um vielleicht noch mal mit ihr, ohne dass Arne dabei war, zu reden und ihr zu erklären, warum er jetzt zu ihr so war. Doch eigentlich wusste sie, dass dies nicht passieren würde. Und während Betti dort auf den Stufen noch eine ganze Weile saß, da sie immer noch hoffte, Anton würde rauskommen, kam ein Kumpel von Bettis Bruder und setzte sich zu ihr. Er hatte die Situation drinnen mitbekommen und wollte sehen, ob sie noch draußen war. Eigentlich hatte Betti mit diesem Kumpel nie viel zu tun gehabt, man grüßte sich und unterhielt sich auch mal, doch mit ihm hatte sie noch nie über Anton geredet. Doch, was er jetzt tat, ließ Betti einfach geschehen. Er nahm sie in den Arm, und Betti konnte gar nicht mehr aufhören zu heulen. Doch es tat so gut, dass sie eine Schulter zum Anlehnen hatte. Der Kumpel versuchte sie zu trösten und strich ihr immer wieder über den Kopf. Nach einer ganzen Weile fing Betti sich dann wieder ein und wollte nur noch nach Hause. Der Kumpel bot ihr an, sie nach Hause zu bringen, doch Betti wollte allein sein. Sie bedankte sich bei ihm, dass er ihr Trost gespendet hatte und ging wie in Trance nach Hause. Jetzt hatte sie ein Déjà-vu. Alles war wie beim letzten „Schlussmachen". Am Morgen danach ließ sie den Abend noch einmal Revue passieren, um vielleicht zu erkennen, warum es nichts werden konnte. Sie stellte enttäuscht fest, dass ihr nichts Gescheites hierzu einfiel, nur dass es irgendetwas mit Arne zu tun hatte. Sie dachte auch noch mal über den Trost des Kumpels nach, und je mehr sie darüber nachdachte, umso unangenehmer wurde es ihr, dass sie anderen etwas vorjammerte. Doch in den Momenten, wo sie von Anton enttäuscht worden ist, war ihr dies einerlei. Jetzt war zumindest klar, dass es wirklich nichts mehr werden würde. Mehr kämpfen konnte sie nicht. Sie versuchte, den Sonntag bis zum späten Nachmittag einigermaßen zu überstehen und wollte auch nicht so viel grübeln, doch es gelang nicht wirklich. Erst als sie wieder mit dem Zug ins Internat fuhr, und in ihrem Zimmer ankam und von den anderen Mädels abgelenkt wurde, verflog die Grübelei. So versuchte sie, so gut es ging, über Anton hinwegzukommen. Es dauerte nicht lange, da war sie an einem Punkt angekommen, wo sie ihn nur noch hasste. Denn an den Wochenenden sah sie ihn doch hin und wieder, und so wie er sich gab, konnte sie ihn nur noch hassen. Und trotzdem waren ihre Gedanken ständig bei ihm, ihre Gefühle fuhren Achterbahn, und Betti hasste sich dafür, dass sie Anton nicht aus ihrem Kopf bekam. In der Woche gelang es ihr zwar noch recht gut, sich von ihm abzulenken, da sie im Internat war und die Mädels viel zusammen unternahmen. Sie kannten inzwischen jede Kneipe in der Stadt und Jungs waren ja schließlich ebenfalls im Internat, obwohl Betti davon keiner so richtig gefallen hat. Mal ein kleiner Flirt, mehr war nicht drin. Ein kleines bisschen Bestätigung braucht jeder. Nur in den Nächten und an den Wochenenden war es immer richtig schlimm. Nachts, wenn sie nicht schlafen konnte, ringsherum alles ruhig war, kamen die Gedanken wieder hoch, Betti stellte sich immer die Frage nach dem Warum, hatte jedoch nach wie vor keine Antwort parat, außer, dass der berüchtigte Satz wohl wirklich so viel Schaden angerichtet hatte. Über die ganze Grübelei ist sie dann jedes Mal eingeschlafen. Am Morgen war sie immer froh, wenn sie mal nicht von Anton geträumt hatte und eine Nacht wieder zu Ende war. Die Träume von ihm waren immer sehr schön, sie waren zusammen und alles war in Ordnung. Wenn Betti nach solch einem Traum aufwachte, war sie fix und fertig und musste wiederum diesen verarbeiten, da es sich so wirklich anfühlte.

An den Wochenenden waren Betti und Annett unzertrennlich, bis zum Abend vertrieben sie sich irgendwie die Zeit, und gingen dann in die Clubs. Mal in den alten, mal in den neuen, oder besuchten an einem Abend sogar beide Clubs, wenn in dem einen nicht die richtigen Leute waren. Gut nur, dass Annett ebenfalls keinen Freund hatte, sonst hätte Betti ihre Freundin bestimmt nicht so in Anspruch nehmen können, oder sie wäre noch mehr in Liebeskummer ertrunken, wenn Betti hätte mitansehen müssen, wie Annett mit ihrem Freund turtelte. Doch so gab es nur sie beide, und das war gut so. Betti hoffte natürlich immer, dass Anton doch kommen möge. Obwohl Betti inzwischen so viel Hass ihm gegenüber aufgebaut hatte, wollte sie ihn sehen. Da es ja, wie bereits erwähnt, zwei Jugendclubs und ein Kulturhaus gab, war es natürlich Glück oder eben auch Unglück, wenn Betti am Wochenende Anton sah. Eigentlich wäre es besser gewesen, sie hätte ihn in den nächsten Monaten gar nicht gesehen, denn sie war jedes Mal verärgert über ihn, aber ihr Liebeskummer war dann auch wiederum groß. Doch manchmal war er sogar mit Arne außerhalb unterwegs, und dann kam er auch in keinen Club mehr. Doch wenn Anton wirklich noch kam, blieb er meistens erst im Eingang stehen und schaute in die Runde. Betti erspähte ihn sofort, und sie hatte dann wieder dieses Kribbeln im Bauch und Herzklopfen, wie er so dastand mit seinen blonden Haaren und dieser leicht schäbigen Lederjacke, die sie so sehr liebte. Wenn er dann mit seinem lässigen Gang den Club betrat, bog er gleich zur Bar ab. Sie beobachtete ihn dort noch eine Weile, konnte den Blick gar nicht von ihm lassen, fasste sich dann ein Herz und ging mit Herzklopfen ebenfalls dorthin und bestellte etwas zu trinken, in der Hoffnung, er würde sie ansprechen oder ansehen. Meistens schaffte sie es sogar, dass sie direkt neben ihm stand. Doch es passierte nichts. Selbst wenn Betti dann zu ihm hinübersah, war sein Blick starr geradeaus gerichtet. So, als ob er Angst hätte, wenn er Betti ansehen würde, dass dann sein harter Kern zusammenfällt und er Betti fragen würde, ob sie es noch mal miteinander versuchen würden. Doch sie hatte auch das Gefühl, Anton behandelt sie extra schlecht. Damit kam sie keineswegs klar. Im Nachhinein betrachtet, wird es wohl so gewesen sein, dass Anton ebenso schwer zu kämpfen hatte, wenn er Betti sah. Ihr Gefühl wird sie nicht getrogen haben. Betti wollte ja über Anton hinwegkommen, doch es war nicht einfach. Das Allerschlimmste wäre jedoch für Betti gewesen, wenn Anton irgendwann mit einer anderen Freundin gekommen wäre. Doch dies war Gott sei Dank nicht der Fall. Nach Wochen ihres Liebeskummers und ihres Selbstmitleides hatte Betti jemanden kennengelernt, wo sie einen Anflug von Verliebtheit spürte. Er hatte lange blonde Locken und sah sehr gut aus. Er hieß Manuel. Betti wollte aber nichts Festes, nur einen kleinen Flirt, eine Bestätigung und vielleicht doch ein wenig mehr. So richtig gut unterhalten konnte man sich mit ihm nicht, der IQ ließ etwas zu wünschen übrig, doch man konnte gut mit ihm feiern. Und dies tat Betti schon seit Wochen, so war sie immer abgelenkt. Dass der Typ gut aussah, war wohl der Hauptgrund, warum sich Betti für ihn interessierte. In den ersten Wochen trafen sie sich eigentlich nur in den Clubs, sie saßen meistens an einem Tisch, zwei Plätzchen waren dann noch frei, sodass Bettis Freundin dort ebenfalls Platz fand. Es war immer eine lockere Runde. Wie gesagt, so wirklich gut unterhalten konnte Betti sich zwar nicht mit ihm, doch er war sehr nett anzuschauen, und Betti verspürte das erste Mal keine Sehnsucht nach Anton. Es war ihr momentan nicht wichtig, ob Anton zum Club kam oder nicht. Sie konnte endlich mal an etwas anderes denken, ohne wieder die Schmetterlinge im Bauch zu spüren, wenn sie ihn sah. Einen leichten Anflug von Schmetterlingen hatte sie jedoch nun bei Manuel. Und so kam es, dass sie eines Nachts nach der Disco mit zu ihm nach Hause ging. Manuel wusste ja, dass Betti noch keine 18 Jahre alt ist und so fragte er sie, was ihre Eltern dazu sagen würden, wenn sie nicht nach Hause käme. Betti tat, als interessierte sie die Meinung der Eltern nicht. Doch in Wirklichkeit waren ihre Eltern an dem Wochenende nicht da, und so war es ja unwichtig, wo sie schlief. Als sie jedoch bei ihm ankamen, und er die Tür zu seinem Zimmer öffnete, lag auf dem Fußboden eine Luftmatratze, und da lag schon jemand drauf – es war sein Cousin. Er war zu Besuch und Manuels Mutter hatte ihn dort einquartiert. Manuel und Betti waren total erstaunt, denn Manuel wusste nicht, dass sein Cousin bei ihm war. Doch dieser freute sich, seinen Cousin und Betti zu sehen, obwohl er sie gar nicht kannte und stellte sich ihr vor. Betti konnte gar nichts sagen, so überrascht war sie, das machte dann Manuel für sie. Er sagte seinem Cousin, wie Betti heißt, mehr jedoch nicht. Also, er sagte nicht: Das ist meine Freundin. Wäre ja auch gelogen. *Toll*, dachte Betti, *was soll das denn hier jetzt werden.* Zwischen Betti und ihrem Flirt konnte nun nichts mehr passieren. Und da der Cousin schon mal da war, schauten sie sich zu dritt Fotoalben an, und Manuel erzählte von seiner Kindheit. Ja, das war vielleicht eine tolle Nacht. *Wenn sie die Geschichte Annett erzählt*, dachte sich Betti, *die wird es ihr nie glauben.* „Ist klar" würde sie sagen, „Fotoalben angeschaut, so heißt dies jetzt also." Doch umso länger sie sich die Alben anschauten und die Jungs von sich erzählten, desto schöner fand Betti den Abend bzw. die Nacht. Dass sie sich schöne Stunden mit Manuel machen wollte, rückte in den Hintergrund und war nicht mehr wichtig. Irgendwann im Morgengrauen sind sie dann alle eingeschlafen, der Cousin auf seiner Luftmatratze und die anderen zwei in Manuels schmalem Bett. Manuel hat zwar noch Annäherungsversuche gemacht, doch dies ging ja wohl gar nicht. Immerhin lag der Cousin mit im Zimmer. Betti hat ihm dies klargemacht, und wie Männer so sind, ist Manuel dann auch fix eingeschlafen und hat geschnarcht. Betti hingegen konnte gar nicht einschlafen. Sie dachte sich, was mache ich hier eigentlich? Doch einfach so in der Nacht sich davonzuschleichen und nach Hause zu gehen, konnte sie natürlich auch nicht bringen. Also wartete sie, dass es hell wurde, um diesem Dilemma zu entkommen. Am Morgen sieht man die Dinge ja meistens anders. Die Situation war Betti ziemlich unangenehm. Als es endlich hell wurde, ist Betti leise aufgestanden, huschte schnell ins gegenüberliegende Bad, in der Hoffnung, dass sie den Eltern nicht über den Weg läuft und machte sich notdürftig fertig. Aus dem Bad nun wieder zurück ins „Kinderzimmer" gehuscht, suchte sie ihre Sachen zusammen und wollte nur noch nach Hause. Sie wollte von den Jungs keinen aufwecken, doch Manuel ist selbstverständlich wach geworden und war überrascht, wo Betti denn schon so früh hinwollte. Betti hat ihm gesagt, dass sie nicht mehr schlafen könne, und lieber nach Hause wolle. Gelogen war dies ja nicht. Manuel ist ebenfalls aufgestanden und brachte sie nach draußen. Als sie unten waren, musste sie nur noch an der Küche vorbei, die Tür stand offen, und drin stand Manuels Mutter. War ja klar, dass das mit einfach rausschleichen nicht funktioniert. Manuel flüsterte Betti noch zu, dass sie schnell Guten Morgen sagen sollte, doch das hätte sie eh gemacht. Also hat sie noch höflich einen guten Morgen gewünscht, sich dann schnellstens von Manuel verabschiedet und ist nach Hause gegangen. Sie hoffte nur, dass seine Mutter sie nicht erkannt hatte, da diese wiederum ihre Eltern kannte. Und man konnte sich nie sicher sein, wann diese sich mal zufällig über den Weg laufen würden. Auf dem Nachhauseweg hatte sie noch genug Zeit, über die ganze Situation nachzudenken. Doch damit nicht genug, dass

Betti von Manuels Mutter gesehen wurde, traf sie, kurz bevor sie zu Hause ankam, ausgerechnet noch einen guten Freund ihres Vaters, der sie natürlich fragte: „Wo kommst du denn so früh her?" Geistesgegenwärtig erwiderte Betti: „Von einer Freundin. Ich habe dort übernachtet." Sie hoffte, dass der Typ nichts ihren Eltern hiervon erzählen würde. Ein bisschen komisch geschaut hat er ja, doch ob er ihr nun glaubte oder nicht, die Hauptsache war, dass das nicht bei ihren Eltern ankam. Übrigens sollte in der Nacht, als Betti nicht nach Hause kam, Annett bei ihr schlafen. Betti wusste jedoch, dass Annett auch mit einem Typen mitgegangen ist, in den sie sich wohl ein wenig verguckt hatte. Dieser Typ war ein Kumpel von Manuel und saß ebenfalls immer mit am Tisch im Club. Und so sind die beiden Mädchen zusammen aus der Disco abgehauen, jeder mit seiner Bekanntschaft. Als Betti in ihrem Zimmer ankam, war von Annett noch keine Spur weit und breit. Betti machte sich hierüber noch keine Sorgen. Außerdem hatte sie mit sich selbst zu tun. Da sie – wie gesagt – bei Manuel nur sehr, sehr wenig Schlaf bekam, haute sie sich in ihr Bett und schlief noch einige Stunden, bis endlich Annett bei ihr auftauchte und sie weckte. Betti war noch ganz benommen und wusste im ersten Moment gar nicht, wo sie war. Sie fragte nach der Uhrzeit, es war schon kurz vor Mittag. Nun war Betti richtig neugierig, denn wenn Annett so lange weg war, dann muss die Nacht ja wohl super gewesen sein. Annett erzählte ihr, dass sie bei diesem Jungen übernachtet hat. Doch im Gegensatz zu Betti ist Annett bei ihm eingeschlafen und erst spät erwacht. Da es ihr dann etwas peinlich war, hat sie sich ebenfalls davongeschlichen. *Oh Gott*, dachte Betti, in *Annetts Haut wollte sie jetzt auch nicht stecken*. Im Gegensatz zu ihr war ihre Nacht ja harmlos gewesen. Im Nachhinein war sie doch ganz froh, dass der Cousin da war, denn sonst wäre mit Manuel noch was gelaufen, was ihr bestimmt am nächsten Morgen unangenehm gewesen wäre. Betti hatte sich mit Manuel auch nicht neu verabredet, es war alles sehr locker, doch schon ein paar Tage später trafen sich Manuel und Betti in der Disco am Stadtrand wieder. Betti und Annett setzten sich zu den Jungs an den langen Tisch, welchen diese reserviert hatten und wo noch einige Plätze frei waren. Betti vermied es jedoch, mit Manuel über die Nacht zu sprechen. Also unterhielt sie sich mit ihm nur über ganz banale Dinge und tanzte auch mit ihm. Doch ansonsten gab sie sich ganz locker. Sie war ganz froh darüber, dass Manuel den Abend bzw. die Nacht ebenso mied wie sie. Mit Annett und ihrem „Lover" schien es gut zu laufen, sie hockten den ganzen Abend zusammen und tanzten nur, wenn Reggae-Musik kam. Der Abend war ein voller Erfolg, Betti und Annett waren sichtlich zufrieden. Doch es kam, wie es kommen musste. Als die Disco zu Ende war, wollten dann alle mit dem Bus nach Hause fahren. Rechtzeitiges Erscheinen an der Bushaltestelle sicherte einem eine Fahrt nach Hause, und so stellte sich Betti mit ihrer Freundin zeitig an und wartete mit ihr auf den Bus. Plötzlich rief jemand von hinten: „Na, Betti, sind deine Eltern wieder da?" Betti dachte nur: *Wer hat jetzt diese blöde Frage gestellt?* Zumal Manuel die Frage genauso gehört hatte, da er einige Leute vor Betti stand. Er drehte sich zu ihr um und sagte dann: „Ach, waren die weg?" Betti wusste in dem Moment gar nicht, was sie sagen sollte, hatte sie doch an dem besagten Abend die großen Töne gespuckt, dass es ihr egal ist, was ihre Eltern sagen, wenn sie nicht nach Hause kommt. Ja, man merkt es immer wieder, Lügen haben kurze Beine. Betti merkte, wie ihr die Röte ins Gesicht stieg, wollte noch eine kluge Antwort geben, ihr fiel jedoch nichts ein, und so antwortete sie dann kurz und knapp: „Ja", und für sie war die Sache erledigt. Manuel grinste in sich hinein, hat Gott sei Dank jedoch nichts mehr gesagt. Und dann kam auch schon der Bus, hielt an und alle wollten sich in den Bus drängen. Doch einige hatten Pech, da der Bus beim besten Willen nicht alle Discobesucher mitnehmen konnte. Aber Anton hatte es ebenso in den Bus geschafft. Er war an diesem Abend ebenfalls in der Disco, und Betti merkte schon, dass es ihm nicht passte, dass sie sich mit Manuel abgab. Für Betti waren Manuel und die anderen Jungs am Tisch eine Ablenkung von Anton gewesen, und sie musste nicht ständig zu ihm herüberschauen. Sie bemerkte aber, dass er beide, also Manuel und Betti, unentwegt beobachtete. Da Anton den ganzen Abend am Tisch verbrachte, nicht an der Bar rumhing, geschweige denn tanzte, hatte er sich natürlich ein Bild gemacht und dachte wohl, dass Betti mit dem Typen anbandeln könnte. Übrigens, seitdem Betti von Anton getrennt war, hat sie ihn nie in der Disco tanzen sehen, er trank nur immer seine Biere und unterhielt sich mit irgendwelchen Leuten. Als der Bus dann an der Haltestelle am Markt anhielt, stiegen die meisten aus, darunter auch Betti mit Annett, Anton und Manuel. Und so kam es, wie es kommen musste. Anton ging auf Manuel zu, nahm ihn beiseite und machte ihm klar, dass er nichts mit Betti anzufangen hätte. Der Typ entgegnete ihm aber, dass es Anton nichts anginge. Bald wäre es zu einer Schlägerei gekommen, aber die Kumpels gingen dazwischen. Betti hat dies aus einer geringen Entfernung mitbekommen. Im ersten Moment war sie mal wieder wütend auf Anton, was wollte der sich schon wieder prügeln, irgendwann kam er dafür noch mal in den Knast. Und außerdem sollte er sich aus ihrer Angelegenheit raushalten. Er wollte sie doch eh nicht mehr. Doch kurze Zeit später war sie schon wieder geschmeichelt, dass Anton sich für sie prügeln wollte, doch den Sinn hat sie nicht verstanden. Er hatte doch Schluss gemacht und tat so, als ob sie ihm egal war. Beim nächsten Aufeinandertreffen der beiden ging Betti zu Anton an den Tisch und hat ihm klipp und klar gesagt: „Misch dich nicht in meine Angelegenheiten, ich kann machen, was ich will. Wir sind nicht mehr zusammen." Anton hat sie jedoch nur angegrinst und hat wieder mal seine Arroganz raushängen lassen. Wenn er so war, dann hasste Betti ihn am meisten. Doch wenn sie auch immer noch so etwas wie Hass auf Anton besaß, wenn er in Schwierigkeiten geriet, half sie ihm trotz alledem. Sie konnte einfach nicht anders. Die Sache mit Manuel hatte sich dann auch schnell erledigt, Bettis Interesse an ihm nahm von Zeit zu Zeit ab, denn sie merkte, dass es doch sehr wichtig ist, sich mit jemandem vernünftig zu unterhalten. Und Manuel war kein Kind von Traurigkeit und flirtete mal hier und mal dort. Als sich die Sache mit Manuel vollends erledigt hatte, merkte Betti wieder, dass ihr Anton wieder nicht aus dem Gedächtnis ging. Sah sie ihn, hatte sie wieder Schmetterlinge im Bauch. Sie wünschte sich nur noch, dass sie sich endlich neu verlieben würde, und dann wäre Anton endlich Geschichte. Dachte sie jedenfalls. Und weil Anton ihr nicht egal war, hat sie ihn eines Nachts vor dem alten Club vor einer großen Dummheit bewahrt. Betti kam aus dem neuen Jugendclub und wollte noch in den alten Club gehen. Annett war schon auf dem Weg nach Hause. Da sah Betti, wie eine Horde wildgewordener Jungs sich mit den Ausländern, also den Mosambikanern, welche ja vor einiger Zeit in die Stadt kamen, um hier zu arbeiten, prügelte. Und wer durfte dort natürlich nicht fehlen? Ja, Anton. Er war gerade im Begriff, kräftig mitzumischen. Eiligst rannte Betti zu ihm hin, riss ihn da weg und schrie ihn an, was das wohl soll. Woher sie die Kraft mit einmal nahm, weiß sie nicht mehr, sie wusste nur, wenn er sich jetzt prügelt, wird dies böse enden, denn es war nicht das erste Mal, dass Anton wegen einer Schlägerei auffiel. Damit hatte er nicht gerechnet, dass Betti dazwischenfunkte. Ganz verdutzt sah er sie an und wollte sich wieder dem Geschehen zuwenden. Irgendwie schaffte es Betti jedoch, ihn von den anderen Prügelnden wegzuziehen. Da der Tumult so groß war, bemerkten die anderen die ganze Sache nicht. Sonst hätten sie wohl Betti noch weggeschubst. Als sie ihn nun endlich aus der „Schusslinie" hatte, dachte Betti: *Jetzt alleinlassen kann ich ihn jedoch auch nicht.* Dann geht er ohne zu zögern zurück und mischt dort wieder kräftig mit. Also blieb ihr nur eines übrig. Sie musste ihn nach Hause bringen. Da Anton jedoch ganz ordentlich gebechert hatte, war es nicht so einfach, diesen großen Kerl nach Hause zu kriegen. Sie schimpfte vor sich hin und Anton aus, was das wohl wieder soll, doch er verstand nicht wirklich, so viel hatte er getrunken. Er lallte ihr noch irgendetwas Sentimentales vor, worauf sich Betti jetzt so gar nicht einlassen wollte. In einer anderen Situation wäre sie dafür sehr empfänglich gewesen, denn er lallte so etwas, wie toll sie ist, und dass er sie lieben würde. Jetzt war sie realistisch genug, um das ganze Gelaber nicht zu glauben und außerdem war sie gerade wütend auf ihn. *Wie in alten Zeiten*, dachte sie. Auch wenn sie ihn immer noch liebte, so wollte sie ihn aber auch nicht zurückhaben. Der Weg bis zu Anton nach Hause war unter diesen Umständen, sie musste ihn ganz schön stützen, doppelt so lang wie sonst. Endlich angekommen, setzte sie ihn an der Haustür ab, das heißt, sie schaute noch, ob er auch reinging, ging zur Giebelseite, wo sein Fenster war, und als das Licht anging, war sie beruhigt und machte sich dann im Dunkel der Nacht ganz allein auf den Nachhauseweg. Es hätte eh nichts gebracht, wenn sie bei ihm geblieben wäre. So betrunken, wie er war, ist er bestimmt gleich eingeschlafen. Und am Morgen hätte Betti sich ziemlich geärgert, dass sie dortgeblieben ist, und Anton hätte sich an nichts mehr erinnern können. *Nein*, dachte Betti, *so ist es schon richtig.* Sie ging auch einen anderen Weg nach Hause, denn an dem Jugendclub wollte sie auf keinen Fall noch mal vorbeigehen. Wer weiß, was sie dort noch gesehen hätte. Im Nachhinein hat sich herausgestellt, dass irgendjemand die Polizei rief, und einige Jungs verhaftet wurden. Zwei von ihnen sind sogar wegen Körperverletzung zu Gefängnisstrafen verurteilt worden. Da hatte Anton noch mal Glück gehabt. Der Auslöser für die Schlägerei war, dass die einheimischen Jungs die Mosambikaner nicht leiden konnten.

Die Geschichte zwischen der DDR und den Mosambikanern begann am 24. Februar 1979, als die DDR und die damalige Volksrepublik Mosambik beim Besuch des damaligen Staatsratsvorsitzenden Erich Honecker im Maputo einen Vertrag zum Austausch von Vertragsarbeitern unterschrieben. Ein Zeichen der Völkerverständigung und gegenseitigen Solidarität, wie beide Seiten damals betonten. Insgesamt 20.141 Mosambikaner kamen in die DDR, um dort zu arbeiten, doch nach dem Fall der Mauer 1989 und dem Kollaps des sozialistischen Wirtschaftssystems wurden sie nicht mehr gebraucht.

Am 28. Mai 1990 änderten die DDR und Mosambik das Entsende-Abkommen, und in den Folgemonaten kehrten fast alle Mosambikaner in ihre Heimat zurück. (Quelle Internet: www.dw.de) Die Mosambikaner in Bettis Heimatstadt kamen erst Ende der 80er Jahre. Untergebracht waren sie in einem Wohnblock, der extra für sie gebaut wurde. Als die Mosambikaner in der DDR ankamen, war es Winter. Da sie die Temperaturen nicht kannten, reisten sie natürlich in sommerlichen Sachen an. An die Kälte mussten sie sich noch gewöhnen, und natürlich bekamen sie auch schnellstens Wintersachen. Da die Mosambikaner nach ihrer Arbeit immer Langeweile hatten, was sollten sie auch tun ohne ihre Familien, gingen diese nach einiger Zeit ebenfalls gern in den alten Club. Und es waren bestimmt so 15 Leute. Hört sich nicht viel an, doch der Club war ja nicht so groß. Und das Problem war, dass diese kein Deospray benutzten, weil sie so etwas nicht kannten, jedoch heftigst tanzten und somit irgendwann mächtig nach Schweiß rochen. Von dem Schweiß mal abgesehen, hatten sie ohnehin einen eigenen seltsamen Körpergeruch. Das lag wohl an ihrer Ernährung. Der ganze Club war dann von schlechter Luft geprägt. Alle anderen haben sich mächtig darüber aufgeregt. Wenn Betti so zurückdenkt, hat sie den Duft heute noch in der Nase. Betti hatte so an sich nichts gegen die Ausländer gehabt, doch es war wirklich zu extrem, und so hat es den einheimischen Jungs irgendwann gereicht, und weil Worte nicht genug waren, wurde eben gleich losgeprügelt, was Betti jedoch nicht gutgeheißen hat. Betti war jedenfalls immer hin- und hergerissen, wenn sie einen Jungen gut fand, dachte sie: *Jetzt komm ich über Anton hinweg.* Doch sobald sie Anton sah oder ihr nur von ihm berichtet wurde, hatte sie die Schmetterlinge im Bauch. Sie konnte es auch nicht ertragen, wenn er mal mit einer anderen flirtete. So weh es ihr auch tat, sie hat die Situation ganz genau beobachtet. Sie hätte ja eben so gut wegsehen können, doch das kam für Betti nicht in Frage. Lieber quälte sie sich, indem sie alles beobachtete. Einmal hat Betti ihn gesehen, als sie gerade aus dem Club nach Hause gehen wollte. Dort stand Anton mit einer Blondine, von der man wusste, dass diese mit jedem ins Bett stieg, und flirtete mit ihr. Die Blondine lehnte an der Hauswand und Anton stand ganz dicht davor und war im Begriff, dieses Flittchen zu küssen. Bei Betti saß der Schock tief. Wieso musste er sich an solch eine Schlampe ranmachen? Betti konnte es sich nicht verkneifen, Anton und dieser Schlampe ein paar Worte zuzurufen. Anton hat irgendetwas zurück erwidert, doch die Worte hat Betti vergessen. Am liebsten wäre sie zu der Blondine hingegangen und hätte ihr eine reingehauen. Doch dann wäre sie auf dem Niveau von Anton gewesen. Außerdem hätte es nichts gebracht, vielleicht hätte Betti sich nur zum Löffel gemacht. Doch sie hatte sehr damit zu tun. Dieses Bild ging ihr wochenlang nicht aus dem Kopf. Und in Betti kam der Gedanke, was ist, wenn es nicht bei diesem Flirt oder vielleicht auch One-Night-Stand bleibt, und er mit dieser Schlampe zusammenkommen würde? Das wäre für Betti das Schlimmste gewesen. Selbst wenn es eine andere wäre, Betti konnte diesen Gedanken nicht ertragen. Doch dazu kam es Gott sei Dank nicht.

Die Nachricht über die Flucht

In den Wochen, in denen Betti im Internat und nicht im Betrieb war, schrieb sie sich natürlich mit ihrer Freundin. Ein Brief war immer drin, und der ging dann so über zwei bis drei Seiten. Es ist schon erstaunlich, was man sich alles so zu schreiben hatte. Meistens schrieb sie am Dienstag, dann hatte Annett den Brief am Mittwoch oder Donnerstag, und am Freitag sahen sie sich ja wieder. Betti bekam auch einmal die Woche Post von Annett. Dort standen dann die Neuigkeiten von zwei Tagen drin. Heutzutage kann man darüber nur schmunzeln, jetzt werden ja nur noch Whatsapp-Nachrichten versendet. Aber schön war es trotzdem, Briefe zu schreiben. Es gab zwar auch Telefonzellen, doch die wurden nur im äußersten Notfall benutzt, wenn man zum Beispiel zu Hause etwa klären musste, ob man am Wochenende dies oder jenes tun dürfe, und man bis Freitag nicht warten konnte, bis man die Eltern sah. Oder die Mutter. Betti hat alles mit ihrer Mutter allein abgemacht, ihr Vater war selten zu Hause, er arbeitete sehr viel in seiner Werkstatt. So vergingen die Wochen immer gleich, in der Woche blieb Betti mit Annett in Briefkontakt und am Wochenende gingen sie in die Clubs. Doch am 31.03.1989 war dann alles anders. Betti erhielt wieder Post. Sie freute sich über die Briefe von Annett und war immer gespannt, was in diesen stand. Die wichtigsten Dinge waren sowieso die über Anton, wenn es denn etwas zu berichten gab. So öffnete sie ihre Post, ahnte nichts Böses, las die Zeilen und konnte im ersten Moment gar nicht begreifen, was dort stand. Was hatte sie gerade gelesen? Das konnte es doch nicht geben. Betti las die Zeilen noch einmal. Anton und Arne waren verhaftet worden – Republikflucht. Betti konnte es nicht fassen. Warum? Annett schrieb nur, dass beide in der vergangenen Woche versucht hatten, über die tschechische Grenze in den Westen abzuhauen. Und die Woche darauf sollte schon die Gerichtsverhandlung sein. Mehr wusste sie auch nicht. Hatte Anton vielleicht deshalb mit Betti Schluss gemacht? Weil er schon wusste, dass er mit Arne die DDR verlassen will. Hat deshalb Arne so komisch reagiert, als er feststellte, dass Anton wieder mit Betti zusammen sein wollte? Sah er die Flucht in Gefahr? Und warum wollten sie überhaupt die DDR verlassen? Anton hat sich Betti gegenüber nie beschwert, dass es in der DDR scheiße war oder irgendwelche anderen Andeutungen gemacht. Jetzt konnte sie sich auf so manche Dinge erst einen Reim machen. Betti kreisten so viele Gedanken durch den Kopf. *Wenn er jetzt verhaftet wurde, für wie viele Jahre muss er im Gefängnis bleiben*, dachte sie. Sie hatte hiervon keine Ahnung, kannte sie solch einen Fall doch nicht. Sicherlich hatte sie des Öfteren von Leuten gehört, die aus der DDR ausreisen wollten und keine Genehmigung bekamen, oder wenn doch, dann erst nach Jahren. Aber Republikflucht. Warum? Für Betti war die DDR immer ein Staat gewesen, in welchem sie sich sicher fühlte. Auch wenn es nicht alles gab, wollte sie niemals mit den Menschen im Westen tauschen. Sie hatte nie eine schlechte Erfahrung mit dem Staat gemacht, ihr Umfeld ebenfalls nicht. Betti wusste zwar, dass es die Staatssicherheit gab, doch ihnen wurde im Unterricht ja gelehrt, dass die Leute der Stasi für den Schutz der DDR-Bürger da seien. Erst nach der Wende hat sie viel über die „andere" DDR erfahren, was vielen Leuten angetan wurde, die eine andere Meinung hatten etc. Da sie selbst nie damit in Berührung kam, und auch keinen aus ihrem Umfeld kannte, dem so etwas widerfahren ist, war es für Betti schwer, die vielen Geschichten, welche sie hörte oder auch las, zu glauben bzw. zu verstehen. Hätte sie bereits damals über die wirkliche DDR Bescheid gewusst, hätte sie Anton ja noch verstehen können, doch so konnte sie es nicht. Immer wieder fragte sie sich, wie er zu so etwas fähig sein konnte. So hart es für Betti in diesem Moment war, für sie stand schnell fest: Ich warte auf ihn. Vollkommen unrelevant, wie lange es dauern sollte. Doch wenn er in den Westen abgeschoben werden würde, was dann? So etwas sollte es ja auch geben. Dann würde Betti ihn nie wiedersehen. Bei diesem Gedanken krampfte sich ihr Magen zusammen. Sie konnte jetzt noch nicht ahnen, dass die Wende nur noch einige Monate entfernt war. Zu diesem Zeitpunkt war hiervon allerdings noch nichts zu bemerken. Als ihr dies so bewusst wurde, war es, als ob Anton gestorben wäre. Doch so weit wollte sie nicht denken. Diesen schlimmen Gedanken musste sie wegschieben. Alles andere wäre unerträglich für Betti gewesen. Jetzt galt es erst mal, die Woche im Internat zu überstehen. Nachdem sich Betti wieder einigermaßen gefangen hatte, erzählte sie ihren Internatsfreundinnen von der Hiobsbotschaft. Hatten diese sich gerade noch angeregt unterhalten, so war es plötzlich ganz still im Zimmer. Republikflucht. Das Wort allein war schon eine Angst. Alle waren sprachlos. So etwas kannten sie ebenso wenig wie Betti bzw. sie kannten keinen, der so etwas schon mal versucht hatte. So fingen alle an zu spekulieren, wie es denn jetzt weitergeht mit Anton. Für die anderen Mädels war die Situation sogar noch spannend. Auch für sie war es das erste Mal, dass sie von einer Republikflucht hörten. Doch sie versuchten, so gut sie konnten, Betti Hoffnung zu machen, auch wenn sie selbst ein wenig hilflos waren. Das wird schon, oder es wird bestimmt nicht so schlimm, das waren die Sätze, welche Betti zu hören bekam. Etwas anderes fiel den Mädels auch nicht ein. Doch keiner der gut gemeinten Sätze konnte sie wirklich beruhigen. Und so konnte sie sich den Rest der Woche nicht mehr wirklich auf die Schule konzentrieren. Immer wieder kam ihr der Gedanke – Republikflucht. Gut nur, dass sie nicht allein war, sondern ihre Internatsfreundinnen sie umgaben. Die Mädchen versuchten, das Thema zu meiden, da sie sich einig waren, dass es nicht gut wäre, wenn Betti immer wieder damit konfrontiert werden würde. Also unterhielten sie sich über ganz normale Dinge wie, welche Hausaufgaben haben wir auf, was machen wir heute Abend, in welche Kneipe gehen wir, oder sie lagen einfach am Nachmittag in ihren Betten und hörten laut Musik, natürlich Westmusik. Betti hatte zwei Kassetten von Herbert Grönemeyer, auf der einen war die „Ö" zu hören und auf der anderen war das Album „Bochum". Diese Musik hatte mal jemand für sie auf Kassette aufgenommen. Das hatte sogar ihre Mutter organisiert und ihr zum Geburtstag geschenkt. Das war das beste Geburtstagsgeschenk aller Zeiten. Jedenfalls zum damaligen Zeitpunkt. Des Weiteren hatte sie noch Kassetten von Heinz-Rudolf Kunze und Udo Lindenberg. Da die Mädchen den gleichen Musikgeschmack hatten, gab es keinen Streit, welche Lieder sie jetzt hören wollten. Und so ging die Woche irgendwie vorüber. Diesmal hatte es Betti besonders eilig nach Hause zu kommen und die neuesten Nachrichten zu erfahren, sofern es denn etwas Neues gab. Als Betti dann nach gefühlten Stunden zu Hause ankam, schmiss sie ihre Reisetasche in den Flur, sie hatte nicht mal mehr Zeit, diese in ihr Zimmer zu bringen und machte sich sofort auf den Weg zu Annett, um Neuigkeiten zu erfahren. Doch Annett musste Betti enttäuschen, wusste sie auch noch nicht mehr als das, was sie Betti geschrieben hatte. Natürlich war Betti hierüber enttäuscht, doch Annett konnte ja nichts dafür. Das Thema beschäftigte Betti zu sehr, und so philosophierte sie mit Annett – wie sie es schon im Internat mit ihren Freundinnen getan hatte – was wohl aus Anton werden würde und warum er dies überhaupt getan hätte. Sie kam zwar auf keine vernünftige oder logische Antwort, für Betti war es jedenfalls unheimlich wichtig, hierüber zu sprechen. Und da Annett nun mal ihre beste Freundin war, ging es der auch nicht auf die Nerven, dass es für die nächste Zeit nur ein Thema gab. Es war für beide Aufregung pur. Annett versprach ihrer Freundin, dass sie ihr sofort schreiben würde, sofern sie etwas Neues erfuhr. Die nächsten Briefe, welche Betti im Internat erreichten, wurden immer sofort aufgerissen, in der Hoffnung, es stand etwas Neues über Anton drin. Doch eine ganze Weile tat sich nichts.

Erst einige Zeit später erfuhr Betti, dass Arne schon nach Hause geschrieben hatte, Anton jedoch noch nicht. Entweder traute er sich nicht, oder er stellte sich eine Runde auf stur. Denn stur sein konnte Anton sehr gut. Betti erfuhr, dass sie einmal im Monat nach Hause schreiben durften. Doch warum tat er dies nicht? Sie wurde aus Anton nicht schlau. Da seine Eltern einige

Wochen gar nichts von ihm wussten, weil er ja nicht nach Hause schrieb und sie auch keine Sprecherlaubnis hatten, bekam seine Mutter einen Nervenzusammenbruch, so hatte es Betti jedenfalls gehört. Arnes Eltern hingegen durften ihren Sohn in der Untersuchungshaft besuchen. Warum dies so war, hatte seine Gründe, doch dazu später mehr. Betti hat jedenfalls eine Zeit lang nichts über Anton erfahren, das war eigentlich noch schlimmer, als zu wissen, dass er im Gefängnis war. Denn nichts von jemanden zu hören, der im Gefängnis sitzt und nicht zu wissen, wie es demjenigen geht, und was er gerade durchzumachen hat, ist eine Katastrophe. Hinzu quälte Betti, dass sie sich mit Anton ja auch nicht mehr gut verstanden hat, sie sind sich seit geraumer Zeit aus dem Weg gegangen, Anton hat immer seine Überheblichkeit Betti gegenüber raushängen lassen, und Betti wiederum hatte zeitweise einen solchen Hass auf Anton, dass sie dies ebenfalls nicht verbergen konnte. Doch jetzt, wo sie wusste bzw. dachte, dass sie sich lange Zeit nicht sehen oder vielleicht gar nicht mehr sehen würden, war Betti leicht verzweifelt. Am liebsten würde sie ihr Verhalten von letzter Zeit Anton gegenüber rückgängig machen. Ach, wenn sie ihm doch bloß sagen könnte, dass er auf sie zählen kann, dass sie ihm so gern zur Seite stehen würde und immer für ihn da ist. Aber dann eines Tages hat sie die Oma von Anton getroffen. Diese hat ihr dann gesagt, dass sie die Adresse bei sich zu Hause hat und Betti soll doch vorbeikommen. Sie würde ihr diese dann geben. Betti fuhr noch am selben Tag zur Oma, unterhielt sich noch eine ganze Weile mit ihr über Anton und die Flucht und fuhr mit Adresse des Gefängnisses etwas wohler in der Magengegend wieder nach Hause. Sie war darüber so unendlich glücklich, dass sie ihm gleich einen langen Brief schrieb. Endlich konnte sie Kontakt zu ihm aufnehmen und sich einiges von der Seele schreiben. Erst hieß es ja, es dürfen nur zwei Personen schreiben, und die Namen müssten angegeben werden, doch Betti wollte es trotzdem versuchen. Sie hatte nichts zu verlieren. In ihrem Brief schrieb sie dann jedoch mehr oder weniger belanglose Dinge, die Republikflucht erwähnte sie nicht, aber durch die Blume gab sie ihm zu verstehen, dass er auf sie zählen konnte. Sie ahnte schon, dass der Brief durch die Zensur geht. Betti dachte sich, die Hauptsache ist, ich schreibe irgendetwas, so kann er sich damit für einige Minuten ein wenig ablenken. Betti nummerierte die Seiten, da der Brief doch eine gewisse Länge erreichte. An seine Oma hatte Anton schon geschrieben, und Betti durfte, als sie bei der Oma war, seinen Brief lesen und war zu Tränen gerührt. Ein Lebenszeichen von Anton – und er schrieb der Oma auch, dass sie Betti grüßen sollte. *Schön*, dachte sich Betti, *er hat an mich gedacht.* Doch Anton hat ihr in diesem Moment noch mehr leidgetan als ohnehin schon. Antons Oma erzählte ihr noch, dass seine Eltern inzwischen eine Sprecherlaubnis erhalten haben und am vorherigen Tag sogar bei ihm waren. Und wenn Betti ihn schon nicht besuchen konnte, vielleicht würde er sich ja über ihre Briefe freuen. Es wäre zwar nur ein kleiner Trost, aber immerhin. Wiederum war sie sich zwar nicht sicher, ob er sich über die Briefe freuen würde, denn in der Vergangenheit ist er ihr ja – wie gesagt – aus dem Weg gegangen und tat, als ob er mit ihr nichts mehr zu tun haben will. Sicherlich dachte Betti daran, dass es nur so war, weil er die DDR verlassen wollte, doch genau wusste sie es eben nicht, ob dies der Grund war. Wiederum dachte Betti sich, wenn er sie schon grüßen lässt, dann wird er sich doch bestimmt über Post von ihr freuen. Und es machte Betti riesige Freude, die Briefe an Anton zu schreiben, für Betti war dies, als ob sie noch zusammen wären. Es war so ein Zusammengehörigkeitsgefühl da. Und eigentlich war es Betti klar, dass er sie noch liebte. Es konnte gar nicht anders sein, er hat Schluss gemacht, um in den Westen abhauen zu können. Vielleicht hat er sich gedacht, dann ist es nicht ganz so schlimm für Betti und für ihn. Vielleicht wollte er sie auch schützen. Wenn sie zu diesem Zeitpunkt noch seine Freundin gewesen wäre, hätte die Stasi sie vielleicht noch verhört und ihr das Leben schwer gemacht. Für Betti war auch klar, wenn er wieder aus dem Gefängnis kommt und nicht in den Westen abgeschoben wird, dass sie dann wieder ein Paar werden. Und alles wird schön, sie heiraten, bekommen Kinder. In dieser Situation waren ein wenig Optimismus und vielleicht auch ein bisschen Fantasie sehr hilfreich.

Anton saß nun seit einigen Wochen im Gefängnis, bekam regelmäßig von Betti Briefe, doch er konnte ihr nicht zurückschreiben. Sicherlich hat Betti gehofft, dass er ihr antworten würde, doch sich tröstete sich damit, dass es wichtiger war, dass er ihre Briefe bekam, dann war er für einige Minuten abgelenkt, und Betti hoffte, dass eventuell ihre Briefe ihn ein wenig stärken würden in der Haft. Später hat Betti erfahren, dass die Stasi ihm ihre Briefe gegeben hat, die von seinen Eltern jedoch erst nicht. Das war Taktik. Die Stasi hat ihm erklärt, dass seine Eltern wohl von ihm enttäuscht sind und ihm deshalb nicht schreiben. So wollten sie ihn weichklopfen, denn Anton blieb bei seiner Meinung, er wollte nicht mehr in die DDR zurück. Da half auch die Taktik der Stasi nicht. Betti erfuhr so nach und nach etwas von Anton. So hörte sie, dass sein Entschluss, in den Westen zu gehen, feststand. Eine Rückkehr in die DDR kam für ihn nicht in Frage. Sie traf auch mal seine Mutter, diese bestellte ihr einen lieben Gruß von Anton und teilte ihr mit, dass er nur an seine Eltern und an seine Oma schreiben darf, aber die Briefe von Betti hat er erhalten. Betti hat sich wirklich darüber gefreut, dass er an sie gedacht hat. Seine Mutter erzählte ihr noch, dass er, sobald er aus dem Gefängnis entlassen wird – dies sollte im Jahr darauf passieren – dann in den Westen geht. Für seine Mutter war dies unbegreiflich und für Betti auch. Jede Mutter würde wohl daran zugrunde gehen, wenn sie erfahren würde, dass das eigene Kind in den Westen geht und man sich nie wiedersehen soll. Schrecklich. Es war ja immer noch nicht abzusehen, dass bald die Wende kam. Anton hatte erst ein Jahr und sechs Monate bekommen, doch seine Eltern legten Berufung ein, und so hatte er eben ein Jahr abzusitzen. Und hätte Anton sich für die Rückkehr in die DDR entschieden, dann wäre er schon entlassen worden – wie sein Kumpel Arne. Denn dieser ist voll eingeknickt und hat der Stasi gesagt, dass er doch in der DDR bleiben möchte. Das war auch der Grund gewesen, wieso seine Eltern so schnell ein Besuchsrecht erwirkt hatten. Auf Arne war Betti total sauer, da er doch irgendwie seinen Kumpel im Stich ließ. Doch von Arne hat Betti seit Anfang an nicht viel gehalten. Und so hat sie Arne auch nicht kontaktiert. Er hätte ihr vielleicht etliche Fragen beantworten können, doch sie war von ihm enttäuscht. Arne ist Betti in dieser Zeit auch nicht über den Weg gelaufen, sie hätte sonst nicht gewusst, wie sie reagieren sollte. Wie Betti dann einige Monate später erfahren hat, sollte Anton nach seiner Entlassung zurück in die DDR kommen und dort wieder „eingegliedert" werden. Betti hat sich natürlich unheimlich gefreut, dass er zurückkommt. Und sie musste ab jetzt nur noch sechs Monate warten. Na, die Zeit würde sie auch noch überstehen. Sie war sich ganz sicher – alles wird gut, Optimismus eben.

Die Wende – erste Erfahrung mit Westberlin

Der Herbst war nicht mehr weit weg, und es zeichnete sich in der DDR die Wende ab. Es gab Unruhen in Leipzig, wovon Betti und ihre Freundinnen jedoch nicht viel mitbekamen. Am 17. Oktober 1989 kam im Radio die Meldung, dass Erich Honecker nicht mehr Staatsratsvorsitzender ist, sondern Egon Krenz ihn abgelöst hat. Das war ja schon ein Hammer, denn solange Betti denken kann, war Erich Honecker Staatsratsvorsitzender. Sie kann sich noch gut daran erinnern, als die Meldung im Radio kam. Es war ein Dienstag und sie war im Internat und hat dies zusammen mit ihren Freundinnen gehört. Eigentlich interessierten sie sich überhaupt nicht für Politik, doch zu hören, dass Erich Honecker zurückgetreten ist, hat die Mädchen doch sehr überrascht. Zu diesem Zeitpunkt dachten alle, dass er vielleicht nun doch zu alt sei, und er deshalb durch Egon Krenz abzulösen war. Dass es die DDR bald nicht mehr geben würde, daran hätten sie im Traum nicht gedacht. Diese Nachricht war für sie ja schon schwer zu glauben. Ihnen wurde ja auch immer eingeredet, dass irgendwann der Kapitalismus zu Ende geht und alle Länder zum Sozialismus und dann zum Kommunismus übergehen würden. Alles andere war Utopie. Doch irgendwann wurden in Bettis Lehrort in der Kirche immer am Montag Reden gehalten über eine neue Zeit, über Reisefreiheit und Meinungsfreiheit usw. Da die Kirche ja unmittelbar neben dem Internat stand, fielen den Mädels die Massen auf und eben immer an den Montagen. Und so gingen Betti und ihre Klassenkameradinnen irgendwann dann aus Neugier ebenfalls in die Kirche. Warum kommen montags immer so viele Leute hierher? Denn bis vor Kurzem war diese immer leer. Das wussten Betti und ihre Internatsfreundinnen, denn die Kirche stand – wie bereits erwähnt – direkt neben dem Internat. Als sie das erste Mal dort ankamen, konnten sie gar nicht glauben, was sie dort sahen. Die Kirche war brechend voll. Sie hatten Mühe, sich noch hineinzudrängen. Doch die Neugierde war so groß, dass sie wissen wollten, was hier eigentlich vor sich ging. Sie verstanden beim ersten Mal zwar noch nicht so wirklich, was da abging, aber sie bekamen allmählich mit, dass eine andere Zeit anbrechen sollte. Ihr Interesse an solchen Reden war nun geweckt, und so gingen sie jeden Montag in die Kirche und verstanden von Mal zu Mal mehr. Die Zeit war unheimlich spannend. Bis es dann am 9. November 1989 so weit war. Die Grenzen zu Westberlin wurden geöffnet. Günter Schabowski gab im Fernsehen eine Pressekonferenz und verkündete, dass man ab sofort nach Westberlin reisen dürfe. Wie man ja jedes Jahr im Fernsehen sieht, strömten Massen noch an diesem Abend nach Westberlin, auf der Mauer wurde getanzt und ausgelassen gefeiert und die Volkspolizei wusste gar nicht so recht, wie sie sich verhalten sollte. Hiervon hat Betti natürlich erst mal nichts mitgekommen. Das lag wohl auch daran, dass sie im Internat ganz selten Fernsehen geschaut haben oder das Radio anhatten. Meistens hörten sie nur Kassetten. Es hat ein paar Tage gebraucht, bis Betti hiervon erfahren hat. Es war irgendwie seltsam, dass man von jetzt an in den Westen reisen konnte. Die ganze Sache zu begreifen, war schwerer als die Nachricht, dass Erich Honecker nicht mehr Staatsratsvorsitzender war. Und so war alles wie ein Traum. Erst nach und nach kam Betti in der Realität an. Man konnte nach Westberlin. Betti ist jedoch nicht in Jubel ausgebrochen, denn sie hatte den Westen ja nicht vermisst, „ihre" DDR reichte ihr völlig aus. Dass man nun dorthin reisen durfte, fand Betti zwar schön und sehr interessant, doch dass es die DDR bald nicht mehr geben würde, darüber hat Betti sich noch keine Gedanken gemacht. Für sie war klar, man kann jetzt auch nach Westberlin reisen und irgendetwas ändert sich. Aber an einen Zusammenschluss mit der BRD hat sie nicht geglaubt. Das war für sie unvorstellbar und wahrscheinlich für viele andere ebenso. Einige Wochen nach dem Mauerfall fuhr auch Betti mit ihren Eltern und ihrem Bruder nach Westberlin. Es war nun Anfang Dezember 1989. Vor lauter Neugier hätten sie eigentlich schon viel früher fahren wollen, dachten sich aber, dass ja alle dorthin wollen, und so beschlossen sie, noch einige Zeit zu warten, in der Hoffnung, dass sich der Ansturm dann gelegt hätte. An einem Samstag war es dann so weit. Sie fuhren mit dem guten Wartburg bis nach Ostberlin, stellten ihr Auto auf irgendeinem Parkplatz ab, fuhren noch ein Stück S-Bahn und gingen dann zu Fuß über die Grenze „Bornholmer Straße". An der Grenze mussten sie jedoch noch ganz schön lange warten, es waren immer noch Massen, die rüber wollten. Westberlin hörte sich so schön an, dort musste es doch glitzern, so stellte sich Betti dies vor. Doch auf der anderen Seite von Berlin angekommen, war sie enttäuscht. Die Häuser waren teilweise genauso schäbig wie im Osten. Nein, schön fand sie dieses Berlin nicht. Da es damals für jeden, der aus dem Osten in den Westen kam, Begrüßungsgeld in Höhe von 100 DM gab, mussten Betti und ihre Familie erst mal eine Bank finden, von wo sie das Geld abholen konnten. Im Nachhinein hat dies schon einen komischen Beigeschmack, dass man 100 DM vom Westen geschenkt bekam. Schließlich war man ja in der DDR nicht arm. Aber zum damaligen Zeitpunkt fand Betti das toll. 100 DM war so viel Geld, da dachte Betti noch, das würde sie nie ausgeben können. Bis dahin hatte sie ja auch noch kein Westkaufhaus gesehen, in welchem es wirklich alles gab. Peinlich war ihr jedoch, als ihr Vater einen Mann fragte: „Sag mal Meister, wo kann man sich hier die 100 DM abholen?" Der Mann war sehr freundlich und erklärte ihnen den Weg. Betti wäre in diesem Moment gern im Erdboden versunken. *Toll*, dachte sie, *jetzt weiß der Mann, dass sie aus dem Osten sind*. Aber sicherlich hat man sie eh an ihrer Kleidung erkannt. Nur gut, dass sie diesen Mann bestimmt nie wieder sah. In einer Straße waren gleich zwei Banken, die Deutsche Bank und die Commerzbank, an beiden standen die Leute die ganze Straße runter. Dieses Bild kannte Betti aus dem Osten ebenfalls, aber da standen die Leute dann nach Bananen an. Betti, ihre Mutter sowie ihr Bruder marschierten auf die Deutsche Bank zu, ihr Vater tanzte wie immer aus der Reihe, er stand auf der anderen Seite vor der Commerzbank und rief sogar noch rüber: „Hierher müsst ihr kommen." Er war der Meinung, dort ging es schneller. Nein, war das peinlich. Die anderen drei taten so, als ob sie ihn nicht kennen würden und blieben in der Schlange vor der Deutschen Bank stehen. Endlich an der Kasse angekommen, mussten sie ihre Ausweise vorlegen und bekamen ganz unbürokratisch ihren Geldschein. Bettis Mutter hatte von einer Kollegin einen 100-DM-Schein mitbekommen, den sie wieder abgeben sollte, da der Sohn zweimal die 100 DM bekommen hatte. Einmal war dieser mit seinen Eltern dort und das andere Mal mit den Großeltern. An diesem Tag bekam der Junge dann noch mal sein Begrüßungsgeld. Die Befürchtung der Arbeitskollegin war, dass dies auffliegt und sie Ärger bekommt. Also hat Bettis Mutter an der Kasse die Sachlage erklärt und den Schein abgegeben. Die Frau am Schalter war sprachlos. Im ersten Moment hat sie gar nicht verstanden, was Bettis Mutter von ihr wollte, so unglaublich fand sie das. So etwas ist ihr noch nicht untergekommen. Ja, die DDR-Menschen waren ehrlich (meistens jedenfalls). Betti hingegen wurde von einer anderen Dame am Schalter bedient. Diese wollte von ihr wissen, ob sie allein da war. Betti verstand nicht so recht, was die Frage sollte, und sagte einfach ja, obwohl ihr Bruder hinter ihr stand. Als die Dame dann von ihm auch den Ausweis verlangte, sah sie natürlich, dass er denselben Nachnamen hatte und hat Betti nicht sehr freundlich entgegnet: „Ich denke, Sie sind alleine da?" Ob die Bankangestellten prüfen mussten, wie viele Familien da sind, weiß Betti bis heute nicht. Es war ihr auch gleichgültig, was diese Dame dachte, die Hauptsache war, sie hatte ihr Geld und würde diese Frau genauso wenig wiedersehen wie den Mann einige Minuten vorher. Draußen wieder angekommen, hielten alle Ausschau nach dem Vater. Da er ja der Meinung gewesen war, dort würde es schneller gehen, schauten sie, ob sie ihn draußen schon erspähen konnten. Doch es dauerte bei ihm länger, und so kam er einige Zeit später aus „seiner" Bank. Betti wollte gar nicht wissen, wie er sich da drinnen angestellt hat. Nun hatten also alle ihr Geld, und sie überlegten, wo dies am besten auszugeben war. Natürlich in einem Kaufhaus. Da die Männer nicht unbedingt in ein Kaufhaus wollten, teilte sich die Familie auf. Betti und ihre Mutter suchten das nächste Kaufhaus, welches auch nicht weit gelegen war. Denn so sehr von ihrem jetzigen Standpunkt aus wollten sie sich auch nicht entfernen, kannten sie sich doch in Westberlin nicht aus. Die Familie machte sich einen Sammelpunkt ausfindig, wo sich alle einzufinden hatten. Denn wenn man überlegt, dass man sich in solch einer Großstadt schnell verlaufen kann, ist dies dann nicht mehr lustig. Der Sammelplatz war nun festgelegt, und die beiden Frauen konnten es nicht erwarten, ins Kaufhaus zu kommen. Die Neugierde war doch schon enorm groß. Im Kaufhaus endlich angekommen, kam Betti aus dem Staunen nicht mehr heraus. So dreckig auch Westberlin war, hier im Kaufhaus glitzerte wirklich alles, dazu roch es noch so gut wie in der DDR im Intershop, und es gab alles. Dazu noch die ganze Weihnachtsdeko, die so schön glitzerte. So musste das Schlaraffenland aussehen. Das Kaufhaus war mehrstöckig und mit so viel Ware versehen, dass sie sich gar nicht entscheiden konnte, was sie nehmen sollte. *100 DM konnte man im Leben nicht ausgeben*, dachte Betti noch im Vorfeld. Doch am Ende hat auch Betti es geschafft, das Begrüßungsgeld auszugeben. Sie kaufte sich einen Jogginganzug in Pink, einen schwarzen Stretchminirock, eine Handtasche und einen Pullover. Da es die Sachen recht günstig zu erwerben gab, konnte sie sich dies alles leisten. Ihre Mutter kaufte sich ebenfalls nur Klamotten, ihr Jogginganzug war gelb. Zur verabredeten Zeit trafen sich alle wieder, was sich jedoch auch als schwieriger erwies als angenommen. Irgendwie liefen die beiden Männer immer in eine andere Richtung als die Frauen, und so dauerte es eben, bis sie sich gefunden hatten. Die Frauen gaben natürlich den Männern Schuld, dass es so lange dauerte, bis sie sich trafen und andersrum genauso. Betti hatte jetzt auch zum ersten Mal in ihrem Leben einen Penner bzw. Obdachlosen gesehen, der die Leute um Geld anbettelte und jeden fragte: „Haste mal ne Mark?"

Selbst Betti blieb vor dieser Frage nicht verschont. Natürlich hatte sie keine Mark, nur den 100-DM-Schein. Selbst, wenn sie eine Mark gehabt hätte, hätte sie diese nicht weggeben. Für sie war eine D-Mark ebenfalls viel. Das war der zweite schlechte Eindruck von Westberlin. Betti weiß noch, dass sie diesem Obdachlosen sogar noch hinterherstarrte, so überwältigt war sie von dessen Anblick. Im Osten gab es keine Obdachlosen. Bemitleidet hat sie ihn natürlich auch sehr, aber nur für kurze Zeit. Als nun alle wieder beisammen waren, wollte nun jeder sehen, was der andere gekauft hat. Bettis Vater war sauer auf ihren Bruder, weil dieser sich ein Sixpack Bier geleistet hatte. Wie konnte er das gute Geld nur dafür ausgeben? Bettis Vater hatte sich vor lauter Geiz nichts gekauft. Viel später hat er dann einen Kassettenrekorder erstanden. Nach diesem ganzen Einkauf hatten alle Durst. So steuerten sie auf einen Kiosk zu und sahen sich die Preise an. Die Cola sollte 2 DM kosten. Das fanden Betti und ihre Mutter doch etwas teuer, und so teilten sie sich eine Cola. Bettis Bruder hatte ja sein Bier. Das Erste hatte er bereits aufgeknipst. Glücklich oder auch nicht – wie nun alle waren – gingen sie zurück in Richtung Grenze. Betti und ihre Mutter waren so stolz auf ihre Sachen in den schönen Plastetüten. Sie konnten es kaum abwarten, wieder zu Hause zu sein und die Klamotten noch einmal anzuziehen. Die Passierung der Grenze zum Osten ging schneller. In Ostberlin wieder angekommen, wollte Bettis Familie noch in einer Kneipe Abendbrot essen. Es war jedoch schon sehr spät. Sie schlenderten hinein und wurden gleich unfreundlich mit den Worten „Hier gibt es nichts mehr zu essen. Die Küche hat zu" empfangen. Spätestens jetzt wussten sie, dass sie wieder im Ostteil waren. So stiegen sie, ohne etwas gegessen zu haben, in die S-Bahn. Betti war so geschafft von diesem Tag, dass sie froh war, endlich wieder zu sitzen, Hunger hin oder her. Sie beobachtete noch die Leute in der S-Bahn und sah natürlich sofort, wer von denen aus dem Westen kam. Die Ostler hatten ihre Einkaufsnetze bzw. ihre hässlichen Einkaufstaschen dabei und die Westler ihre Plastetüten mit Werbung drauf. Die Westberliner waren ebenso neugierig auf Ostberlin wie die Ostberliner auf Westberlin. An der Haltestation angekommen, mussten sie noch ein paar Minuten zu Fuß bis zum Parkplatz gehen und dort sahen sie, dass der Wartburg gut zugefroren war. Das hatte ihnen auch noch gefehlt. *Hoffentlich springt er an*, dachte Betti sich. Ihr Vater startete das Auto, dann wurde das gute Ding noch vom Eis befreit und der Fahrt nach Hause stand nichts mehr im Wege. Es machte auch keinen Sinn, auf dem Nachhauseweg noch irgendwo anzuhalten, um etwas zu essen. Um diese Uhrzeit bekamen sie nirgends mehr was. Im Auto ließen sie den Tag nochmal Revue passieren, alle waren noch ganz aufgeregt, jeder wollte seine Eindrücke erzählen, und so verging die Autofahrt wie im Fluge. Als sie zu Hause ankamen, wurden die gekauften Klamotten auf dem Bett ausgebreitet, bestaunt und natürlich angezogen. Bettis Oma wurde rüber geholt, sie wohnte nebenan und bestaunte ebenso die Klamotten. An diesem Tag ging Betti sehr spät schlafen, war sie doch noch so aufgewühlt von ihren Eindrücken. Sogar der Hunger war an diesem Abend vergessen. Doch schon einige Tage später kehrte die Normalität wieder ein. Sie war nun einmal in Westberlin gewesen und ihr Durst nach „drüben" war gestillt, und das Geld war ja auch ausgegeben. In der Wendezeit kam es dann auch, dass im Radio viel darüber gesprochen wurde, ob es bzw. wann es eine Amnestie für die politisch Inhaftierten in der DDR geben soll. Betti verfolgte dies natürlich ganz aufmerksam, saß doch Anton noch immer im Gefängnis. Am 27.10.1989 war es dann so weit. Alle politisch Inhaftierten wurden so nach und nach entlassen. Betti traf kurz nach Bekanntgabe der Amnestie Antons Eltern. Doch diese wussten noch nicht, dass ihr Sohn rauskommen und hier wieder eingegliedert werden sollte. Bis zum 30.11.1989 sollten alle entlassen sein, welche damals Republikflucht begangen hatten, so hatte es Betti in den Nachrichten gehört. Arne hatte inzwischen einen Ausreiseantrag gestellt. *So eine linke Bazille*, dachte sich Betti. Doch ihre Freude über die Amnestie war größer, sie war superglücklich und dachte, dass dann alles gut wird. Anton würde entlassen werden, sie können sich beide aussprechen und noch mal ganz von vorne anfangen. Doch es kommt ja immer alles anders, als man denkt. Anton gehörte natürlich zu denjenigen, welche ziemlich zum Schluss rauskamen. Es war in der Vorweihnachtszeit. Betti konnte es kaum abwarten, sie kontaktierte seine Eltern, um den genauen Termin zu erfahren. Und so sagten ihr Antons Eltern auch, dass er, wenn er rauskommt, nur ein paar Tage hier sein wird, da er unbedingt in den Westen wolle. Anton würde noch vor dem Weihnachtsfest in den Westen gehen. Dort hatten sie Verwandte, welche ihn erst mal aufnehmen wollten. So machten es zum damaligen Zeitpunkt viele, um dort eine Starthilfe zu haben. Denn man kannte ja die Gepflogenheiten im Westen nicht, und dort Fuß zu fassen, war bestimmt keine leichte Sache für einen „Ossi". Als Betti dies erfuhr, dass Anton nach wie vor dorthin wollte, lag ihr wieder ein schwerer Stein im Magen. Sie hatte so gehofft, dass er bleibt, zumal doch in der DDR ein Umbruch stattfand. Sie wusste, dass er seine Meinung nicht ändern würde. Jetzt blieb ihr wirklich nichts mehr übrig, als sich damit abzufinden. Und Weihnachten war nicht mehr lang hin, Betti wusste, dass er in ein paar Tagen nicht mehr da sein würde, also hatte sie nur noch diese Chance, ihn zu Hause zu besuchen. Er wohnte in dieser Zeit nicht bei seiner Oma, sondern bei seinen Eltern. Er wollte auch nicht, dass er gesehen wird. Wahrscheinlich wollte er den Fragen, welche die Leute ihm stellen würden, aus dem Weg gehen. Die Inhaftierung hatte ihn bestimmt sehr mitgenommen. Die Stasimethoden konnten einen schon ganz schön kaputtmachen. Betti durfte ihn jedoch zu Hause besuchen. Als sie bei seinen Eltern von der Tür stand, rutschte ihr das Herz fast in die Hose. Bevor sie klingelte, überlegte sie noch, was sie ihm wohl sagen sollte, denn es war inzwischen eine Ewigkeit her, dass sie miteinander vernünftig gesprochen hatten. Seit der Trennung hatten beide kein ordentliches Wort mehr miteinander geredet. Sie legte sich also ein paar Worte zurecht und klingelte endlich. Anton machte die Tür auf. Er wusste, dass es Betti war. Sie begrüßten sich ein wenig scheu, küssten sich vorsichtig auf die Wange, und so richtig konnte keiner etwas sagen. Betti fielen ihre Worte auch nicht mehr ein. Anton bat Betti herein und sie setzten sich ins Wohnzimmer. Anton hatte diese Überheblichkeit nicht mehr, und Betti keinen Hass mehr auf ihn. Sie merkte, wie ihr Puls schneller schlug und das Herz so schnell und laut klopfte, dass sie dachte, Anton hört dies. Betti hätte ihn am liebsten nach der ganzen Geschichte gefragt, doch sie merkte auch, dass das Thema Anton noch sehr belastete. Anton fing das Gespräch ganz banal an. Er fragte, wie es ihr geht und was sie gerade so macht. Betti war wirklich froh darüber, dass Anton etwas einfiel, sonst hätten sie sich wohl eine Ewigkeit angeschwiegen. Sie tat natürlich sehr locker und wollte sich nichts anmerken lassen. Betti beantwortete seine Fragen, und mit der Zeit legte sich ihre Aufgeregtheit, und sie sprachen über dies und das. Das Thema „Ausreisen" vermied Betti ebenfalls so gut es ging. Anton erzählte zwar darüber, dass er im Westen Verwandte hat und dort erst einmal ein Zimmer bekommen würde. An Arbeit sollte es nicht mangeln, die wäre dort schnell zu finden. Er hatte ja schließlich ein Handwerk gelernt. Betti hörte ihm zu, versuchte nur halbherzig ihn zum Bleiben zu überreden. Sie konnte ihm ja auch nicht sagen, dass sie ihn noch liebte, und er doch ihretwegen hierbleiben solle. Seine Gefühle zu ihr kannte sie ja nicht. Auch wenn sie spürte, dass es immer noch zwischen beiden knisterte, aussprechen wollte sie dies auf keinen Fall. Und sie wusste, wenn er sich etwas in den Kopf gesetzt hat, dann stimmte ihn keiner um. Ebenso gut hätte Betti sich ja auch Gedanken machen können, ob sie mit ihm mitgeht. Denn aus seinem Gespräch hörte sie schon heraus, dass er sich darüber freuen würde. Er machte zwar nur Andeutungen, doch Betti verstand sofort. Doch das kam für sie nicht in Frage. Sie wusste gar nichts über den „Westen" und außerdem würde sie ihre Heimat nie verlassen. Das ist bis heute so geblieben. Nach einer langen Unterredung nahte jedoch der Abschied. Für Betti war es sehr schwer, sich von Anton loszueisen. Es blieb ihr jedoch keine andere Wahl. Nach einigen Stunden hat sie es dann geschafft, aber es war unheimlich schwer. Denn sie wusste ja nicht, wann er in die alte Heimat zurückkam. Sie versprachen sich, in Kontakt zu bleiben, und wenn Anton bei seinen Eltern zu Besuch war, dann wollte er auch bei Betti vorbeikommen. Anton hatte die Wohnungstür nach dem langen Abschied hinter sich geschlossen, und Betti ging wie in Trance die Treppenstufen hinunter.

Dann fiel auch noch die Haustür ins Schloss, und es gab kein Zurück mehr. In diesem Moment musste Betti noch mal an ihre vielen Abschiede von Anton denken, damals als er bei seiner Oma wohnte, und sie immer bis vor die Tür brachte. Auch diese Abschiede dauerten jedes Mal eine Ewigkeit. Doch da wusste Betti, dass es jeden Abend einen Abschied gab, und sie hatten sich auch immer lange geküsst. Doch dieser Abschied sollte ihr letzter sein, und es war auch einer ohne Kuss. Beide haben sich nicht getraut, aber so ein Kuss hätte sicherlich auch mehr Schmerz verursacht. So schloss sie ihr Fahrrad ab und radelte, ohne über etwas nachzudenken und mit Tränen in den Augen, nach Hause. Die Tage von Anton waren nun gezählt, und er reiste in seine neue Heimat. Kurz vor dem Weihnachtsfest hat Betti dann eine Karte von Anton aus dem Westen erhalten. Er wünschte ihr schöne Weihnachten und fügte hinzu, dass er im nächsten Jahr bei ihr vorbeikommen würde. Wie freute sich Betti jetzt schon darauf. Das Weihnachtsfest wurde für Betti ein wenig wehmütig, auch wenn sie viel Abwechslung hatte und mit ihrer Freundin am ersten Weihnachtsfeiertag in den Club ging. Zwei Monate später bekam Betti von Antons Mutter seine neue Adresse. Inzwischen hatte er eine eigene Wohnung. Durch die Arbeit, welche er im Westen gleich bekam, konnte er sich diese ziemlich schnell leisten. Er hatte sich gut eingelebt. *Eigentlich schade*, dachte Betti, sie hatte nämlich noch gehofft, dass es ihm vielleicht dort gar nicht gefällt, und er dann zurückkommen würde. Fehlanzeige. Wenigstens hatte er keine Freundin. Dies freute Betti und so hat sie ihm natürlich gleich geschrieben. Wäre er inzwischen in festen Händen gewesen, hätte Betti wohl keinen Kontakt zu ihm aufgenommen. Arnes Ausreiseantrag wurde damals noch genehmigt, so wohnte er ebenfalls im Westen und war auch schon mit seinem dicken Westschlitten in der alten Heimat und machte auf „dicke Hose". Wenn Betti etwas von Arne hörte, wurde sie immer zornig. Anton hatte den Kontakt zu Arne ebenfalls abgebrochen, so einen „Kumpel" wollte er nicht haben. Hin und wieder schrieb Anton ein paar Zeilen und legte immer Fotos von sich dazu. Das erste Foto, welches Betti von ihm bekam, zeigt ihn an seinem neuen Auto, einem Audi. Betti sah, dass er stolz darauf war. Als Anton mal wieder in der Stadt war, fuhr er natürlich auch zu Betti und zeigte ihr seinen neuen „Schlitten". Sie machten beide sogar eine kleine Stadtrundfahrt, und als sie wieder bei Betti zu Hause angekommen waren, das heißt, Anton parkte um die Ecke, saßen sie noch eine halbe Ewigkeit drin und unterhielten sich. Zum Abschied gab es dann noch einen zögerlichen Kuss. Betti gefiel dieser Ausflug sehr, es hätte ewig so gehen können. Und der Kuss ließ sie auch nicht kalt. Als Betti wieder zu Hause angekommen war, merkte sie, dass ihrer Mutter dies gar nicht gefallen hatte. Schließlich hatte Betti inzwischen einen neuen Freund, und der wartete zu Hause auf sie. Betti verstand ihre Mutter nicht, was hatte sie denn, sie hatte doch bloß mit Anton eine kleine Runde in seinem neuen Auto gedreht und sich eben mal in frühere Zeiten zurückversetzen lassen. Dass sich Mütter auch immer einmischen müssen. Gott sei Dank sie wusste nichts von dem Kuss, da wäre bestimmt eine Welt eingestürzt. Doch dieser Ausflug brachte Betti wieder etwas durcheinander. Sie grübelte, wie es wohl wäre, mit ihm doch mitzugehen. Nein, Betti hatte nicht den Mut. Anders wäre es gewesen, wenn Anton zurückgekommen wäre, dann hätte sie den Schritt bestimmt gewagt, auch wenn sie jetzt einen neuen Freund hatte. Sie hatte sich neu orientiert, hatte wieder Schmetterlinge im Bauch und alles schien gut zu sein. Dachte Betti jedenfalls. Doch jedes Mal wenn Anton wieder in der Stadt war, wurde Betti unruhig. Meistens hörte sie schon von irgendjemandem, dass er in der Stadt ist. Und wenn Anton da war, ging er natürlich in die Clubs. Beide Jugendclubs gab es noch für eine kurze Zeit, bis eine neue Location eröffnete. In diese strömten dann natürlich die Jugendlichen und jungen Erwachsenen, hier war es immer brechend voll. An die Bar kam man so gut wie gar nicht, aber ein Sitzplatz war sicher. Manchmal flüsterte ihr im Club jemand zu: „Hast du Anton schon gesehen, er ist auch hier." Das Gute war in dieser Zeit noch, dass Anton immer noch keine Freundin hatte. Und wenn Betti ihn dann entdeckte, hatte sie wieder dieses Kribbeln im Bauch. Sie war so nervös, wäre am liebsten aus dem Club nach Hause gegangen, fasste sich dann nach kurzer Zeit ein Herz und ging auf ihn zu, ließ sich selbstverständlich nichts anmerken, tat überrascht, dass er auch da war und plauderte ganz angeregt mit ihm. Und so im Gespräch ließ die Nervosität nach. Betti merkte, dass immer noch dieses Knistern zwischen ihnen beiden war. Anton hatte diesen speziellen Blick, wenn er sich mit Betti unterhielt. Betti merkte, dass er noch immer in sie verliebt war, oder sagen wir mal, dass er sie immer noch toll fand. Sie war es wohl auch, wollte dies jedoch nicht zulassen. Ihrem Freund erzählte sie natürlich davon nichts, dann wäre alles aus gewesen, wovor sie auch wieder Bammel hatte. Warum musste immer alles so kompliziert sein? Doch dass es ihrem Freund nicht gefiel, merkte Betti natürlich, und es war verständlich. Wäre die Situation andersrum gewesen, wäre sie wohl rasend eifersüchtig geworden. Aber sie konnte eben nicht anders. Gefühle sucht man sich nicht aus. Eines Tages lag bei Betti im Briefkasten ein Brief von Anton, ohne Adresse und Briefmarke, er musste ihn so eingesteckt haben. Als Betti den Brief las, dachte sie, sie guckt nicht richtig. Er schrieb, dass er sie noch immer liebt, und dass er immer für sie da sein wird. Im ersten Moment war sie darüber wütend, denn nun hatte sie doch ihren Freund schon eine Weile und konnte diesen natürlich nicht mal so wegen eines Briefes verlassen. Sie hat es ja gemerkt bzw. geglaubt, dass er immer noch in Betti verliebt war, doch nun, wo er es tatsächlich schriftlich festgehalten hat, und sie die Zeilen auch noch las, war dies doppelt so schwer. Wiederum schmeichelte es Betti ungemein, dass er ihr solch einen Brief schrieb. Sie war immer hin- und hergerissen. Eines Abends kam es sogar so weit, dass Bettis neuer Freund den Club verließ, da sie sich wieder den ganzen Abend mit Anton unterhielt und sogar mit ihm tanzte. Dass sie mit ihm getanzt hat, konnte ihr Freund ihr nun wirklich nicht vorwerfen, denn dieser war ein Tanzmuffel. Betti hat es nur wenige Male geschafft, dass er mit ihr auf die Tanzfläche ging. Also selbst schuld, redete es sich Betti schön. Und wenn sie mit Anton auf der Tanzfläche war, dann sah sie die alten Zeiten wieder vor sich und fühlte sich einfach nur gut.

Beim Tanzen hat Anton sie jedes Mal gefragt, ob sie nicht doch mit ihm mitkommen wolle. Er würde auf sie warten, bis sie mit ihrem Freund Schluss macht. Doch Betti war inzwischen seit einem Jahr mit ihrem neuen Freund zusammen. Sie redete sich ein, dass die Gefühle für Anton nicht mehr so stark waren. Dachte sie jedenfalls. Wiederum hätte sie gern ja gesagt, doch es ging nicht. Sie konnte ihren Heimatort nicht verlassen, und sie konnte mit ihrem Freund nicht Schluss machen. Wenn Betti ihre Geschichte im Fernsehen gesehen hätte, dass zwei Menschen, die sich immer noch lieben, nicht zusammenkommen, hätte sie gedacht, was machen die sich das Leben schwer. Es ist doch so einfach. In der Realität sieht es allerdings anders aus. Nach diesem Abend, als Bettis neuer Freund abgehauen ist, hat Anton ihr noch einen Brief geschrieben und sich bei ihr für den schönen Abend bedankt. Dies ist der einzige Brief, den Betti von Anton noch hat. Wo die anderen Briefe alle abgeblieben sind, weiß sie nicht mehr. Einige wird sie bestimmt aus lauter Wut und Verzweiflung damals vernichtet haben. Doch die Bilder, welche ihr Anton regelmäßig von sich schickte, hat sie noch alle. Und natürlich die Bilder, welche sie damals selbst oder Annett fotografiert hat. Wenn Anton dann wieder abgereist war, kehrte ein bisschen Ruhe bei Betti ein. Sie dachte nicht jeden Tag an ihn und unternahm mit ihrem neuen Freund viel. Im Großen und Ganzen war sie gut von Anton abgelenkt. Doch sobald er da war, spielten ihre Gefühle wieder verrückt, so kam er kurz nach ihrem 18. Geburtstag bei ihr vorbei und schenkte ihr einen wunderschönen Rosenstrauß und 100 DM. Zu diesem Zeitpunkt gab es immer noch die DDR-Mark. Betti war ganz gerührt, dass er ihr so viel Geld schenkte. Doch mehr noch als das Geld gefiel Betti der Rosenstrauß. Er war so riesig, und sie wusste, was dieser Strauß ausdrücken sollte. Dass Anton sie noch liebte. Solche Rosen bekommt man nicht mal eben von einem guten Kumpel geschenkt. Gut nur, dass Bettis Freund zu dieser Zeit noch nicht zu Hause war, denn er musste arbeiten. Als Anton ihr nachträglich zum Geburtstag gratulierte, gab es noch zwei Küsschen auf die Wange. Mehr wäre ja auch zu viel des Guten gewesen. Anton und Betti tranken zusammen noch Kaffee und plauderten über die Zeit, in der sie sich nicht gesehen hatten und tauschten sich über Neuigkeiten aus. Die Zeit verging viel zu schnell, und bevor Bettis Freund von der Arbeit nach Hause kam, wollte Anton wieder weg sein, um nicht Unruhe in die Beziehung von Betti und ihm zu bringen. Obwohl es ihm passen würde, wenn bei den beiden Schluss wäre. Und so machte sich Anton nach etwa zwei Stunden auf den Weg. Er war noch einige Zeit in der Stadt, und so verabschiedete er sich mit den Worten: „Vielleicht sehen wir uns ja noch mal, bis ich wieder abreise." Betti antwortete: „Ja, vielleicht, das wäre schön." Am liebsten wäre ihr in diesem Moment, er würde gar nicht gehen. Doch das konnte sie ihm natürlich nicht sagen. Und so ging er zur Tür hinaus, und Betti war wieder einmal mehr durch den Wind. Da Betti wusste, dass ihr Freund bald nach Hause kommen würde, versuchte sie, sich zusammenzunehmen und ihre Gedanken an Anton zu verdrängen. Wenn ihr Freund Anton schon nicht zu Gesicht bekam, dann sollte auch Bettis Verhalten so normal wie möglich wirken, nicht dass er noch auf die Idee kam, dass Anton da war, weil Betti so durch den Wind war. Es gelang ihr wohl ganz gut, denn ihr Freund hat nichts bemerkt. Eine Geschichte, wer ihr die Rosen schenkte, hatte Betti sich ebenfalls zurechtgelegt. Und die Geschichte kam glaubwürdig an. Das Geld steckte sie ein, sodass er davon ohnehin nichts mitbekam. Und dieses Geld konnte sie kurze Zeit später gut gebrauchen, denn ihre Lehrklasse hatte vor, nach Westberlin zu fahren. Besser hätte Betti den 100-DM-Schein nicht verwenden können. Sie erinnert sich noch sehr gut an diese Fahrt, sie fuhren mit dem Zug von ihrem Lehrort, ohne umzusteigen, bis nach Westberlin. Als sie ausstiegen, merkte Betti mit einem Mal, dass sie doch sehr dringend auf die Toilette musste. Und so steuerte sie diese an, doch sie hatte nicht damit gerechnet, dass sie hier erst 0,50 DM in die Tür werfen musste, damit sich diese öffnen ließ. Natürlich hatte Betti kein Kleingeld in Westmark. Sie hatte nur diesen 100-DM-Schein. So konnte sie nicht auf die Toilette, und die Mädchen suchten rasch nach einer anderen Lösung. Betti konnte auch keiner helfen, da es den anderen Mädchen genauso ging. Sie hatten zwar alle ein paar Scheine mit, doch kein Kleingeld. Sie mussten jedoch nicht lange suchen, da stand mit einmal ein riesengroßes Kaufhaus vor ihnen. Dort stürzten sie alle hinein und suchten zuallererst eine Toilette auf. Nach dieser Erleichterung konnte endlich der Einkauf starten. Vorher hatten die Mädchen keine Zeit, sich das Schlaraffenland anzusehen, doch jetzt, wo sich alle erleichtert hatten, schauten sie sich in Ruhe in diesem Kaufhaus um. Auch wenn Betti jetzt zum zweiten Mal in einem Westkaufhaus war, war sie immer noch überwältigt von den vielen Sachen, die es hier zu kaufen gab und natürlich von diesem Duft, der sie umhüllte. Die Mädchen teilten sich in Gruppen auf, denn alle zusammen an einem Platz wäre nicht sinnvoll gewesen. Also verabredeten sie sich nach ca. zwei Stunden am Ausgang des Kaufhauses und zogen dann weiter, sie wollten schließlich mehr von Westberlin sehen. Diesmal blieben alle zusammen, da sich ja keiner in dieser Großstadt auskannte. Da einige von ihnen einen guten Orientierungssinn hatten, fanden sie auch prima zum Bahnhof zurück, die anderen gingen einfach hinterher und machten sich keine Gedanken darüber, wie sie zurückkommen würden. Im Zug ließen sie sich auf ihre Sitze fallen, denn vom vielen Laufen waren sie total erschöpft. Sie ließen den Tag nochmal Revue passieren, und alle waren sich einig, solch einen wunderschönen Tag hatten sie zusammen noch nicht verbracht. Ein wenig Geld hatte Betti noch übrig, jetzt hätte sie sogar eine Bahnhofstoilette aufsuchen können, denn nun gab es keine Scheine mehr, sondern nur noch Kleingeld.

Drei Monate später kam dann die Währungsunion. Am 1. Juli 1990 war es so weit. Die Mark der DDR wurde umgetauscht in die DM. Es war ein Sonntag. Bettis Eltern waren zu diesem Zeitpunkt gerade im Urlaub an der Ostsee. Bettis Mutter hat erzählt, dass die Kaufhalle in der Nacht alle DDR-Produkte aus den Regalen entfernt und mit den Westprodukten neu bestückt hat. Bettis Eltern sind am nächsten Tag, also an dem 1. Juli 1990, in die Kaufhalle gegangen, um ein wenig einzukaufen. Sie wussten jedoch nichts von dieser Aktion und waren total erstaunt, was dort alles in den Regalen lag. Denn in den vergangenen Tagen fiel schon auf, dass sich die Regale so langsam leerten und die Verkäuferinnen diese auch nicht mehr auffüllten. Als Bettis Mutter die neu gefüllten Regale sah, war schnell klar, dies ist jetzt Realität, sie hatten ja nun die Westmark und könnten unbeschwert die neuen Produkte kaufen. Für Bettis Vater war dies noch immer Schlaraffenland, er hatte noch nicht verinnerlicht, dass sie von nun an diese Sachen mit der DM kaufen konnten, und so wies er Bettis Mutter an, wenn diese etwas in den Einkaufswagen legte, dass sie dies nicht brauchten. Er war schon dabei, die Sachen wieder aus dem Wagen zu nehmen, da machte Bettis Mutter ihm erst mal klar, dass sie doch von nun an die DM hätten, um einzukaufen. Diese gäbe es doch jetzt jeden Monat. Als er dies dann endlich begriffen hatte, konnte sie den Einkaufswagen nach ihren Bedürfnissen und natürlich nach seinen befüllen. Betti und ihr Freund besuchten ihre Eltern in der Woche nach der Währungsunion an der Ostsee. Betti kann sich noch gut daran erinnern, dass an der Strandpromenade unglaublich viele Stände aufgebaut waren, und alle wollten ihre Badehosen, Bikinis und Badeanzüge verkaufen. Das war aber auch zu verlockend, sah diese Bademode doch wirklich nach etwas aus. Alle Badesachen sehr auffällig und natürlich sehr farbig. Betti hat sich selbstverständlich dazu hinreißen lassen und hat sich einen Badeanzug gekauft in Pink und stretchig, wie es eben modern war. Nach der Währungsunion dauerte es nicht lange, und Anton kam wieder in die Heimat zu Besuch. Er wollte eine Reise nach Frankreich mit dem Wohnmobil unternehmen. Natürlich fragte er Betti, ob sie mit ihm kommen würde. Er war sehr hartnäckig und dachte auch nicht im Entferntesten daran, dass Betti ihren Freund hatte. Sie wäre wirklich so gern mitgefahren, war sie doch erst einmal mit Anton im Urlaub, damals an der Ostsee. Doch Betti hatte immer noch ihren Freund, also ging es nicht. Das konnte sie ihm nicht antun. So fies war sie nicht, und außerdem war es ja nicht so, dass Betti für ihren Freund keine Gefühle gehabt hätte. Wäre dies der Fall gewesen, hätte sie schon längst Schluss gemacht. Betti war eben immer nur hin- und hergerissen, wenn Anton da war. Sobald er wieder in seine neue Heimat abgereist war, war die Beziehung zu ihrem Freund auch in Ordnung. Schweren Herzens sagte Betti die Reise ab. Doch Anton wollte nicht allein fahren und so fragte er eben Bettis Bruder. Dieser sagte natürlich sofort zu, zumal er auch Zeit hatte, da er beruflich gerade nichts zu tun hatte, und eine Freundin war bei ihm weit und breit ebenso nicht in Sicht, die was hätte dagegen haben können. Sie fuhren mit dem Wohnwagen, den Anton sich ausgeliehen hatte, und so waren sie unabhängig von Übernachtungen oder irgendwelchen Buchungen. Sie verbrachten wunderschöne Tage in Frankreich. Betti war schon ein wenig neidisch. Aber wenigstens hatte Anton immer noch keine Freundin, das wäre für Betti furchtbar gewesen, auch wenn sie einen Freund hatte, bei Anton konnte sie sich noch keine neue Frau vorstellen. Irgendwie war dies immer noch ihr Platz. Als Remo und Anton aus dem Urlaub zurückkamen, versammelten sich alle im Wohnzimmer bei Bettis Eltern und beide erzählten von ihrer Reise. Sie waren von Frankreich begeistert, waren sogar in Monaco im Spielcasino. Doch es gab auch einen weniger schönen Augenblick, denn das Wohnmobil wurde aufgebrochen und einige Sachen entwendet. Trotz allem hat es beiden sehr gefallen, und der Alkohol floss dann auch des Öfteren ganz ordentlich. Das wäre ja für Betti absolut nichts gewesen, und so hat sie in dem Moment, als Anton und ihr Bruder davon erzählten, gedacht, gut, dass sie doch nicht mit war, denn bei diesem Thema hätten sie sich wieder richtig gestritten, so wie damals an der Ostsee. Trotzdem hätte Betti Anton noch stundenlang zuhören können, nur um bei ihm zu sitzen und ihn eigentlich anzuschauen und ihren Gedanken nachhängen zu können. Auch dieser Abend ging irgendwann zu Ende, und Anton ging nach Hause zu seinen Eltern. Doch er hat sich noch mit Betti für den nächsten Abend verabredet, sie wollten in den Club. Nur sie beide. Bettis Freund war nicht mit, da er Bereitschaft hatte. Er arbeitete bei einem Abschleppunternehmen. Da war nach Feierabend immer noch viel zu tun. Manchmal ging es die halbe Nacht, dass jemand abgeschleppt werden musste, oder er zu einem Unfall gerufen wurde und das Auto barg. Betti war darüber eigentlich sehr froh, dass sie allein loskonnte. Denn Anton war nur noch einen Tag da, am nächsten fuhr er wieder zurück in seine neue Heimat. Betti war noch immer sehr aufgewühlt von diesem Abend und konnte nicht wirklich schlafen. Und wenn sie daran dachte, dass sie Anton am nächsten Abend wiedersieht und dann auch noch allein mit ihm in den Club geht, war ihre Müdigkeit wie weggeblasen. Der nächste Abend kam, Betti machte sich zurecht und wurde von Anton abgeholt. Sie fühlte sich wie in ihren besten Teenagerjahren. Ihre Mutter wusste ja nichts von ihren Gefühlen und glaubte so, dass Anton und Betti nur noch Freunde sind und wünschte ihnen einen schönen Abend. So zogen sie also los, Betti in der Gewissheit, dass ihr Freund nicht wieder schlechte Laune bekommt, weil sie sich mit Anton gut versteht, denn er war ja nicht da. Und sie haben sich beide so prima verstanden, dass Betti ernsthaft darüber nachdachte, mit ihrem Freund Schluss zu machen. Sie tat sich mit diesem Gedanken die ganze Woche über sehr schwer. Sie musste wieder und wieder an diesen schönen Abend denken und natürlich an den Kuss, der diesmal nicht ausblieb. Es war so schön wie damals, als sie noch zusammen waren. Doch dann hat Betti erfahren, dass Anton, nachdem er sie an dem Wochenende nach Hause brachte, noch mal zum Club zurückgegangen und mit irgendeiner Tussi abgeschoben ist. So wurde es jedenfalls erzählt. Und wie das so ist, haben Mädchen dann wohl gleich Kopfkino und bilden sich vielleicht auch mal was ein. Betti war jedenfalls darüber so wütend, dass sie nun glaubte, ihr Freund sei doch der Richtige und wollte Anton nicht mehr sehen. Doch was hatte sie gedacht, dass er lebt wie ein Mönch? Wenn Betti darüber heutzutage nachdenkt, dass diese Information sie wieder davon abgehalten hat, mit Anton zusammenzukommen, denkt sie schon beinahe, dass es Schicksal ist. Es hat nicht sollen sein, aus welchem Grund auch immer. Vielleicht wären sie nach wie vor selten einer Meinung und hätten sich oft gestritten, und wären im Bösen auseinandergegangen, dann wären der Zauber und das Flair, welche Betti immer umgeben haben, wenn sie Anton sah, weg. Vielleicht sollte es so sein. Doch dies wird ihr keiner sagen können. Und die Zeit kann man nicht zurückdrehen, um es auszuprobieren.

Anton hat eine Freundin

Nach diesem letzten Date kam Anton plötzlich nicht mehr zu Betti, wenn er in der Stadt war. Sie hörte meistens von anderen, dass er gesehen wurde. Warum ihr dies immer erzählt wurde, weiß sie nicht, denn die anderen hatten ja keine Ahnung davon, dass sie lange Liebeskummer seinetwegen gehabt hat. Selbst viele Jahre später hat sie immer noch erfahren, wenn er wieder da war. So hat ihr mal eine Freundin eine SMS geschrieben, in der sinngemäß stand: Rate mal, wer am Tisch gegenüber mit seinen Eltern sitzt? Anton. Die Freundin war in einer Gaststätte zum Mittagessen. Nun konnte ja Betti schlecht zurückschreiben, dass sie ihn ganz lieb grüßen soll, dann hätte er ja gewusst, dass die Freundin ihr dies mitgeteilt hat. Jedenfalls war es schon komisch, wenn sie immer die Nachrichten bekam, dass er in der Stadt ist. Wie gesagt, er hatte sich länger nicht sehen lassen, und das hatte einen Grund. Es kam also, wie es kommen musste, ist ja auch klar, Anton kann ja nicht ewig auf Betti warten. Irgendwann hörte Betti, dass Anton jetzt eine Freundin haben soll. Es wurde ihr zugetragen, dass sich beide schon lange kennen, da sie zusammen zur Schule gegangen sind. Er hat sie wohl, als er wieder in der alten Heimat im Club war, dort wiedergetroffen. Doch Betti kannte sie nicht, eigentlich kannte sie keinen Schulkameraden von Anton, denn als sie sich kennenlernten, ist er nicht mehr zur Schule gegangen, sondern hate seine Lehre schon beendet und gearbeitet. Betti dachte natürlich über diese Freundin nach, sah sie besser aus als sie, hatte sie eine bessere Figur? Dann versuchte sie sich wieder zu trösten, dass es ja vielleicht gar nicht stimmte, dass er eine Freundin hatte, und wenn, vielleicht hält diese Beziehung ja nicht lange. Denn wenn es eine ehemalige Schulkameradin war, kann dies doch nichts werden, da kennt man sich doch schon zu lange, redete Betti sich ein. Der Gedanke an diese Freundin ließ Betti trotz allem sehr schlecht los. Diese Neuigkeit musste sie sacken lassen. Ihre Gefühle spielten wieder verrückt, und irgendwie zerrte dies an ihrem Ego. Doch nach ein paar Tagen dachte Betti schon gar nicht mehr daran und so lebte sie ihr Leben mit ihrem Freund in geordneten Bahnen weiter. Und so war sie auch verwundert, dass Anton, als er eines Tages wieder in der Stadt war, bei Betti unverhofft vorbeischaute und ihr erzählte, dass am nächsten Abend eine Party bei Ralf stattfinden sollte. Draußen im Garten, mit Lagerfeuer. Er zählte noch ein paar Leute auf, die auch kommen wollten – von seiner neuen Freundin sprach er jedoch nicht – und fragte Betti, ob sie Lust hätte, ebenfalls dorthin zu kommen. Betti fand die Idee super, war sie doch wohl seit einigen Jahren nicht mehr bei Ralf gewesen. Doch sie hatte ein klein wenig ein schlechtes Gewissen, wenn sie dorthin gehen würde, dann natürlich ohne ihren Freund, denn dieser kannte dort eh niemanden, außer Anton, bei dem er sowieso nur schlechte Laune bekam, wenn er ihn sah. Und es wäre auch schön, die alten Freunde und Bekannten mal wiederzusehen, ohne, dass sie schauen musste, wie ihr Freund damit umgehen würde. Sie könnte dann nicht so locker sein und sich frei entfalten. Im Inneren jubelte sie schon, doch zu Anton sagt sie ziemlich entspannt: „Ich überlege es mir." Anton teilte ihr noch die Uhrzeit mit, wann die Party beginnen sollte und sagte: „Ich würde mich sehr freuen", und zwinkerte ihr zu. In diesem Moment dachte Betti, wenn er mich so einlädt, kann er keine Freundin haben, er hat ja auch nichts von einer erzählt. Als Betti dann allein war, war die Vorfreude wie weggeblasen, und sie überlegte, ob sie dort wirklich hingehen sollte. Sie wusste am allerbesten, dass es eventuell nicht gut ausgehen würde, wenn dort auch Anton war. Die Versuchung war groß. So grübelte sie die halbe Nacht, ihr Freund hat hiervon noch nichts gewusst. Am nächsten Morgen stand für Betti dann fest: Zu dieser Party muss ich hin. Das kann ich mir nicht entgehen lassen. Sie war schließlich vor einigen Jahren oft mit Annett, Arne und Anton bei Ralf, und es hat immer Spaß gemacht. Sie wollte die alte Zeit wieder ein Stück zurückholen und die Stunden dort nur genießen. Ausschlaggebend für diese Entscheidung war auch der Traum gewesen, welchen sie in dieser Nacht hatte. Sie war mit Anton bei dieser Party, und es war richtig toll. Eine neue Freundin kam im Traum jedoch nicht vor. Betti musste es nur noch ihrem Freund beibringen, sie hat es irgendwie geschafft. Dieser war natürlich sauer, was Betti auch verstanden hat, doch es war ihr jetzt ziemlich egal. Sie war jetzt sowieso schon wie ferngesteuert, mit dem Kopf war da nichts mehr zu machen. Sie wollte unbedingt dorthin, egal was kommen sollte. Keiner hätte sie mehr von diesem Gedanken abbringen können. Sie wollte sich später nicht darüber ärgern, dass sie nicht da war. Und wenn sie von den anderen Leuten vielleicht noch erfahren hätte, wie toll die Party war, dann hätte sie es sich nicht verzeihen können. Sie kann sich noch gut an eine Situation erinnern, wo sie im Nachhinein es auch sehr bedauert hat, die Einladung nicht anzunehmen. Und zwar gab es am 19. Juli 1988 in Ostberlin ein Bruce-Springsteen-Konzert mit der E-Street-Band. Ein Kumpel fragte sie damals, ob sie mitkommen wolle. Dass sie gezögert hat und nicht mitgefahren ist, bereut sie bis heute. Vielleicht lag es daran, dass es alle Jungs waren, sie weiß es nicht mehr so genau. Wenn sie dieses Konzert heute noch im Fernsehen sieht, dann denkt sie immer: *Hier hätte ich auch gewesen sein können.* Ihr Kumpel brachte ihr damals ein Riesenposter von Bruce Springsteen mit. Das hat sie heute noch.

So wartete sie auf den besagten Abend, welchen sie auf keinen Fall verpassen durfte. Die Stunden vergingen wie zäher Kaugummi, doch auch dieser Abend kam. Sie machte sich zurecht und ging nach langer Zeit mal wieder den gewohnten Weg zu Ralf, den sie so oft gegangen ist. Auf dem Weg dorthin kam sie sich schon wie in der Vergangenheit vor. Alles war noch so vertraut, als ob es gestern war. Den Weg genoss sie sichtlich, auch wenn sie sehr aufgeregt war. Gleich würde sie auf Anton treffen. Die Party kann nur gelingen, war ihre feste Meinung. Sie dachte zwar noch mal kurz über die neue Freundin nach, doch kam zu dem Schluss, er hat keine. Auf dem Weg zu Ralf musste sie auch an Annett denken, schade, dass sie nicht dabei war, denn sie war zu diesem Zeitpunkt schon weit weg im „Westen" und studierte dort. Mit Annett zusammen würde es bestimmt noch lustiger werden, und Betti hätte nicht allein dort auftauchen müssen, und wäre ein bisschen abgelenkt gewesen. In diesem Moment schmunzelte sie vor sich hin, denn sie musste plötzlich daran denken, wie sie eines Nachts bzw. im Morgengrauen Annett erst nach Hause brachte. Dies tat sie öfter, da Annett nie gern allein im Dunkeln nach Hause ging. Sie waren beide ganz schön angetrunken, und so fielen sie kurz vor Annetts Haus in einen Misthaufen, der am Waldrand lag. Eine fiel und zog die andere dann mit sich. Sie krümmten sich vor Lachen, es war einfach herrlich. Und dieser Misthaufen war jetzt auch nicht weit weg. Was waren das für Zeiten. Und ein Stück von dieser Zeit wollte sich Betti jetzt zurückholen. Als sie schließlich bei Ralf ankam, waren schon eine Menge Leute da. So ließ sie schon mal ihre Blicke schweifen, um zu sehen, wer alles da war, und wen sie wirklich kannte. Sie merkte, wie nervös sie wurde und wie ihr Herz schneller pochte. Natürlich ließ Betti sich nichts anmerken. Sie ging die Runde, um alle begrüßen zu können und kannte so ziemlich alle Leute. Anton war ebenfalls schon da. Diesen hatten ihre Augen doch gleich entdeckt, doch sie begrüßte ihn natürlich zum Schluss, um nach der Begrüßung gleich bei ihm stehen zu bleiben. So war ihr Plan. Ja, Bettis Pläne waren eigentlich immer gut. Doch dann kam der Hammer. Neben Anton tauchte mit einmal eine Frau auf, welche Betti nicht kannte und die eben in der Runde nicht mit dabei war. Anton ergriff gleich die Gelegenheit und stellte Betti seine neue Freundin vor. Es gab sie also wirklich. Sie war sehr freundlich, wusste zu diesem Zeitpunkt jedoch noch nicht, wer Betti war. Doch dies dauerte nicht lange, wer auch immer diese Freundin aufklärte, müsste ein paar gescheuert bekommen. Betti merkte jedenfalls, dass die neue Freundin sie im Auge behielt. Na ja, auf eine Ex von jemandem zu stoßen, ist nicht gerade schön. Betti und die Neue machten gute Miene zum bösen Spiel. Sie musterte die neue Freundin natürlich ebenso, überlegte, ob sie hübscher sei als Betti, dies ist nämlich ganz entscheidend für das Ego. Da Betti jedoch einen schönen Abend haben wollte und sich auch richtig auf diese Party gefreut hatte, wollte sie sich von der neuen Frau nicht die Laune verderben lassen und ließ diese dann links liegen. Betti unterhielt sich fast ausschließlich den ganzen Abend mit Anton. Sie war sich sicher, dass sie Oberwasser hatte, und so hatte sie auch Selbstbewusstsein genug, um über die Freundin hinwegzusehen bzw. sich nicht weiter zu ärgern. Betti dachte, wenn ich will, dann wars das mit der Freundin. Manchmal konnte sie auch ein Aas sein. Jetzt war es ihr egal, es waren ihre Freunde und ihr „altes" Zuhause. Es war auch das erste Mal der beiden, dass sie zusammen etwas tranken. Denn Betti war in diesem Moment locker, sie dachte sich: *Ich bin mit ihm nicht mehr zusammen, also brauche ich mir keine Gedanken machen, wie viel er trinkt. Das kann ja dann seine neue Freundin tun.* Für Betti und Anton war dieser Abend total entspannt, die anderen um sich herum haben sie irgendwann total vergessen, so auch die neue Freundin von Anton. Beide unterhielten sich so angeregt und prosteten sich immer wieder zu. Betti war inzwischen total locker, nun ja, sie hatte auch schon einen gewissen Pegel, doch sie war so froh, auf diese Party gegangen zu sein. Wie in alten Zeiten, nur dass sie jetzt zusammen mit Anton trank und nicht auf ihn aufpassen musste wie damals. Und zwischenzeitlich vertrug Betti auch jede Menge an Alkohol. Seine Freundin war mittlerweile richtig sauer und ist abgehauen. Betti hat dies natürlich hautnah miterlebt, da die Freundin zu Anton kam und ihm Vorwürfe machte. Entweder er käme jetzt mit ihr mit, oder sie würde ohne ihn gehen – so der Vorwurf. Betti stand als Dritte dazwischen und wusste eigentlich schon, wie Anton sich verhalten würde. Sie hatte es so oft erlebt, dass sie wusste, dass seine Freundin allein gehen würde. Wie geahnt, ließ Anton sie ziehen. Er zuckte nur mit den Schultern und meinte zu ihr: „Wenn du meinst, musst du gehen." Betti konnte sich in seine Freundin nur zu gut hineinversetzen, doch es störte sie nicht, dass diese gerade in der Situation war, in welcher Betti sich so oft befand und es ihr immer das Herz gebrochen hat. Und im ersten Moment war Betti froh, dass sie weg war, sie hatte der anderen bewiesen, dass Anton noch etwas für Betti empfand. Doch nach einer Weile tat Betti dies schon wieder leid, denn ganz so herzlos, wie sie sich erst gab, war sie dann doch nicht. Betti wusste ja, wie es war, wenn Anton trank oder Betti links liegen ließ. Also hat Betti sich ein Herz gefasst und Anton schließlich überredet, ihr hinterherzufahren. Es hat eine Weile gedauert, bis sie ihn überredet hatte, doch als er ihr endlich zustimmte, merkten beide, dass sie ja getrunken hatten. Wer sollte jetzt noch fahren? Da Anton wesentlich mehr getrunken hatte, entschied Betti, dass sie fährt. Sie mussten bis in die Gartenanlage zu Antons Eltern, denn dort übernachteten die beiden. Anton überließ Betti sein Auto, sie fuhr auch wirklich sehr langsam. Das hatte sie noch nie gemacht und tat es auch nie wieder – angetrunken Auto fahren. Gut nur, dass es schon sehr spät war, so waren kaum noch Autos auf der Straße. Sie hoffte insgeheim, dass die Polizei nicht unterwegs kontrollierte, doch sie hatten Glück. Als sie beim Garten ankamen, war die Tür der Gartenlaube natürlich abgeschlossen. Anton klopfte an die Tür und bat etwas kleinlaut, dass sie diese öffnen möchte. Er wolle mit ihr reden. Drinnen bewegte sich erst einmal nichts. Es war mucksmäuschenstill. Nach einer Weile bewegte sich drinnen etwas, die Tür wurde aufgeschlossen und beide wurden hereingelassen. Die Freundin sah ganz schön fertig aus. Sie drehte sich ohne ein Wort um und setzte sich auf die Couch. Anton setzte sich auf einen Sessel und Betti nahm neben der Freundin Platz. Betti fing zu reden an, da sie wusste, dass es Anton schwerfällt, die ersten Worte zu finden. Betti sagte ihr, dass es Scheiße von beiden war und Anton ihr ebenfalls etwas sagen will. Nun war er an der Reihe, Betti hatte vorgelegt, und so bat er sie um Verzeihung und bedauerte, dass er sie an dem Abend kaum beachtet hat. Das hatte Betti ihm vorher eingeredet, dass er sich entschuldigen soll, denn dies war ja nicht seine Stärke, aber jetzt machte er es. Und es hörte sich wahr an. Antons Freundin hätte Betti eigentlich rausschmeißen können, doch das tat sie nicht. Nachdem Anton sich entschuldigt hatte, ging er kurz an die frische Luft, er wollte eine rauchen, und so hatten Betti und die

Freundin Zeit, sich zu unterhalten. Beide unterhielten sich natürlich über Anton. Betti erzählte ihr, wie Anton und sie sich oft gestritten haben, und dass er eben sehr stur sein konnte. Die Bestätigung hatte sie jetzt auch von seiner Freundin. Ihr ging es ungefähr genauso. Betti wünschte ihr noch viel Glück mit Anton. Nach der Unterhaltung änderte Betti ihre Meinung und fand die Freundin ganz nett. Als die beiden Mädels dann alles besprochen und sich ausgesprochen hatten, bot Antons Freundin Betti an, sie nach Hause zu fahren, da sie an diesem Abend wohl sehr wenig getrunken hatte, und zwischenzeitlich war bei ihr der Alkohol auch wieder aus dem Körper raus. Betti nahm das Angebot an, es war ihr eh viel zu weit zum Laufen, und außerdem war es draußen stockfinster. Sie bedanke sich bei der Freundin, als diese sie vor ihrem Zuhause absetzte und wünschte den beiden von Herzen alles Gute. In diesem Moment meinte es Betti auch so, wie sie es sagte. In ihrem Zimmer angekommen, ging Betti erschöpft ins Bett und grübelte noch eine Weile über diesen Abend nach. Alles in allem fand sie die Party super, natürlich hauptsächlich, weil sie so einen wunderbaren Abend mit Anton verbracht hat und die alten Zeiten für ein paar Stunden zugegen waren. Die Party konnte sie jedoch mit ihm nicht mehr auswerten, da er ein paar Tage später wieder in seine neue Heimat fuhr und sich nicht von ihr verabschiedete. Betti konnte dies schon verstehen, er wollte bestimmt keinen neuen Ärger mit seiner Freundin. Von nun an war es so, dass Anton, wenn er in der Stadt war, nicht mehr bei Betti vorbeikam. Sie hörte immer nur noch, wenn er in der Stadt war. Ein einziges Mal kam er allerdings doch noch – mit seiner Freundin. Dieses Mal hatte Betti noch nichts von seinem Kommen gehört, und war umso erstaunter, als es an der Tür klingelte, ihre Mutter öffnete und sagte zur Betti, dass Anton da sei. Sie freute sich riesig, doch als sie zur Tür ging, stand die Freundin ebenso da. Betti hatte sich ja mit ihr ausgesöhnt, fand es jedoch ein bisschen komisch, dass sie mit war. Wiederum zog Betti vor ihr den Hut, sie weiß nicht, ob sie nach diesem Vorfall noch mal zu der Ex gegangen wäre. Die Mädels waren zueinander jedoch sehr nett, und beide hatten das Gefühl, dass es von der anderen Seite ehrlich gemeint war. Betti glaubte wirklich, dass sie damit umgehen kann. Der Grund ihres Besuches war, dass sie am Abend zur Disco gehen wollten. Betti verstand zwar nicht, warum sie da mitkommen sollte, doch sie freute sich über die Frage und sagte zu. Sie würde jedoch allein mitgehen, da ihr Freund sich zurzeit außerhalb auf einem Lehrgang befand. Was natürlich gut war, sonst hätte es mit diesem wieder Zoff gegeben. Sie verabredeten sich zu einer bestimmten Uhrzeit. Als Betti im Club ankam, waren die anderen beiden schon da, sie saßen bereits am Tisch. Betti begrüßte noch mal beide, alle bestellten sich etwas zu trinken, und so konnte der Abend ganz unkompliziert beginnen. Der Abend war sehr schön, sie plauderten über dies und das, Anton erzählte Betti auch von seinen Plänen, ein Haus zu bauen. Seine Freundin hatte natürlich auch Mitspracherecht beim Bau. Das zeigte Betti, dass er sich nun wirklich für seine Freundin entschieden hatte. Ein mulmiges Gefühl kam in Betti schon auf, als sie von den Bauplänen hörte, doch immerhin hatte er ihr nicht gesagt, dass die beiden heiraten wollen. Hin und wieder tanzte Anton mit Betti, seine Freundin war recht entspannt, glaubte Betti jedenfalls. Bettis Gedanken kreisten beim Tanzen natürlich wieder nur um Anton. Wie schön wäre es doch gewesen, sie wären beide allein hier. Anton hielt Betti sehr fest im Arm. Sie spürte, dass er immer noch Interesse hat, Hausbauen hin oder her. Beim Tanzen verfiel Betti auch wieder in ihre Erinnerungen, denn Anton war es damals gewesen, der ihr das Tanzen beigebracht hat, und ein Tanz war es auch, der sie wieder zusammengebracht hat. Es war so schön, mit ihm zu tanzen und ihm in seine wundervollen blauen Augen zu schauen und alles um sich herum zu vergessen. Als es dann schon recht spät oder auch früh im Morgengrauen war, wollte Betti dann nach Hause gehen. Sie war jetzt müde und k. o. Anton sagte seiner Freundin, dass er Betti noch nach draußen bringt und er gleich wieder da sei. Doch draußen vor der Tür konnten sie sich, wie so oft, nicht so einfach verabschieden, beiden fiel es schwer, einfach so Tschüss zu sagen und dann zu gehen. Sie hätten sich wohl noch so viel zu sagen gehabt. Doch

Anton konnte nicht zu lange wegbleiben, das würde auffallen. Sie versuchten, sich etwas schneller zu verabschieden, und so gaben sie sich noch beim Abschied einen Kuss, der natürlich von Antons neuer Freundin gesehen wurde, da diese ebenfalls nach draußen ging. Sie traute dem Frieden nicht ganz, denn beide waren wohl schon etwas länger draußen. Der Kuss wurde jäh beendet, Betti drehte sich um und ging nach Hause. Anton musste seine Freundin wieder beruhigen. Dies hörte Betti noch beim Weggehen. Denn der Kuss war nicht nur ein Kuss auf die Wange, nein, es war ein bzw. sollte wohl ein richtiger Kuss werden. Und von da an hatte sich die Sache endgültig erledigt. Seine Freundin hatte jetzt immer Angst um ihn, dass sie vielleicht nur die zweite Geige ist, also war es besser, man sah sich nicht mehr. Wenn Anton wieder mal in der Stadt war, kam er von nun an wirklich nicht mehr zu Betti. Seine Freundin kam ja immer mit in die alte Heimat, zumal sie ebenso von hier stammte, und was hätte er sagen sollen, wo er hinwill. Freunde hatte er nicht mehr in der Stadt, und wenn er Betti doch besucht hätte, dann wäre der Krach groß gewesen. So blieb Betti von nun an nichts mehr übrig, als an Anton zu denken, ohne ihn in den nächsten Jahren zu sehen oder zu hören. Seine Telefonnummer hatte sie zwar, doch es war ein Festnetzanschluss. Wenn sie dort angerufen hätte, dann wäre die Chance 50:50 gewesen, dass seine Freundin ans Telefon ging. Irgendwann hat Betti dann seine Handynummer gehabt, sich aber nicht wirklich getraut, ihn anzurufen.

Doch Antons Mutter sah sie hin und wieder, dann erkundigte sich Betti nach Anton und ließ schöne Grüße ausrichten. Dies war der einzige Kontakt. Einige Jahre ist Betti immer noch am Geburtstag der Oma zu ihr gefahren und hat ihr gratuliert. Sie haben dann zusammen einen Schnaps oder auch zwei getrunken, über Anton geredet, und dann ist Betti wieder nach Hause geradelt. Doch mit dem Tod der Oma hatte sich das auch erledigt. Und doch hat „Kommissar Zufall" einmal in den ganzen Jahren nachgeholfen. Betti hat ihn beim Einkaufen gesehen. Sie stellte gerade ihren Pkw auf dem Parkplatz ab, stieg aus und drehte sich um, da sah sie ihn. Sie konnte ihm aber auch nicht aus-

weichen, denn er sah sie genauso und rief schon: „Hey, Schatzi."
Betti merkte, wie ihr die Röte ins Gesicht stieg, doch sie konnte nun nicht mehr „weglaufen". So gingen sie beide aufeinander
zu und begrüßten sich mit einer Umarmung. Von seiner mittt-
lerweile Frau war weit und breit nichts zu sehen. So standen sie
auf dem Parkplatz und unterhielten sich. Betti war froh, dass sie
an diesem Tag recht gut aussah, also die Haare waren gemacht
und die Klamotten, welche sie trug, ließen sie auch etwas schma-
ler erscheinen. Nach einer ganzen Weile kam dann noch seine
Mutter aus einem anderen Geschäft raus und freute sich, Betti
zu sehen. Und es kam, wie es kommen musste, auch seine Frau
kam ein paar Minuten später aus dem Geschäft raus und begrüßte Betti ebenfalls sehr freundlich. In diesem Moment dachte Betti noch, dass die Eifersucht wohl nun endgültig Vergangenheit
ist, denn seit dem letzten Kuss sind Jahre vergangen, Anton war
mit ihr verheiratet, hatte mit ihr noch ein Kind bekommen. Das
erste Kind hatte sie bereits in die Beziehung mitgebracht, dieses
war zum Zeitpunkt der Beziehung so ungefähr fünf Jahre alt.
Betti war inzwischen ebenfalls verheiratet, aber nicht mit dem
Freund von damals und hatte ebenso noch ein zweites Kind bekommen. Also alles in bester Ordnung. Doch so ist es bei Weitem nicht. Nach Jahren der Funkstille, von Bettis einigen Geburtstagen mal abgesehen, denn an diesem Tag hat Anton sich
fast immer gemeldet, hatten sie jetzt ein bisschen mehr telefoni-
schen Kontakt. Dies ging von Bettis Seite aus, da sie wirklich
mal erfahren wollte, wie es damals so war mit der Flucht, wer
beide verpfiffen hat etc. Anton hatte sich seine Stasi-Akte ange-
fordert, und so rief Betti dann auch erst nach Monaten wieder
an, um einige Dinge zu erfahren. Doch Anton konnte ihr keine
Neuigkeiten geben, denn in der Akte stand nichts, was Anton
nicht schon wusste. Wer ihn verpfiffen hat, weiß er nicht. Einen
Verdacht hat er, aber solange er dies nicht beweisen kann, wird
der seinen damaligen Kumpel und Arbeitskollegen nicht zur
Rede stellen können. Vielleicht hat ihn ja doch keiner verpfiffen, und es war reiner Zufall, dass er mit Arne an der tschechi-
schen Grenze im Zug kontrolliert wurden. Das ist nun nicht

mehr zu klären und ist eventuell auch besser so, dass er dies nicht weiß, denn bei Anton kann man nie wissen, wie das enden würde. Allerdings weiß Betti bis heute nicht, warum er geflohen ist und er wirklich mit ihr Schluss gemacht hat. Sie hat ihm angeboten, dass sie sich treffen können, wenn er mal wieder in der Stadt ist, damit sie ganz in Ruhe – denn es wird wohl einige Zeit in Anspruch nehmen – darüber reden können. Doch zurzeit ist es so, dass er nur ganz selten in der alten Heimat ist. Zu seinen Eltern ist der Kontakt auch mehr telefonisch, Freunde hat er hier nicht mehr, sodass ihn natürlich nicht mehr viel hierherzieht. Und sollte er mal kommen, dann ist seine Frau mit dabei, dann kann er Betti auch nicht besuchen. Jedoch gab es mal eine Situation, da kam er nach Jahren fast unverhofft vorbei. Er war mit einem Kumpel kurz in der alten Heimat, sie wollten irgendwo anders hin, jedoch lag die Heimat auf dem Weg. Die Handynummer von Betti besaß er inzwischen seit einiger Zeit. Und so rief er bei ihr an. Doch Betti schleppt das Handy im Haus nicht immer mit sich rum und hat dieses auch oft auf lautlos, sodass sie den Anruf nicht bemerkte. Etwas später schaute sie noch mal aufs Handy und sah eine fremde Nummer, denn die Handynummer von Anton hatte sie ebenfalls abgespeichert. Sie beschloss, nicht zurückzurufen. *Wenn es wichtig ist, wird sich derjenige noch mal melden*, dachte Betti. Und so dauerte es dann auch nicht lange, und die Nummer rief wieder an. Betti ging ans Telefon, sie war ja auch neugierig, wer das sein konnte, und da meldete sich doch tatsächlich Anton. Betti war verwundert und fragte ihn, was das für eine Nummer sei. Er erklärte ihr, dass er mit dem Handy seines Kumpels anrufe, da seine Frau hin und wieder sein Telefon durchforstet. Das fand Betti ja krass. Auf diese Idee würde sie im Traum nicht kommen, das Handy ihres Mannes zu sichten. Na, jedenfalls erzählte Anton ihr, dass er in der Stadt ist und sie zum Abendessen einladen möchte. Jetzt war sie komplett perplex. Sie hätte zwar gerne zugesagt, doch ihr Mann war ebenfalls zu Hause. Und sie konnte ihm ja schlecht sagen, dass sie mit ihrer Jugendliebe mal essen geht. Also hat Betti ihm vorgeschlagen, denn sehen wollte sie ihn ja auch unbedingt, dass er doch mit seinem

Kumpel vorbeikommen könnte. Bettis Mann kannte ihn kurz vom Sehen, da Anton bereits vor Jahren mal da war. Betti hatte damals das Gefühl, dass er mit dem Besuch ganz gut umgehen konnte, also nahm sie an, dass dies dann so für ihr okay ist. Anton sagte zu und wollte in ca. 10 Minuten da sein. Betti schaute noch mal schnell in den Spiegel, richtete die Haare kurz, denn viel Zeit blieb ja nicht. Die Aufregung war so groß, und es vergingen wirklich nur ca. 10 Minuten, bis das Auto von Anton auf den Hof gefahren kam. Da Bettis Mann gerade draußen war, war dieser natürlich der Erste, der ihn sah und begrüßte. So musste Betti ihm wenigstens nicht mehr sagen, dass sie gleich Besuch bekommen würden. Sie ging aber trotzdem gleich raus und begrüßte ihn und den Kumpel ebenfalls am Auto. Betti lud beide zu sich nach drinnen ein, doch der Kumpel wollte draußen bleiben und trank mit Bettis Mann ein Bier. Also gingen Anton und Betti alleine rein. Im ersten Moment wusste sie natürlich nicht so wirklich, was sie sagen sollte, doch sie stellte ihm gleich irgendwelche Fragen, damit keine Gesprächspausen aufkamen, und so kam dann noch ein vernünftiges Gespräch zustande. Natürlich musterte Anton sie ganz genau, und Betti dachte immer, was mag er wohl denken. Findet er mich noch gut oder ist er enttäuscht. Wenn man sich einige Jahre nicht gesehen hat, kann es schon sein, dass das Gegenüber denkt: *Was hat die oder der sich verändert.* Aber Anton machte ihr ein Kompliment. Das freute Betti natürlich ungemein. Nach ca. einer Stunde verabschiedete sich Anton dann, da er erstens seinen Kumpel nicht länger warten lassen wollte, und zweitens sie ja auch noch Abendessen gehen wollten. So brachte Betti ihn dann erst bis vor die Tür, beide drückten und verabschiedeten sich bereits, bis Betti ihm sagte, dass sie ihn noch bis zum Auto begleiten wolle. Denn sie wollte sich auch von seinem Kumpel verabschieden. Die Verabschiedung ging dann recht schnell vonstatten, und so fuhren beide davon. Danach musste Betti erstmal wieder ihre Gedanken ordnen und den späten Nachmittag sacken lassen. Aber es war nicht mehr ganz so schlimm wie noch vor einigen Jahren. Darüber war sie auch sehr froh. Seitdem hat Betti Anton nicht wieder gesehen. Sie telefonieren jetzt ab und zu, also nicht nur zu Geburtstagen, und so rief Anton mal an, als Betti gerade auf Arbeit war. Er erzählte ihr, dass er eine Angeltour alleine plant und er vorhat, bei ihr einen Zwischenstopp einzulegen. Betti war hiervon mal wieder komplett überrascht, und Anton wollte auch an einem Freitagnachmittag kommen. An sich hatte Betti nichts dagegen, doch das letzte Mal, als er da war, bemerkte Betti, dass dieser Besuch ihrem Mann nicht ganz so recht war. Aber wenn Anton nach ca. drei Jahren mal wieder vorbeikommen wollte, dann konnte Betti ihm nicht sagen, dass es nicht passt. Es war zwar keine richtige Verabredung, aber für Betti war klar, dass er in drei Tagen kommen würde. Natürlich war sie aufgeregt, und am besagten Freitag sowieso. Doch wie es immer so ist, wenn man sich auf etwas einstellt, dann kommt alles ganz anders. Bettis Mann wollte an diesem Abend draußen ein Lagerfeuer machen. Das hätte gut gepasst, dann wäre er beschäftigt, und Betti hätte sich mit Anton in Ruhe unterhalten können. Aber er kam nicht, er rief auch nicht an. Betti schaute hin und wieder auf ihr Handy und sah, dass er seit dem letzten Abend nicht mehr online war. Ein bisschen merkwürdig fand sie das schon, doch machte sich weiter keine Gedanken. Dann war es eben so, er kam nicht, und Betti brauchte ihrem Mann gegenüber kein schlechtes Gewissen zu haben. Ein paar Tage später schaute sie noch mal, wann Anton das letzte Mal online war, es war immer noch der gleiche Tag mit der gleichen Uhrzeit. Jetzt hatte sie ein mulmiges Gefühl. Vielleicht ist ihm auf der Fahrt etwas passiert. Sie suchte im Internet, ob es in seiner Gegend vielleicht einen Unfall gegeben hat, konnte aber nichts finden. Dann kam ihr der Gedanke, vielleicht hat er sein Handy zu Hause vergessen und konnte sich deshalb nicht melden. Als Betti am nächsten Tag noch mal nachgesehen hat, wann er zuletzt online war, da war das Datum und die Uhrzeit sehr aktuell. Jetzt fiel ihr ein Stein vom Herzen. *Gott sei Dank ist ihm nichts passiert*, dachte sie und war nun beruhigt. Als Anton sie dann einige Monate später anrief, weil er ihr erzählen wollte, dass er Opa geworden ist, fragte sie nach, ob er damals seine Angeltour eigentlich angetreten hat. Die Antwort war nein, irgendwas kam dazwischen, und er hat die Tour bis auf Weiteres verschoben. Betti erzählte ihm natürlich nicht, dass sie sich Sorgen gemacht hat. Sie wollte sich ja nicht lächerlich machen. Und so telefonieren sie ab und zu und irgendwann, wenn Betti mal wieder gar nicht damit rechnet, läuft Anton ihr bestimmt über den Weg.

Epilog

Betti ist dann nach einigen Jahren mit ihrem Freund auch auseinandergegangen. Sie hatten sich zwar nie wirklich gestritten, doch Betti war es irgendwann über. Und außerdem merkte sie immer noch, dass sie über Anton nie wirklich hinweg war. Im Leben hätte sie sich das nicht träumen lassen, dass es wirklich Jahre dauern kann, bis man mit einer Liebe, in diesem Fall die erste große Liebe, abgeschlossen hat. Doch nach all den Jahren hat sie ihre Chance verspielt. Selbst wenn Anton und Betti zur gleichen Zeit Single gewesen wären, glaubt Betti nicht daran, dass sie jemals wieder zusammengekommen wären. Denn Anton wohnt mittlerweile seit der Wende im „Westen" und kommt nicht mehr zurück, und Betti würde nie von zu Hause weggehen. Manchmal kommt Betti noch an dem Haus vorbei, wo Anton zusammen mit seiner Oma und dem Onkel gewohnt hat. Die Oma ist vor vielen Jahren gestorben, der Onkel lebt jetzt in einem Seniorenheim, und das Haus wurde vor einiger Zeit verkauft. Als Betti erfahren hat, dass das Haus „ihrer Jugend" veräußert wurde, hatte sie einen schweren Stein in der Magengegend. Denn das Haus hatte sich in all den Jahren nicht verändert, die gleichen Gardinen hingen vor den Fenstern, das Garagentor sah noch genauso aus, wie es Anton von ewiger Zeit gestrichen hat. Selbst den alten Gartenzaun gab es noch. Doch nach dem Verkauf kam wieder Leben in das Haus, und natürlich haben die neuen Eigentümer von innen alles verändert. Das konnte Betti hin und wieder durch die Fenster erblicken, zumindest im Erdgeschoss. Die alten grauen Zimmertüren standen noch eine ganze Weile auf dem Grundstück. Doch die Außenhülle ist so geblieben, kein neuer Putz und kein neues Dach. Aber auch das wird sich sicherlich in den nächsten Jahren ändern, der Zaun und das Garagentor werden ausgewechselt. So ist das Leben, alles verändert sich. Aber Bettis Erinnerungen werden bleiben, und sie wird bestimmt noch in 30 Jahren wissen, wie das Haus ausgesehen hat.

So lange auch alles her ist, Betti kommt es wie gestern vor. Sicherlich sie hat keinen Liebeskummer mehr, doch die Erinnerung an Anton ist immer noch da, und dann kommt auch die Sehnsucht nach damals zurück nach den drei schönsten Sommern ihres Lebens. Und sobald sie seinen Namen hört, ist alles anders. Sie kann nichts dagegen tun und möchte es vielleicht auch gar nicht. Er war nun mal ihre erste große Liebe, und dies kann ihr keiner mehr nehmen. Und so schwelgt sie wieder in Erinnerungen und lauscht einem Lied, welches genau auf sie zutrifft, denn hier geht's um das Nichtvergessen der großen Liebe.

Die Autorin

Beatrix Rudolph wurde 1972 in Pasewalk, damalige DDR, geboren. Nach dem Realschlussabschluss absolviert sie die Ausbildung zur Stenotypistin, seit der Wende arbeitet die Autorin im öffentlichen Dienst. Der vorliegende Roman ist ein Erstlingswerk, ansonsten verfasst Rudolph Gedichte für verschiedene Anlässe.

Rudolph ist verheiratet, hat zwei erwachsene Söhne und ist Großmutter von zwei Enkeln. Sie wohnt auch heute noch in der Nähe von Pasewalk.